Veröffentlicht von
DREAMSPINNER PRESS

5032 Capital Circle SW, Suite 2, PMB# 279, Tallahassee, FL 32305-7886 USA
www.dreamspinnerpress.com

Dies ist eine erfundene Geschichte. Namen, Figuren, Plätze, und Vorfälle entstammen entweder der Fantasie des Autors oder werden fiktiv verwendet. Ähnlichkeiten mit lebenden oder verstorbenen Personen, Firmen, Ereignissen oder Schauplätzen sind vollkommen zufällig.

Day und Knight
Urheberrecht der deutschen Ausgabe © 2017 Dreamspinner Press.
Originaltitel: Day and Knight
Urheberrecht © 2015 Dirk Greyson.
Original Erstausgabe. Mai 2015
Übersetzt von Martina Gille.

Umschlagillustration
© 2015 L.C. Chase.
http://www.lcchase.com
Die Illustrationen auf dem Einband bzw. Titelseite werden nur für darstellerische Zwecke genutzt. Jede abgebildete Person ist ein Model.

Deutsche ISBN. 978-1-64080-047-2
Deutsche eBook Ausgabe. 978-1-64080-048-9
Deutsche Erstausgabe. September 2017
v 1.0

Gedruckt in den Vereinigten Staaten von Amerika.

DAY UND KNIGHT

DIRK GREYSON

Für Lynn, eine hervorragende Lektorin und ganz besondere Freundin. Die Stunden, in denen wir miteinander geredet haben, haben diese Geschichte möglich gemacht.

1

DAYTON INGRAM hatte diese Gegend von Milwaukee eigentlich nie für besonders gefährlich gehalten. Die Restaurants und Geschäfte auf der Michel Street waren belebt, aber nur zwei Blocks weiter sah es ganz anders aus. Er hätte warten sollen, bis ein Parkplatz näher am Wild Chili frei geworden wäre, aber es war noch helllichter Tag gewesen, als er das Restaurant erreicht hatte. Jetzt jedoch, als er im Dunkeln durch ein ihm unbekanntes Viertel lief, war das einladende Gefühl verschwunden. Dayton erhöhte seine Geschwindigkeit und ging schneller auf seinen Ford Fusion zu. Er hatte ihn gerade erreicht, als ein Schrei erklang. Day blieb stehen und lauschte aufmerksam, um die Richtung auszumachen, aus der der Schrei gekommen war, so wie er es gelernt hatte, in der Hoffnung, er würde ihn noch einmal hören.

Da war er wieder, diesmal lauter und hysterischer.

„Ich habe euch nichts getan", flehte eine junge Stimme auf Spanisch. „Lasst mich in Ruhe."

Die Antwort, ebenfalls auf Spanisch, klang bedrohlich wie ein Knurren. „Wieso sollten wir?"

Sofort steuerte Day in diese Richtung. Er griff nach seinem Handy, zog es aus der Hosentasche und entsperrte es. Das Display blieb dunkel.

„Mist", fluchte er und trat sich mental selbst in den Hintern, weil er es nicht schon eher überprüft hatte. Er hatte während des Abendessens ein paar Mal gespürt, wie es vibrierte, hatte es aber für einen Facebook-Alarm oder Ähnliches gehalten. Stattdessen hatte ihm das verdammte Ding mitgeteilt, dass der Akku beinahe leer war. Er musste sich dringend eine neue Batterie für dieses Mistding zulegen – er hatte das Scheißteil doch erst aufgeladen, kurz bevor er aus dem Haus gegangen war.

„Lasst mich in Ruhe!" Der Schrei ertönte erneut, dieses Mal verzweifelt, zusammen mit den Geräuschen eines Handgemenges und dem Umstürzen einer Mülltonne, die anschließend scheppernd auf dem Beton davonrollte. Day lief los in Richtung der Geräusche, umrundete eine Ecke und kam in eine schmale Gasse, die nach Abfall und Gott weiß was sonst noch stank. Dort näherten sich zwei korpulente Männer in schäbigen Pullovern und fleckigen Hosen, die ihnen halb in den Kniekehlen hingen, drohend einem Teenager oder jemandem, der nicht viel älter sein konnte.

„Gib uns einfach dein Geld und wir lassen dich in Ruhe, Maricón", zischte der Mann und streckte im Machogehabe seine Brust raus. „Sonst schneiden wir dir die Eier ab." Der Mann hielt seine Hand hoch, ein Messer blitzte auf, und Day stoppte ein paar Schritte entfernt, gerade noch außer Reichweite. „*Huye!*", schrie er den Jugendlichen aus vollem Hals zu. „Verschwinde von hier", fügte er hinzu, als die Männer auf ihn losgingen. Dayton bewahrte Ruhe und stellte sich breitbeinig hin, um einen festen Stand zu haben. Aufmerksam beobachtete er die glasigen Augen der beiden Männer. Der mit dem Messer kam zuerst und stach etwas linkisch nach ihm. Dayton tänzelte zurück, außerhalb seiner Reichweite, und wartete auf einen weiteren Angriff. Es sah so aus, als wollte der Freund des fetten Mannes erst mal sehen, was geschah, ehe er sich ins Getümmel stürzte. Ganz blöder Fehler. Hätten sie zusammengearbeitet, dann hätten sie möglicherweise eine Chance gegen ihn gehabt – möglicherweise. Aber allein, nie im Leben!

„Es sind zwei gegen einen, Gringo", warnte ihn der Mann, und Dayton wurde eines Hauchs von Alkohol in dessen Atem gewahr. „Du gibst uns auch dein Geld und wir lassen dich am Leben." Er schwang das Messer und Dayton ergriff seinen Arm, noch bevor der den Höhepunkt des Schwungbogens erreicht hatte. Er hielt die Hand des Mannes fest, drehte sich um und streckte ihn mit einem Schulterwurf zu Boden. Das Messer flog aus der Hand des Angreifers, fiel klappernd auf den Asphalt und der Kerl landete mit einem harten Aufprall auf dem Rücken und bewegte sich nicht mehr. Day wirbelte zu dem anderen Mann herum, bereit für dessen Attacke, aber es kam keine.

Er hatte erwartet, dass der Mann fliehen würde, aber unter welcher Droge auch immer der gerade stand, es musste ihn mutig gemacht haben und zu dämlich, um es besser zu wissen. Er packte den jungen Burschen und benutzte ihn als Schild. „Bleib stehen", sagte Dayton und hielt den Blick des Mannes fest. Dessen Augen waren groß, und Dayton nahm an, dass er zumindest betrunken war und vielleicht noch etwas anderes genommen hatte. Als er ohne den Blick abzuwenden einen Schritt näher trat, weiteten sich die Augen des Mannes genug, um das Licht einzufangen. Seine Pupillen waren riesig. Ja, er war definitiv high.

Dayton atmete gleichmäßig, erinnerte sich an sein Training und schob seine Nerven beiseite, die seine Konzentration zu trüben drohten. Was er gelernt und geübt hatte, hatte sich bereits bewährt. Er tat sein Bestes, um das laute Hämmern seines Herzens in seinen Ohren zu unterdrücken.

„Halt Abstand, Gringo."

„Lass den Kleinen laufen und du kannst gehen", sagte Dayton ruhig, obwohl er sich fragte, ob die Situation nicht langsam außer Kontrolle geriet. Er hatte vorgehabt, dem Jungen zu helfen, nicht, alles noch schlimmer zu machen.

„Vielleicht könnte ich ihm stattdessen das Genick brechen", sagte der Mann, lächelte und zeigte dabei einen Mund voller verrottender Zähne.

Dayton ging leicht in die Knie, und als der Blick des Mannes zu dem jungen Burschen wechselte, machte Dayton einen Schritt nach vorn. Sein ausgestrecktes Bein fegte seitwärts heran und mit einem Tritt erwischte er das Bein des Straßenräubers. Der Kerl verlor das Gleichgewicht und ging zu Boden. Dayton war bereit, falls der Junge ebenfalls fallen sollte, aber dem gelang es, wegzuspringen. „Ruf die Polizei", befahl Dayton und der Kleine nickte und zog ein Handy aus der Tasche, während Dayton den Mann packte, ihn herumrollte und seine Hände festhielt. „Gib mir deinen Gürtel."

„Wozu?", fragte der junge Mann, öffnete aber seinen Gürtel und reichte ihn ihm. Dayton benutzte ihn, um dem Kerl die Hände hinter dem Rücken zu fesseln. Der andere stöhnte und Dayton warnte ihn, sich nicht zu bewegen, es sein denn, er wolle noch mehr. Er glaubte ein *„No más"* zu hören.

Sirenen ertönten und Dayton sah sich um. „Bist du in Ordnung, Kleiner?" Der nickte. „Ich muss los. Sag ihnen, was passiert ist, und die Polizei wird dafür sorgen, dass man sich um die zwei kümmert."

„Sie gehen? Sie haben mir das Leben gerettet!", sagte der Junge auf Englisch, während er weiterhin ein wenig zitterte.

„Ich bin froh, dass ich helfen konnte", sagte Day mit einem Lächeln. Dann drehte er sich um und ging ruhig die Straße hinunter, erreichte sein Auto und fuhr langsam davon, als hinter ihm die Polizeifahrzeuge einzutreffen begannen. Während er fuhr, stöpselte er sein Handy in die Ladestation, und sobald sein Handy wieder Akku hatte, rief er das Büro an.

„Ich muss mit Gladstone sprechen", sagte Day, als sein Anruf entgegengenommen wurde. Dann wartete er, bis er durchgestellt wurde. Als sein Boss antwortete, lenkte er seinen Wagen gerade auf die Schnellstraße. Day wechselte zur Freisprechanlage und gab Gas. „Erinnern Sie sich daran, dass Sie mir gesagt haben, ich solle mich melden, falls etwas Ungewöhnliches passiert ...", begann Dayton und schilderte den Vorfall.

„Hat die Polizei Sie gesehen?"

„Nein. Ich bin weg, ehe sie dort ankamen", antwortete Dayton.

„Okay. Wir kümmern uns darum, aber kommen Sie gleich morgen früh in mein Büro." Der Anruf endete abrupt und Dayton legte auf und fuhr den Rest der Strecke zu seinem Zuhause auf der South Side.

Er fuhr an seinem Haus vorbei und bog dahinter in eine Seitenstraße ein. Sein Auto parkte er in einer Garage, für die er eine kleine Extramiete zahlte, und ging dann zum Haus. Er schloss die Haustür auf und nahm die Treppe in den zweiten Stock des Zweifamilienhauses. Es war ein netter Ort zum Leben – kompakt und bezahlbar. In seiner Wohnung angekommen, schloss er die

Eingangstür hinter sich und ging nach hinten ins Schlafzimmer. Er legte seine Schlüssel an ihren Platz auf der Kommode, zusammen mit seiner Brieftasche. Dann stöpselte er sein Handy zum Laden ein und arrangierte es an seinem Platz neben seiner Brieftasche. Schließlich zog er sich die Schuhe aus und füllte mit ihnen die freie Stelle am Boden seines Kleiderschranks aus. Dann verließ er den Raum und kehrte zurück ins Wohnzimmer.

Dayton setzte sich auf das zweckdienliche, aber betagte Sofa, das er in einem Gebrauchtmöbelladen gefunden und mit einem Schonbezug versehen hatte, damit es nicht ganz so scheußlich aussah. Dasselbe hatte er mit den beiden Sesseln getan. Sie waren ausreichend bequem, und das war alles, was zählte. Er hatte das Beste daraus gemacht und es hatte etwas Vertrautes und beinahe Heimeliges an sich. Dasselbe könnte man von den nicht zueinanderpassenden Stühlen sagen, die rund um den Tisch in seinem kleinen Esszimmer angeordnet waren. Und niemand würde vermuten, wie alt und zerschrammt dessen Oberfläche war, es sei denn, sie würden die saphirblaue Tischdecke hochheben und darunter schauen.

Day schaltete den Fernseher ein und tat sein Bestes, um sich zu entspannen, aber der Vorfall in der Gasse ging ihm nicht aus dem Kopf. Er hatte versucht, zu helfen, und am Ende hatte er das ja, aber er hatte den jungen Burschen auch in große Gefahr gebracht, vielleicht sogar in Lebensgefahr. Sein Boss hatte sich nicht dazu geäußert, ob er der Meinung war, dass Dayton das Richtige getan hatte. Na ja, jetzt war es eh zu spät, und wenn er es mit seiner Unbesonnenheit versaut hatte, dann war das eben so. Er hatte dem Kleinen geholfen und ihn von den Männern weggeholt.

Lachen drang aus dem Fernseher und lenkte ihn eine Weile von seinen Gedanken ab. Er richtete seine Aufmerksamkeit auf eine Wiederholung von *Will und Grace* und lachte ein paar Mal, ehe er den Sender wechselte, nachdem die Folge zu Ende war. Er blieb bei einer Episode von *The Mentalist* hängen. Es war eine unrealistische Darstellung, aber unterhaltsam. Insgeheim jedoch wollte er wie Patrick Jane sein – ein scharfer Beobachter, ein Kenner der menschlichen Natur – und die Fähigkeit besitzen, in die Köpfe der Leute zu schauen. Nachdem er sich die Folge angeschaut hatte, schaltete er den Fernseher aus.

Das winzige zweite Schlafzimmer in der Wohnung diente Dayton als Büro. Ehe er zu Bett ging, setzte er sich an seinen Schreibtisch, fuhr seinen Laptop hoch und checkte seine persönlichen E-Mails. Es war größtenteils unerwünschter Werbemist, aber da war eine Nachricht von seinem Bruder über seinen neuesten, wenig überzeugenden Plan, wie er einen Haufen Geld machen könnte, um sein Nomadendasein für immer so weiterführen zu können. Wie bei all seinen anderen „Gelegenheiten" ließ Stephen es klingen, als wäre es der Deal des Jahrhunderts, aber Dayton konnte die Lücken darin beim bloßen Hinschauen ausmachen und schüttelte den Kopf. Er sollte ihn anrufen, war aber nicht in der Stimmung, diese Unterhaltung heute Abend noch zu führen. Also klappte er, nachdem er auch noch seine letzten E-Mails gelesen hatte, den Laptop zu und machte sich auf den Weg ins Schlafzimmer, wo er aufräumte und sich anschließend fertig fürs Bett machte.

AM FOLGENDEN Morgen verließ er geschniegelt und gebügelt seine Wohnung und fuhr zu einem Bürogebäude aus Backstein, das früher eine Bank beherbergt hatte. Es sah immer noch aus wie eine Bank, was höchstwahrscheinlich der Grund dafür war, dass es sich so gut für seinen derzeitigen Zweck eignete. Auf dem Schild am Eingang stand: „S L S Inc.". Das stand für Scorpion Logistics Services. Aber jeder dort drinnen wusste, dass diese Worte eine völlig andere Bedeutung hatten, als es die Öffentlichkeit vermuten könnte. Die Leute fragten ihn immer, ob sie eine Spedition seien und Dayton antwortete darauf stets mit Ja, blieb aber vage, was seine Tätigkeit betraf. Er parkte auf seinem Platz neben dem Gebäude und zog seinen Ausweis aus seiner Brieftasche hervor. Er scannte ihn am Lesegerät neben der Tür ein und es machte Klick. Dayton zog die Tür auf und betrat das Gebäude. An der nächsten Tür las er seine Karte ein und drückte seinen Daumen auf einen Scanner. Als auch diese Tür sich mit einem Klick öffnete, schritt er hindurch und drang tiefer ins Innere des Gebäudes vor.

„Guten Morgen", sagte die Empfangsdame in professionellem Ton und sah dabei kaum von der Tastatur hoch, auf der sie tippte.

Dayton wusste, dass sie nicht unhöflich war, nur effizient und er erwiderte ihren Gruß, ehe er weiter in Richtung seines Arbeitsplatzes ging. Er setzte sich und fuhr seinen Computer hoch, loggte sich in das System ein, und kontrollierte die Programme, die er über Nacht hatte laufen lassen. Sie waren fertig und er lächelte, bevor er den Telefonhörer in die Hand nahm.

„Gladstone."

Jason Gladstone. Alle nannten ihn nur Gladstone und einige wenige wagten es, ihn Glad zu nennen, aber das hatte Dayton nie getan und er bezweifelte, dass er es je tun würde.

„Sie wollten mich heute Morgen sehen?", sagte Dayton.

„Ähm … ja. Kommen Sie in einer Stunde in mein Büro. Ähm … guten Morgen." Er legte auf und Dayton legte den Hörer zurück an seinen Platz. Sein Boss war ein komischer Vogel. So klug, wie man nur sein konnte, aber die sozialen Feinheiten neigten dazu, bei seiner Intensität verloren zu gehen. Nicht, dass es Dayton etwas ausgemacht hätte. Er machte sich wieder an die Arbeit, die Daten zu analysieren, die er gesammelt hatte, und schickte anschließend den fertigen Bericht an den Auftraggeber. Anschließend speicherte er die Daten für den Fall, dass sie noch einmal überarbeitet werden mussten, richtete aber eine automatische Löschung nach Ablauf eines Monats ein. Dann ging er zu Gladstones Büro.

„Dayton", sagte Gladstone, nachdem er an den Türrahmen geklopft hatte, „kommen Sie mit."

Er nickte und folgte seinem Boss durchs Gebäude und in einen der kleinen Konferenzräume. Gladstone schloss die Tür und bedeutete Dayton, sich zu setzen, während er sich ihm direkt gegenüber niederließ. Scheiße, er steckte in Schwierigkeiten. Das war die einzige Erklärung.

„Wir haben von der Polizei noch ein paar zusätzliche Informationen über den Zwischenfall von letzter Nacht erhalten. Offensichtlich haben Sie ein paar Details weggelassen, als wir uns gestern Abend unterhalten haben." Gladstone sah ihn eindringlich an.

„Ich glaube, ich habe Ihnen alles erzählt."

Gladstone knallte eine Akte auf den Tisch und schob sie zu ihm rüber. Dayton warf einen Blick darauf und bemerkte, dass sein Name darauf stand. „Sie haben keinem von uns je gesagt, dass Sie Spanisch sprechen."

Hä? Dayton verbarg seine Verwirrung. Er hatte gelernt, selbst im Büro eine Fassade aus Stärke und Unerschütterlichkeit zu wahren. „Es ist eine neue Fähigkeit. Ich habe mich ungefähr vor einem Jahr entschieden, es zu lernen und ich habe es mit einer Reihe von Leuten online geübt. Ich war überrascht, wie schnell ich es gelernt habe." Er lächelte nicht, obwohl er verdammt stolz auf sich war. Er sprach noch ein paar andere Sprachen, also hatte er ein Talent dafür.

Gladstone zog die Akte zurück und schlug sie auf. „Sie wurden der NSA vor sechs Monaten abgeworben, und als Grund, warum Sie bei uns anfangen wollten, haben Sie angegeben, dass Sie an Außeneinsätzen teilnehmen wollten und dass das dort nicht passieren würde. Tja, bis zur vergangenen Nacht hat hier niemand geglaubt, dass Sie zu Außeneinsätzen fähig wären, aber Sie haben einige Ansichten darüber geändert." Gladstone sah nicht gerade begeistert aus. „Und Ihre neu erworbenen Fähigkeiten scheinen die Sache besiegelt zu haben."

„In Ordnung. Haben Sie einen neuen Auftrag für mich?" Dayton verbannte die Aufregung aus seiner Stimme. Er liebte es, Daten zu sammeln und zu analysieren, ganz besonders, wenn es dabei um eine externe, ausländische Herausforderung ging.

„Ich weiß es noch nicht. Es wird gerade ein Team zusammengestellt und Sie sind in der engeren Wahl. Das heißt nicht, dass Sie auch tatsächlich ausgewählt werden, aber die da oben ziehen das ziemlich schnell durch, also seien Sie bereit, zu gehen und sorgen Sie dafür, dass Sie Ihre Dinge geregelt haben, für den Fall, dass Sie einige Zeit von Zuhause fort sein werden."

„Wie lange werde ich fort sein?", fragte Dayton.

„Das wurde mir nicht mitgeteilt", erwiderte Gladstone rundweg. „Aber sie waren genauso an Ihren verborgenen Computerkenntnissen interessiert wie an Ihrem … Ihrem Aussehen." Der Blick aus Gladstones Augen, die Ähnlichkeit mit denen eines Opossums hatten, bohrte sich in ihn. Dayton zuckte mit keiner Wimper. Gladstone würde nie einen Schönheitswettbewerb gewinnen. Er war schon eine ganze Weile im Geheimdienstgeschäft tätig und hatte eine Menge Lebenserfahrung, aber der Mann war definitiv seiner Fähigkeiten wegen eingestellt worden.

„Mein Aussehen?", fragte Dayton. Von all seinen Eigenschaften schien ihm das die am wenigsten wichtige zu sein, wenn es darum ging, ihn in die engere Wahl für einen Außeneinsatz zu bringen. „Ich arbeite hart und ich bin verdammt gut in dem was ich tue." In Sekundenbruchteilen stellten sich ihm die Nackenhaare auf.

„Beruhigen Sie sich, Ingram. Ich will Ihre Qualifikationen nicht herunterspielen. Ich habe nur die Fakten genannt." Gladstones Gesichtsausdruck wurde ein wenig milder.

„Also, was soll ich jetzt machen?" Er wollte wirklich in den Außendienst.

„Gar nichts. Wenn die Wahl auf Sie fällt, dann werden Sie kontaktiert werden und die arrangieren ein Treffen mit Ihnen und informieren Sie über alles. Diese Abteilung der Organisation ist so geheim und verschwiegen, wie es nur geht. Sie sagen niemandem irgendetwas, was er nicht unbedingt wissen muss, und das gilt auch für mich." Gladstone machte eine Pause. „Zum einen sind Sie hier wegen Ihrer Fähigkeiten und zum anderen, weil Sie in der Lage sind, den Mund zu halten. Es könnte ein Training beinhalten, aber das weiß ich nicht mit Sicherheit." Er erhob sich, ein Zeichen, dass das Gespräch beendet war. „Seien Sie einfach nur auf Abruf bereit." Gladstone nahm die Akte vom Tisch, verließ den Raum und schloss die Tür hinter sich.

Dayton hätte es am liebsten jubelnd von den Dächern geschrien. Er wurde für den Außendienst in Betracht gezogen. Wie absolut geil war das denn, bitteschön? Natürlich behielt er einen kühlen Kopf und verließ den Raum eine Minute nach Gladstone, mit geschultem Gesichtsausdruck und einem Gang, der so normal war wie möglich. Er ging zurück an seinen Schreibtisch und machte sich wieder an die Arbeit.

„Was hat das Stehaufmännchen von dir gewollt?", fragte Kyper Morris und steckte seinen Kopf über die Trennwand. Dayton war es schleierhaft, wie Kyper an diesen Job gekommen war. Er tratschte gern und neigte zu Geschwätz. Viel Geschwätz. Klar, Dayton hatte ihn nie etwas sagen hören, was er nicht sagen sollte, aber wie er so verflucht viel reden konnte, ohne versehentlich etwas auszuplaudern, was er nicht ausplaudern sollte, war Dayton ein Rätsel. „Hast du was angestellt? Ich habe gehört, dass es letzte Nacht einen Zwischenfall gegeben hat."

Wie in jedem anderen Büro, gab es auch hier eine Gerüchteküche, aber die war für gewöhnlich recht verhalten. „Er wollte reden", antwortete Dayton.

„Du bist eine Spaßbremse", sagte Kyper und Dayton hörte, wie ein Stuhl knarrte, was bedeutete, dass Kyper sich als Ausdruck seiner Enttäuschung in seinen Stuhl hatte plumpsen lassen. „Weißt du, wir alle haben uns diesen Job ausgesucht, weil er möglicherweise spannend sein könnte und was kriegen wir zu sehen? Immer die gleichen vier Wände und stapelweise Daten. Wir könnten genauso gut für Walmart arbeiten." Das Klappern der Tastatur war nahezu ohrenbetäubend. Wenn Kyper wegen etwas angepisst war, dann hämmerte er wie der Teufel auf die Tasten ein.

„Jetzt hör aber auf", sagte Dayton so leichthin wie möglich. Das Hämmern verstummte, aber das Tippen ging weiter. Dayton ging wieder an die Arbeit und suchte nach den Datenstandorten, die er benutzen konnte, um den Analysebericht zusammenzustellen, den man gerade bei ihm angefordert hatte.

„Und, waren es gute Neuigkeiten?", fragte Kyper ein paar Minuten später. Der Mann war wie ein Hund mit einem Knochen – er ließ niemals von etwas ab. Dayton ignorierte ihn und arbeitete weiter. Das hatte früher schon nicht funktioniert und würde es jetzt wahrscheinlich auch nicht. Kypers spezielle Fähigkeit war es, niemals aufzugeben. Wenn es einen Weg gab, um zu bekommen, was er brauchte, würde er erst dann Ruhe geben, wenn er es in Händen hielt. Das einzige Mal, als er jemals aufgegeben hatte, war, als Gladstone seine Fähigkeit, jemals Kinder zu zeugen bedroht hatte. Und selbst dann hatte er sich nur zurückgezogen und sich ein paar Tage danach noch damit gebrüstet, dass er das Problem gelöst hätte.

Dayton machte eine Pause und holte sich eine Tasse Kaffee aus der Teeküche. Er trug sie zurück zu seinem Schreibtisch und machte sich daran, den Rest des Morgens durchzuarbeiten. In der Mittagspause ging er nach draußen und holte sich etwas zum Essen, das er an seinem Schreibtisch verzehrte. Als er fertig war, knüllte er das Papier zusammen und warf es in den Mülleimer.

„Zwei Punkte."

Dayton drehte sich um und ein Schauder durchfuhr ihn, als ein Mann mit einem Paar schwarzer, beinahe hohl erscheinender Augen ihn an- und direkt durch ihn hindurchstarrte. Es war der kälteste Blick, den er je im Leben gesehen hatte. „Dimato", sagte der Mann völlig emotionslos. Dayton wusste sofort, dass das nicht sein richtiger Name war.

„Ingram", sagte er, stand auf und streckte ihm die Hand entgegen.

Der Mann stand einfach nur da und tat gar nichts. „Kommen Sie mit mir."

Dayton ließ seine Hand sinken und folgte Dimato aus dem Bürobereich und die Treppe hinauf. Sie durchquerten mehrere gesicherte Bereiche, zu denen Dimato ihnen Zutritt verschaffte.

Sie betraten ein Büro und Dimato schloss die Tür. „Also gut", begann er und deutete auf einen Stuhl. Dayton nahm Platz und Dimato zog sich einen weiteren Stuhl von dem polierten Konferenztisch heran, setzte sich und machte es sich darauf bequem. „Wie Ihnen bereits mitgeteilt wurde, haben wir Sie für einen Auftrag im Auge." Dayton hatte erwartet, dass er eine Akte oder sonst irgendwelche Informationen über ihn hatte, aber er saß einfach nur da und beobachtete ihn. Dayton zwang sich dazu, sich nicht zu winden. Dimatos Benehmen zielte darauf ab, dass er sich unwohl fühlte, aber er wollte verdammt sein, wenn diese Art von Spielchen irgendeinen Effekt auf ihn hatte, also wartete er und weigerte sich, den Augenkontakt zu unterbrechen.

„Ja. Mir wurde nur gesagt, dass das von mir verlangen würde, eine Zeit lang von Zuhause fort zu sein."

Dimato nickte. „Wir haben eine Situation und wir benötigen jemanden mit Ihren ganz besonderen Fähigkeiten."

„Die da wären?", hakte Dayton nach und lehnte sich vor.

„Ihre Computerkenntnisse sind erstklassig, Sie sprechen mehrere Sprachen, einschließlich Spanisch, was die Entscheidung zu Ihren Gunsten beeinflusst hat, und, ehrlich gesagt, ist Ihr Aussehen ein weiterer Pluspunkt." Er schlug die Beine übereinander. „Wir haben allerdings Bedenken: einige davon betreffen Ihre fehlenden Außeneinsätze. Aber wir haben alle mal angefangen und Sie haben gute Instinkte. Das andere ist … schwerer zu erklären. Im Außeneinsatz müssen Sie die Mission und die Sicherheit Ihres Teams über alles andere stellen. Gestern Abend haben Sie, nach unseren Informationen, unter Druck gelassen reagiert und den Burschen gerettet. Aber dadurch, dass Sie eingegriffen haben, haben Sie sich selbst unnötig in Gefahr gebracht. Im Einsatz kann die Art und Weise, wie Sie Ihre Kämpfe aussuchen den Unterschied zwischen Erfolg und Versagen ausmachen. Das hier ist kein Spiel. Es ist gefährlich." Diese ausdruckslosen schwarzen Augen rollten Dayton die Zehennägel auf.

„Das verstehe ich." Ihm war immer klar gewesen, was verlangt wurde. „Wann werde ich die anderen treffen, mit denen ich zusammenarbeiten werde? Ich nehme mal an, ich werde nicht allein losgeschickt."

„Ich erwarte ihn jeden Moment", sagte Dimato. Er rührte sich nicht, aber sein Blick schweifte ganz leicht ab. Dayton waren beim Eintreten eine Reihe von Weltzeituhren aufgefallen, also sah Dimato nach der Uhrzeit.

9

„Er ist spät dran", sagte Dayton rundheraus. Dimato reagierte nicht, vom leichten Zucken seiner Lippen mal abgesehen. Die Bürotür öffnete sich. Dayton drehte sich in seinem Stuhl um, als ein älterer Mann hereinkam und die Tür hinter sich schloss.

„Das ist Knighton aus der Abteilung Recherche und Auswertung", sagte Dimato. „Er wird bei diesem speziellen Einsatz Ihr Partner sein."

„Er?", fragte Dayton mit großen Augen. Das war schwer zu glauben. Er erschien ein bisschen zu alt, mit ergrauten Schläfen und einer leicht zusammengesunkenen Körperhaltung. Er sah ein bisschen aus, als hätte man ihn durch die Mangel gedreht. Zugegeben, er war gut aussehend, mit einem kräftigen, wie modelliert wirkenden Kinn und einem Dreitagebart, der eher danach aussah, als hätte er sich nicht die Mühe gemacht, sich zu rasieren, als nach einer modischen Alternative. Er hatte einen stechenden Blick und Dayton zweifelte daran, dass ihm viel entging.

„Ja, ich", sagte Knighton bestimmt mit einer tiefen Baritonstimme. Er setzte sich in den Stuhl gegenüber von Dayton und machte es sich gemütlich. „Wie lautet das Angebot, damit ich entscheiden kann, ob ich es annehme oder nicht?" Er lehnte sich in seinem Stuhl zurück, die Hände hinter dem Kopf verschränkt.

Dimato stand auf und trat neben Daytons Stuhl. Er stützte seine Unterarme auf dem Tisch ab und beugte sich nach vorn. „Es ist Ihre letzte Chance auf Außeneinsätze." Also gab es irgendwo in Dimato doch Gefühle. „Sie haben sich seit fast zwei Jahren in der Rechercheabteilung vergraben und es ist an der Zeit, dass Sie endlich eine Entscheidung treffen."

Dayton war nicht sicher, ob er hier dabei sein sollte. Er schluckte hart und wandte sich ab. Aber wie bei einem Zugunglück, war es schwer, nicht hinzusehen.

„Das hier erfordert Ihre Fähigkeiten und wir brauchen Sie. Also kriegen Sie sich ein und steigen Sie wieder in den Sattel. Wenn das hier vorbei ist, können Sie meinetwegen für den Rest Ihres Lebens zurück in die Rechercheabteilung gehen."

Dayton drehte sich ein wenig. Knightons Gesichtsausdruck hatte sich nicht verändert, abgesehen von einem leichten Kräuseln der Lippen zu einem Lächeln, was in Dayton die Frage aufwarf, ob all das hier vielleicht nur für ihn aufgeführt wurde. Er konnte sich nicht vorstellen, wozu das möglicherweise gut sein sollte, aber er fand, dass diese Art Unterhaltung lieber hinter verschlossenen Türen stattfinden sollte.

„Wo Sie so nett fragen …", begann Knighton.

Dimato kehrte zu seinem Platz zurück, als sei nichts gewesen.

Dayton benahm sich genauso und wandte sich dem Mann zu, den er von jetzt an für seinen Boss hielt.

„Eine unserer Abteilungen hat Gerüchte aufgefangen, die aus Mexiko kommen. So was kriegen wir andauernd zu hören und leiten das meiste davon an die DEA weiter, aber das hier ist anders und scheint nichts mit Drogen zu tun zu haben. Es dreht sich um einen Angriff auf die elektronische Infrastruktur hier in den USA." Dimato stand auf und holte zwei Aktenordner aus seinem Schreibtisch. Er reichte jedem von ihnen einen. „Die hier müssen vernichtet werden, falls Sie Gefahr laufen, auf irgendeine Art kompromittiert zu werden."

„Verstanden", sagte Dayton, als er die Akte mit einem leichten, aufgeregten Händezittern entgegennahm. „Darf ich fragen, wieso die CIA nicht hinzugezogen wurde?"

„Wir haben es ihnen gemeldet, und sie haben es, in ihrer unendlichen Weisheit, wieder zu uns zurückgeschoben, mit der Begründung von Haushaltskürzungen. In Wahrheit sehen sie es nicht als Bedrohung an, so wie wir es tun." Dimato schüttelte den Kopf. „Also schicken wir Sie, um sie zu neutralisieren. Wir glauben – und die Einzelheiten, die wir darüber haben, sind in dieser Akte – dass sie diesen Angriff innerhalb der nächsten zwei Wochen planen."

„Wenn Sie von elektronischer Infrastruktur reden, dann meinen Sie das Internet, richtig?", fragte Knighton.

„Ja."

„Aber gibt es dort nicht bereits einen Schutz? Websites haben Sicherheitsmaßnahmen, genau wie deren Back-End Systeme. Die sind nicht fehlerlos, aber wie kann jemand das angreifen, wenn es derart weit gestreut ist?"

Dayton klappte die Kinnlade runter und er sah Dimato an, aber der saß nur still da.

„Das ist leicht. Jedes Sicherheitssystem kann umgangen werden. Es ist ein Multimilliarden-Dollar Unternehmen", sagte Dayton zu Knighton. „Hacker und andere Bedrohungen sind von Jahr zu Jahr höher entwickelt, genau wie die Sicherheitsvorkehrungen gegen sie. Es ist ein endloser Kreis."

Dayton wandte sich an Dimato. „Es gibt eine Reihe von Lücken im System, die ausgenutzt werden könnten. Einige davon sind vorhersehbar gewesen, andere dagegen offensichtlich nicht. Die Terroristen könnten auf eine davon gestoßen sein und jetzt arbeiten sie daran, sie auszunutzen."

„Könnten Sie das? Ein Sicherheitsleck ausnutzen?", fragte Dimato.

Dayton lächelte. „Das mache ich jeden Tag. So komme ich an ein paar der brisanten Daten, die wir brauchen. Wir benutzen sie nicht zu ruchlosen Zwecken und ich setze immer deren Löschung an, nachdem wir sie ausgewertet haben. Aber wenn ich das kann, dann können es auch andere. Kennen wir die exakte Bedrohung?"

„Nein", sagte Dimato. „Das ist Teil des Problems. Meine Herren, wir wollen, dass Sie die Quelle der Bedrohung ausschalten. Sie hat ihren Ursprung in Mexiko, auf der Halbinsel Yukatan, und wir glauben, sie liegt in der Nähe der Grenze zu Belize. Diese Gegend ist dünn besiedelt, mit vielen abgelegenen Orten, von denen aus ein Anschlag geplant und ausgeführt werden könnte. Das Team hier wird Unterstützung zur Verfügung stellen, aber wir brauchen jemanden vor Ort, und das sind Sie beide."

„Wie kommen wir dort hin? Mit dem Flugzeug?", fragte Knighton.

„Nein. Wir müssen sichergehen, dass Sie sich unterhalb des Radars dort hineinschleichen. Wenn diese Gruppe, und davon gehen wir aus, derart gerissen ist, um so etwas zu tun, dann würde ein Flugzeug oder irgendetwas anderes Ungewöhnliches entdeckt werden."

„Wir könnten bei Nacht rüberfliegen und Sie könnten uns aus dem Flugzeug abwerfen. Wir landen auf dem Boden, entledigen uns der Fallschirme und niemand würde es spitzkriegen. In dieser Gegend ist es nachts finster wie in einem Kuharsch." Zum ersten Mal schien Knighton wirklich engagiert.

„Das können wir nicht riskieren. Wir haben hierbei bloß einen Versuch. Wenn wir den vergeigen, wechseln sie den Standort und wir fangen wieder von vorn an. Das Team arbeitet noch daran, wie Sie unbemerkt dorthin gelangen können."

„Was ist mit einem Kreuzfahrtschiff?", schlug Dayton vor. „Sie sagen, es wäre in der Nähe der Grenze zu Belize. Es gibt Kreuzfahrer, die Costa Maya anlaufen, und das ist ganz in der Nähe. Ein Freund von mir hat das letztes Jahr gemacht. Die Reise geht von Sonntag bis Sonntag. Ich glaube, sie startet in Fort Lauderdale. Wir könnten mit dem Schiff nach Costa Maya gelangen. In einer Gruppe Touristen würde uns niemand suchen. Wir buchen einfach einen Ausflug ins Inland und verschwinden. Wenn wir nicht zurückkommen, wird das Schiff ohne uns ablegen."

„Sind solche Schiffe nicht ausgebucht?", fragte Knighton.

Dayton zuckte die Achseln, aber Dimato war bereits von seinem Stuhl aufgestanden und hatte den Telefonhörer in der Hand. „Überprüfen Sie Kreuzfahrtschiffe, die dieses Wochenende von irgendeinem Hafen ablegen und in Costa Maya, Mexiko, vor Anker gehen, und besorgen Sie eine Kabine. Wenn sie ausgebucht sind, dann sorgen Sie dafür, dass bereits existierende Passagiere irgendwo stranden oder anderswohin verschoben werden. Alles muss ohne großes Aufsehen geschehen." Er legte auf und setzte sich wieder hin. „Wir sorgen dafür, dass Sie beide Zugang zu den Übertragungen bekommen, die wir aufgefangen haben."

„Ausgezeichnet, Sir", sagte Dayton. Er war begierig, zu sehen, womit sie es zu tun hatten, und erpicht darauf, nach Hinweisen auf die mysteriöse Bedrohung zu suchen.

Keiner sagte noch etwas und Dayton fragte sich, ob die Besprechung zu Ende war. Er wartete darauf, dass Dimato aufstand und tat es ihm dann gleich. Dayton ging in Richtung Tür, während Knighton zurückblieb.

„Übrigens", sagte Dimato. „Ihr Schreibtisch und Ihre Sachen wurden in dieses Stockwerk gebracht. Eileen wartet draußen auf Sie. Sie wird Ihnen zeigen, wo sie sind, Ihnen Ihren neuen Ausweis geben und Ihnen die Sicherheitsanforderungen erklären, die Sie beachten müssen, um in dieses Stockwerk zu gelangen. Schön, Sie im Team zu haben."

Dayton zog sprachlos die Tür auf und trat nach draußen, wo Eileen auf ihn wartete. Die Frau mittleren Alters schrie geradezu Effektivität, von ihrem maßgeschneiderten Outfit bis hinunter zu ihrem auf Hochglanz polierten festen Schuhwerk. Sie führte ihn entschlossen zu einem Raum, der ein Büro zu sein schien. Darin standen zwei Schreibtische. „Dieser Raum wird Ihr und Knights Büro sein. Wir finden, dass Teams, die gemeinsam im Einsatz sind, zusammenbleiben sollten, damit Informationen in einem gesicherten Umfeld ausgetauscht werden können." Sie trat ein und dirigierte ihn zu dem Schreibtisch, der dem Fenster am nächsten stand. „Wir haben Ihre Sachen hierher gebracht. Hier ist Ihr neuer Ausweis." Sie nahm den alten und knickte ihn in der Mitte. „Den hier lasse ich schreddern. Sie werden ihn nicht mehr brauchen."

„Habe ich zu irgendwelchen Teilen des Gebäudes keinen Zutritt?"

„Nur zum Computerraum nicht. Alles andere steht Ihnen offen. Falls Sie etwas benötigen und man Ihnen gegenüber nicht kooperationsbereit sein sollte, lassen Sie es mich oder Dimato wissen und wir kümmern uns darum." Sie hielt inne. „Kann ich sonst noch etwas für Sie tun?" Sie erwartete offenbar keine Antwort, denn sie drehte sich bereits um, um den Raum zu verlassen. Sie schloss die Tür und Dayton musste seine ganze Selbstbeherrschung aufbringen, um nicht in die Luft zu springen und seine Faust gen Himmel zu strecken. Stattdessen fuhr er seinen Computer hoch, um die Arbeitsaufträge zu löschen, die unerledigt geblieben waren. Dann öffnete er den Aktenordner, den man ihm gegeben hatte, und fing an zu lesen.

UNGEFÄHR EINE Stunde später zuckte er zusammen und sah auf, als die Tür aufflog und Knighton hereinkam und sich im Zimmer umsah, als würde es ihm gehören.

„Ich sehe, Sie haben bereits den Schreibtisch am Fenster in Beschlag genommen."

Dayton war im Begriff dagegenzuhalten, zu sagen, dass seine Sachen hier für ihn untergebracht worden waren, aber er hielt stattdessen den Mund und widmete sich wieder der Akte.

„Sie werden da drinnen nicht viel finden, abgesehen von den Standardinformationen und den wenigen Details, die uns bereits mitgeteilt wurden", sagte Knighton. Ein zusammengefaltetes Blatt Papier landete auf Daytons Schreibtisch.

Dayton ignorierte es zunächst einmal. „Betreten Sie einen Raum immer wie eine Herde Elefanten? Ich verstehe ja, dass wir alle unsere Fähigkeiten haben; ist das eine von Ihnen?" Er zog seine Augenbrauen hoch und wandte sich wieder der Akte zu. Er war fast durch und wollte sichergehen, dass er alle Informationen im Kopf hatte, ehe er sich den Nachrichten widmete, die sie aufgefangen hatten. Eine Reihe verschlüsselter Dateien von Eileen hatte auf dem Computer in seinem neuen Büro auf ihn gewartet. Er hatte nur rasch einen Blick darauf geworfen und eingesehen, dass er zuerst die Hintergrundinformationen brauchte, ehe er sich auf die Übertragungen selbst stürzen konnte.

„Sieh mal, Kleiner, ich habe jahrelange Erfahrung mit dieser Art Sachen. Also lass mich machen, was ich am besten kann, und du machst den Computerkram und vielleicht überstehen wir das hier lebend und kommen zurück nach Hause, damit wir mit unserem Leben weitermachen können." Knight ließ die Akte auf seinen Schreibtisch fallen und plumpste auf seinen Stuhl.

„Wenn Sie das hier nicht machen wollen, dann sagen Sie ihnen das, anstatt sich wie ein mürrischer, alter Mann zu benehmen", konterte Dayton. Dann seufzte er. Das war nicht der Weg, etwas zu beginnen, was eigentlich eine Partnerschaft sein sollte. „Lass uns noch mal von vorne anfangen, anstatt aufeinander loszugehen. Ich bin Dayton Ingram. Meine Freunde nennen mich Day." Er ging rüber zum anderen Schreibtisch und streckte seine Hand aus.

Der andere Mann starrte sie eine Sekunde lang an und stand dann ebenfalls auf. „Knighton. Die Leute nennen mich Knight."

„Vor- oder Nachname?", sagte Day und schüttelte die ihm entgegengestreckte Hand.

„Nur Knighton", erwiderte der und ließ seine Hand sinken. „Also, hast du hier irgendwelche Perlen der Weisheit gefunden?"

„Nicht wirklich, nur Hintergrundinformationen. Aber einige davon könnten hilfreich sein." Er kehrte zu seinem Computer zurück, öffnete eine der verschlüsselten Dateien, die Eileen ihm geschickt hatte, und dreht den Bildschirm, damit Knight sie sehen konnte. „Die Signale, die sie abgefangen haben, wurden in diese Gegend zurückverfolgt. Aber laut der Akte kommen sie nicht immer vom gleichen Standort."

„Also sind sie in Bewegung. Das wird es schwieriger machen, sie zu finden", meinte Knight, als er zu Days Schreibtisch hinüberging.

„Das ist eine Möglichkeit, aber es könnte auch sein, dass irgendetwas das Signal verzerrt."

„Zum Beispiel?"

„Ich weiß nicht. Aber wir werden ein paar Antworten finden, wenn wir vor Ort sind. Es gibt eine Reihe von Gründen, warum das Signal verzerrt oder unregelmäßig sein könnte." Day machte sich eine Notiz auf einem Block, der auf seinem Schreibtisch lag. „Ich werde mal recherchieren und sehen, was ich finden kann."

„Gut", sagte Knight. Glücklicherweise lag dieses Mal keinerlei Attitüde in seiner Stimme. „Hast du vor, dir ein Bild von diesen Übertragungen zu machen und zu sehen, was du davon hältst?"

„Ja", antwortete Day, der, nachdem er den Bildschirm wieder umgedreht hatte, bereits damit begonnen hatte, die Dateien aufzurufen.

Knight ging zur Tür. „Was wirst du tun?"

„Reisevorbereitungen treffen." Knight öffnete die Tür, verließ das Büro und schloss sie hinter sich. Day sah ihm beim Weggehen zu und fragte sich, wo zum Teufel er da hineingeraten war. Knight war recht gut aussehend – whoa, genau hier musste er aufhören. Er würde wochenlang mit Knight zusammenarbeiten, und überhaupt, er hatte keinerlei Ambitionen, auch nur einen Zeh aus dem sprichwörtlichen Schrank zu strecken, jedenfalls nicht, bis das, was er wollte, in Reichweite lag. Er hatte seine sexuelle Orientierung schon so lange für sich behalten. Als er sich das letzte Mal hervorgewagt hatte, war es nicht gerade gut gelaufen. Er würde sein Interesse, was auch immer zum Teufel das beinhalten mochte, für sich behalten.

Dayton warf einen Blick auf den Zettel, den Knight auf seinen Schreibtisch geworfen hatte. Es waren ein paar Basis-Infos über Reisespesen. Er wusste, was zu tun war, er war schließlich nicht blöd. Kopfschüttelnd kehrte er an seinen Computer zurück und machte sich daran, die Nachrichten durchzugehen, um zu sehen, ob er etwas aus ihnen herauslesen konnte. Er verbrachte fast den ganzen restlichen Tag damit und tat sein Bestes, um Knights Kommen und Gehen im Büro zu ignorieren.

„Hast du vor, für heute Schluss zu machen, oder willst du an deinem Schreibtisch schlafen, Frischling?", fragte Knight und unterbrach damit Days Konzentration. „Ich habe unsere Reisevorbereitungen abgeschlossen und die Firma spendiert uns sogar eine anständige Kabine."

„Wir werden nur für ein paar Tage auf dem Schiff sein. Es scheint mir Verschwendung zu –"

Knight unterbrach ihn mit einer Handbewegung. „Du warst beschäftigt und hast das Neueste noch nicht gehört. Das Segelschiff, auf dem wir reisen, veranstaltet eine Kreuzfahrt für Schwule, also werden du und ich ein Liebespaar spielen, das gemeinsam Urlaub macht."

Days Magen schlug einen Salto, und er versuchte sein Bestes, damit man ihm sein Unbehagen nicht an der Nasenspitze ansah. „Klingt … interessant." Guter Gott, was zum Teufel sollte er sonst dazu sagen?

„Keine Sorge, wir werden es nicht zu weit treiben müssen, aber es war der einfachste Weg, um auf das Schiff zu kommen, das wir brauchen. Es wird uns dabei helfen, uns unter die anderen Passagiere zu mischen." Knight reichte ihm einige Papiere. „Verwahre die an einem sicheren Ort. Das sollten alle deine Reiseunterlagen sein."

Day nickte und las sich die Einzelheiten durch.

„Ich seh' dich dann morgen", sagte Knight. „Ach übrigens, gern geschehen."

Day sah von den Reiseunterlagen auf und öffnete den Mund, um sich zu bedanken, aber Knight verließ bereits das Büro, mit der Anmut eines Panthers auf der Jagd nach Beute. Day war fasziniert und seine Fantasie schälte ihn augenblicklich aus Hemd und Hose und stellte sich vor, was wohl darunter verborgen sein mochte. Wahrscheinlich unendlich viel olivfarbene Haut mit gerade genug kurzen, dunklen Haaren auf seiner Brust, um die Sache wirklich interessant zu machen. Days Fantasie beschwor einen Geruch herauf, der ihn schwindelig machte.

„Übst du schon mal für die Kreuzfahrt?", fragte Knight vom Türrahmen her und Day blinzelte einmal, als er zurück in die Realität fiel.

„Ich frage mich bloß, ob es für dich ganz natürlich ist, sich wie ein Idiot aufzuführen oder ob du tatsächlich an der Fähigkeit gearbeitet hast." Day ließ ein Lächeln aufblitzen, froh darüber, dass es ihm gelungen war, seinen kleinen Tagtraum mit einer angemessenen Erwiderung zu überspielen. Mit Mist wie diesem musste jetzt endgültig Schluss sein. Er musste sich im Griff haben. Er konnte das hier schaffen.

„Es ist ein gottgegebenes Talent", konterte Knight und verließ das Büro, ehe Day eine Chance hatte, etwas darauf zu erwidern.

Day biss einen Moment lang die Zähne zusammen. Dieser Kerl würde ihn in den Wahnsinn treiben. Er wünschte, er hätte bei seinem ersten Auftrag einen anderen Partner. Day schloss die Datei mit den aufgefangenen Nachrichten, an der er gearbeitet hatte, und speicherte sie auf einem USB-Stick ab, um sie mit nach Hause nehmen zu können. Ein Grinsen formte sich auf seinen Lippen, als er ein Fenster zu den internen Systemen von Scorpion öffnete und sich daranmachte, Informationen über Knighton zu suchen. Wenn er schon mit dem Mann arbeiten musste, dann würde er alles über ihn herausfinden, was es herauszufinden gab. Er wollte verdammt sein, wenn er wie ein Neuling herumstolpern und Knight gestatten würde, die ganze Zeit über die Oberhand zu behalten.

2

KNIGHT VERLIESS das Scorpion Gebäude, so kribbelig wie ein dreibeiniger Hund mit Flöhen. Er war zwangsweise wieder in den Außendienst versetzt worden und sie hatten ihn mit einem Agenten zusammengespannt, der noch in den Windeln lag. Mist, jetzt wurde von ihm erwartet, dass er die Mission zu einem Erfolg führte, dem Neuling auf die Sprünge half und irgendwie dafür sorgte, dass sie während der Durchführung nicht getötet wurden. Er hatte, zum Teufel noch mal, keinen Schimmer, über welche Fähigkeiten der Frischling verfügte, von einem smarten Mundwerk und der Fähigkeit, auf einer Tastatur herumzutippen mal abgesehen. Den Gerüchten nach, die durchs Haus schwirrten, hatte er in der vergangenen Nacht einem jungen Burschen geholfen, der auf der South Side angegriffen worden war, also musste Day Eier in der Hose haben, und offensichtlich hatte er auch Verstand in seinem Filmstar-Köpfchen. Knight öffnete die Tür seines uralten Trucks, kletterte hinein und schlug sie hinter sich zu. Seine Frustration musste irgendein Ventil finden.

Filmstar … Er gluckste leise bei dem Gedanken und zuckte zusammen, als leicht an seine Scheibe geklopft wurde. Er kurbelte sie herunter und starrte nach draußen auf Mark. „Was gibt's, Mark?", fragte er, obwohl er es bereits wusste.

Mark Cale lehnte sich gegen das geöffnete Fenster und lehnte seine Stirn an den Türrahmen. „Habe gehört, du gehst wieder raus in den Außendienst."

„Ja." Knight deutete mit dem Kopf auf die andere Tür. „Steig ein. Ich könnte einen Drink vertragen. Wie steht's mit dir?"

„Ich wette, das könntest du." Mark schob sich vom Wagen weg und umrundete die Rückseite des Trucks. Er war Jahrzehnte älter als Knight, mit Jahren an Erfahrung, die in jede Linie seines Gesichts eingegraben waren, und grauen Haaren auf dem Kopf. Die Beifahrertür öffnete sich, Mike kletterte hinein und zog die protestierende Tür hinter sich zu. „Verdammt, Kleiner, du musst diese Todesfalle unbedingt loswerden und dir verflucht noch mal einen neuen Truck besorgen. Dieses Ding wird dir eines Tages noch um die Ohren fliegen."

Es war ein vertrauter Kommentar und er löste einige der Knoten in Knights Bauch. „So was bauen sie heute nicht mehr."

„Deswegen haben neue Autos auch Dinge wie elektrische Fensterheber und eine Klimaanlage, die, verdammt noch mal, auch funktioniert." Mark kurbelte sein Fenster runter, aber das ließ sich nur halb öffnen. „Herr im Himmel, ich werde in dieser Todesfalle ersticken." Er wandte sich an Knight. „Lass den verfluchten Motor an und setz' dieses Stück Schrott in Bewegung."

Knight widersprach nicht. Mit jedem anderen hätte er gestritten oder wenigstens mit einer smarten Erwiderung gekontert, aber nicht mit Mark. Es wäre ihm im Traum nicht eingefallen, ihm zu widersprechen. Knight ließ den Motor an, der wie ein Kätzchen schnurrte, und fuhr rückwärts aus der Parklücke, ehe er in den ersten Gang schaltete und losfuhr. Sie sprachen kein Wort, während sie zu derselben Bar wie immer fuhren. „Was ist mit deinem Auto?"

„Carolyn hat mich heute Morgen hergefahren, weil das verflixte Ding zur Inspektion muss. Hat mich andauernd angepiept. Wenn du mich also zu Hause absetzen könntest, nachdem wir hier fertig sind …"

Knight nickte und fuhr noch eine Meile bis zum Freeway, von dem er dann schließlich Richtung Innenstadt abbog. An der Ausfahrt Whitefish Bay verließen sie die Schnellstraße und fuhren weiter zu einem kleinen Restaurant, das auch Alkohol ausschenkte. Dieser Teil der Stadt hatte schon immer zu den besseren Vierteln gehört, aber in den letzten Jahren war er noch nobler geworden, mit einer vornehmen Einkaufsgegend, neuen schicken Restaurants und sogar einem Discounter. Knight liebte den Ort, würde es aber niemals zugeben. Es fühlte sich zu sehr nach Verrat an. Er war sich nicht sicher, wieso. Vielleicht war es so, als würde er seine Erinnerungen daran verraten, wie es früher einmal gewesen war, und das war alles, was ihm noch geblieben war.

Er fuhr auf den Parkplatz und stellte den Motor ab, dann stiegen sie aus und gingen hinein.

„Mr. Knight", sagte die Empfangsdame. „Sind Sie hier, um etwas zu essen?"

„Wir setzen uns einfach an die Bar und entscheiden uns später wegen des Essens." Er brachte ein Lächeln zustande und sie schickte sie mit einer Handbewegung und dem gleichen Lächeln, das sie ihm jedes Mal schenkte, wenn er hierherkam, in Richtung Bar.

„Sie ist groß geworden", bemerkte Mark.

„Ja. Ich erinnere mich noch an die Zeiten, als sie gerade mal alt genug war, um über das Empfangspult zu schauen, und jetzt hat sie das College abgeschlossen und wird bald heiraten." Knight setzte sich an einen der kleinen Seitentische und Mark nahm ihm gegenüber Platz.

„Also, welche Laus ist dir über die Leber gelaufen?", fragte Mark und wandte anstandshalber den Blick ab, als die hübsche Kellnerin an ihren Tisch kam. Er bestellte einen Whisky pur, und Knight wollte verdammt sein, wenn er nicht ganz kurz davor war, sich ebenfalls einen zu bestellen. Er wollte – Teufel noch mal, er brauchte einen, aber er schob das beiseite.

Er mochte ja glauben, einen zu brauchen, aber er wollte verflucht sein, wenn er trinken würde, weil er es brauchte. Er bestellte einen Eistee und ließ es dabei bewenden. Mark bemerkte es, sagte aber nichts dazu, was gut war, weil Knight ihm wahrscheinlich eine verpasst hätte, wenn er irgendetwas Herablassendes oder Rührseliges von sich gegeben hätte. Mark neigte seinen Kopf zur Seite, seine Art zu sagen: „Rede."

„Scheiße, Mark …" Er wusste nicht, wo zum Teufel er anfangen sollte.

Es war ja nicht so, als wäre er es gewohnt, über seine Gefühle zu sprechen. Einfach alles – die beschissenen Jahre, in denen alles stetig den Bach runtergegangen war – hatte sich in ihm aufgestaut, und wenn der Damm brach, würden sie alle bis zum Hals in einer stinkenden Jauchegrube stecken.

„Fang damit an, warum du wegen dieser Mission ausgeflippt bist", sagte Mark, als die Bedienung die bernsteinfarbene Flüssigkeit vor ihn hinstellte. „Vielen Dank, meine Liebe." Eine Andeutung von seinem alten Texasakzent schlich sich in Marks Stimme, wie es manchmal geschah, wenn er unachtsam wurde, oder für etwas wirklich dankbar war. So hatte Knight immer gewusst, wenn er etwas wirklich gut gemacht hatte – dann war Marks Texasakzent durchgekommen. Ganz egal, was Mark gesagt hatte, Knight hatte stets auf den Akzent gelauscht, und der hatte ihm immer die Wahrheit verraten.

„Es ist die erste", antwortete Knight.

„Ja, das weiß ich, aber es ist jetzt zwei Jahre her. Findest du nicht, dass es langsam an der Zeit wäre, die schwarze Kleidung und den Schleier wegzulegen und wenigstens zu Lila überzugehen?" Mark benutzte immer diese Redewendungen, die selten einen Sinn ergaben.

„Es ist Zeit, dich wieder unter die Lebenden zu begeben und mit dem Trauern aufzuhören." Mark führte sein Glas an die Lippen, seufzte und trank einen Schluck. „Verdammt ist der gut." Er seufzte erneut und ließ seinen Blick wieder zu Knight zurückwandern. „Kleiner, du musst wieder ins Leben zurückkehren, sonst wirst du als mürrischer, alter Mann enden, noch ehe du vierzig bist."

„Scheiße." Knight seufzte und trank von seinem Eistee. „So hat Dayton mich heute genannt."

„Wer ist Dayton? Dein Partner bei dieser Mission?" Marks Pause war kaum lang genug, damit Knight zustimmend nicken konnte. „Dann hat der Kleine es ziemlich schnell erfasst." Mark schien darüber ziemlich erfreut zu sein … viel zu erfreut.

„Was?"

„Wenigstens wird dieser Dayton sich nichts von dir gefallen lassen. Du brauchst so jemanden." Mark grinste und die kleine Narbe an seinem Mundwinkel wurde sichtbar. Sie war ein Souvenir von einer Kneipenschlägerei in Mexiko, als er Knight gerettet hatte, nachdem der als Neuling etwas Dummes getan hatte. „Du brauchst keinen Partner, der sich von dir schikanieren lässt."

„Du hast mich schikaniert", sagte Knight in anklagendem Ton.

Mark hielt inne, das Glas auf halbem Wege zu seinem Mund. „Habe ich das?" Er zog leicht die linke Augenbraue hoch und ertappte Knight damit beim Jammern, ohne ein Wort zu sagen. „Du kamst frisch von den Marines und warst so auf Krawall gebürstet, wie man nur sein kann. Verdammt, du warst furchteinflößend wie Sau, andauernd erpicht darauf, zu schießen oder irgendwelchen Scheiß in die Luft zu jagen." Mark lächelte. „War allerdings ziemlich praktisch in Ecuador." Er nippte erneut, immer noch grinsend, an seinem Whisky. „Du brauchtest eine feste Hand. Tja, manchmal bekommen wir den Partner, den wir brauchen, und manchmal den, den wir kriegen. Es ist an dir, zu entscheiden, welcher von beiden das hier ist."

„Er ist der Partner, den ich bekommen habe ..." Knight kippte den Inhalt seines Glases hinunter und die Flüssigkeit befeuchtete seine urplötzlich ausgetrocknete Kehle. „Genau wie ich der Partner gewesen bin, den du bekommen hast, und du der Partner gewesen bist, den ich gebraucht habe."

„Bist du dir da sicher, Kleiner?" Marks Gesichtsausdruck war nicht zu deuten. „Bist du sicher, dass wir nicht beide bekommen haben, was wir brauchten?" Ohne abzusetzen leerte er sein Glas Whisky und bedeutete der Kellnerin, ihm noch eins zu bringen. Nachdem sie es getan hatte, sagte er: „Sei nicht zu hart mit diesem Dayton, aber fass ihn auch nicht mit Samthandschuhen an. Der Außendienst ist verdammt hart. Jeder denkt, es sei aufregend und glamourös, aber in Wirklichkeit sind es Tage des Wartens, umgeben von Momenten, in denen die Kacke am Dampfen ist."

„Wem sagst du das. Er ist wahrscheinlich so aufgeregt, dass er den ganzen Abend damit verbringt, die Akten durchzulesen und sich die aufgefangenen Übertragungen anzusehen."

Mark starrte ihn an. „Für mich klingt das clever. Meine Frage an dich wäre, wieso du das nicht auch machst? Es hört sich an, als würde der Kleine sich bereit machen und die Vorbereitungen treffen, die du von einem Partner erwartest." Er hob sein Glas an die Lippen, stellte es aber wieder zurück auf den Tisch, ohne daraus zu trinken. „Er mag ja neu sein, aber vielleicht bist du derjenige, der nicht bereit ist für diese Mission." Mark faltete seine Hände. „Du hast dich bei keiner unserer Missionen vor irgendetwas gedrückt. Du hast dich voll ins Zeug gelegt und mehr. Das ist es, was er zu tun versucht."

Das traf Knight wie ein Tritt in die Magengrube. „Scheiße."

„Ich sag ja nicht, dass du hierbei ein Anfänger sein sollst. Es ist dein Job, dich wie der erfahrene Profi zu verhalten. Hilf ihm auf die Sprünge, aber sei deswegen kein Arsch ... na ja, jedenfalls nicht die ganze Zeit über. Dich zu bitten, kein Arsch zu sein ist, wie dich zu bitten, mit dem Atmen aufzuhören. Aber beschränke dein Arschsein wenigstens auf ein Minimum."

„Fuck ..." Knight seufzte und fuhr sich mit den Händen durchs Haar.

„Und wenn du schon mal dabei bist, besorg dir einen anständigen Haarschnitt und mach dich salonfähig. Du siehst furchtbar aus, und das schon seit Monaten. Es wird Zeit, dass du dich um dich selbst kümmerst. Alle, einschließlich mir, haben dich in Ruhe gelassen, weil du es so wolltest. Vielleicht haben wir alle falschgelegen und das, was du wirklich brauchst, ist ein Tritt in den Hintern." Mark lächelte. „Und glaub mir, es gibt eine Menge Leute, die dafür Schlange stehen würden. Teufel noch mal, wir könnten eine Lotterie veranstalten und gleichzeitig den Hunger in der Welt beenden."

Knight gluckste über Marks Hang zur Übertreibung. Er hatte das vermisst.

„Ja, ich habe versucht, witzig zu sein und dich mitten ins Herz zu treffen, wie in alten Zeiten, aber das schaffe ich nicht mehr. Dein Fell ist inzwischen zu dick dafür, wenigstens für die Pfeile, die ich auf dich abschießen kann."

Marks entschlossener Blick bohrte sich in ihn und er schien nach etwas zu suchen.

Knight war fest entschlossen, nicht zu zittern oder unter der Intensität des Blickes gar das Atmen einzustellen. „Was sollte das denn?", fragte er schließlich und starrte zurück.

„Wollte nur sehen, ob der Knight, den ich kannte, noch irgendwo da drinnen ist."

„Wovon zum Teufel sprichst du da?", schoss Knight zurück. „Ich habe meine Frau und mein Kind verloren. Ich ..."

Seine Wangen wurden heiß und er beugte sich über den Tisch, wobei er fast das Glas umstieß, was ihn allerdings einen Dreck scherte. „Es ist keine Schande, wenn man versucht seine Wunden zu heilen, damit man niemand anderen in Gefahr bringt."

„Nein. Aber du bist schon weit darüber hinausgegangen. Du versteckst dich, und das muss jetzt aufhören. Cheryl und Zachary sind fort und sie kommen nicht zurück." Mark schlug mit der Hand auf den Tisch. „Das alles ist Geschichte, genau wie alles, was zwischen damals und heute passiert ist. Du hast einen Auftrag, der gefährlich werden und den Knight erfordern wird, an den ich mich erinnere, den, dem ich mein Leben anvertraut habe und das auch heute noch tun würde."

Fuck. Knight fuhr sich mit den Händen übers Gesicht, in dem vergeblichen Versuch, den Zweifel fortzuwischen, der ihn auf Schritt und Tritt zu verfolgen schien. Mark hatte recht; er musste sich zusammenreißen. „Was mache ich denn jetzt?"

„Das fragst du mich, Marine?", sagte Mark und Knight richtete sich in seinem Stuhl auf, als die alten Instinkte auf einen Schlag zurückkehrten. „Siehst du? Jetzt kapierst du es. Wenn alles andere versagt ..."

„ ... kehre zurück zum Wesentlichen. Alles, was wir tun, basiert darauf", schloss Knight und Mark nickte.

„Und jetzt lass uns was essen, ehe mir dieser Whisky zu Kopf steigt, denn wenn du mich betrunken nach Hause bringst, wird Carolyn uns beiden das Fell über die Ohren ziehen, und wir wissen beide, dass wir nicht wollen, dass das geschieht."

„Guter Gott, nein." Marks Frau Carolyn war eine Naturgewalt, wie ein Wirbelsturm der Kategorie fünf, und man sollte sich auf gar keinen Fall mit ihr anlegen. „Bin gleich wieder da." Er stand auf und machte sich auf den Weg, um der Empfangsdame zu sagen, dass sie bereit für einen Tisch wären. Sie ging zurück in die Bar, holte Mark und führte sie dann an einen Tisch in der Nähe der vorderen Fenster. „Danke", sagte er beim Platznehmen zu ihr.

„Jederzeit", erwiderte sie mit einem Lächeln, das ein bisschen koketter war als gewöhnlich, und ging.

„Gibt es da jemanden in deinem Leben?", fragte Mark. „Es würde nicht schaden, wenn du anfangen würdest, dich zu verabreden, weißt du. Vielleicht fühlt sich dein Leben dann weniger –"

„Du klingst wie meine Mutter, und gerade jetzt brauche ich in meinem Leben nicht zwei davon", unterbrach ihn Knight und beugte sich dann über eine Seite des Tisches. „Nö, ich kann nicht erkennen, wo du dich in eine Tussi verwandelt hast. Also hör auf, mich verkuppeln zu wollen. Ich gehe aus, wenn ich soweit bin." Das hatte Knight seiner Mutter und dem überwiegenden Teil seiner Familie schon seit Monaten gesagt. Sie mussten ihn endlich in Ruhe lassen.

„Okay ... okay. Ich habe bloß darüber nachgedacht. Ich verwandele mich nicht in eine Klatschtante. Das macht Carolyn schon gut genug für uns beide."

Knight nahm die Speisekarte von dem Kellner entgegen und schlug sie auf. Er hatte niemandem erzählt, dass er nicht vorhatte, je wieder zu heiraten. Er hatte mit Cheryl genug Glück erfahren und er hatte ihren Sohn über alle

Maßen geliebt. Aber diese Art von Beziehung war für ihn eine einmalige Sache gewesen, und dieser Teil seines Lebens war vorbei.

DANACH NAHMEN Mark und er ein angenehmes Abendessen miteinander ein. Er brachte Mark nach Hause und es gelang ihm, Hallo zu Carolyn zu sagen, ohne ins Haus gezogen zu werden und die ganze Nacht lang reden zu müssen. Er brauchte Zeit zum Nachdenken … dringend. Mark hatte in einigen Punkten recht gehabt. Er musste mit seinem Leben weitermachen, und die Küche war genau der richtige Ort, um damit anzufangen. Zu Hause angekommen, öffnete Knight den Schrank unter der Spüle und holte den Müll raus. Er starrte in den Eimer, der größtenteils mit Flaschen gefüllt war. In letzter Zeit hatte er zu viele Mahlzeiten in flüssiger Form zu sich genommen, und das musste aufhören. Ein Glas in Gesellschaft war eine Sache, aber hier waren Dutzende von Flaschen und er hatte jede Einzelne davon selbst geleert, während er allein in seinem Sessel gehockt hatte.

Die Flaschen fielen klirrend in die Recyclingtonne, als er den Mülleimer nach draußen brachte und auskippte. Dann ging er wieder hinein und warf die hauptsächlich leeren Flaschen weg, die noch im Schrank standen. Whisky und Scotch zum Genießen behielt er, aber der ganze Rest floss in den Ausguss und dann wanderten die leeren Flaschen nach draußen zu den anderen. Es war schon längst überfällig, dass er sein Leben wieder auf die Reihe bekam. Als er damit fertig war, schnappte Knight sich die Mappe mit den Unterlagen über ihren Auftrag, die er mit nach Hause genommen hatte, setzte sich mit einem Glas Eistee aufs Sofa und fing an zu lesen.

Er erwachte ein paar Stunden später, das Haus still, die Unterlagen auf seiner Brust ausgebreitet und sein Nacken steif vom Schlafen auf dem Sofa. Er bewegte sich ein wenig und die Papiere verteilten sich auf dem Boden. Knight setzte sich auf, wischte sich mit den Händen übers Gesicht und fragte sich, was ihn geweckt haben mochte. Seit er den Marines beigetreten war, hatte er herausgefunden, dass er überall schlafen konnte, und beinahe jederzeit. Es brauchte nicht viel, und beim Militär schläfst du, wenn du kannst, denn es kann Tage dauern, bis du wieder dazu kommst. Er hatte geträumt, das wusste er, aber er hätte nicht sagen können, wovon, selbst wenn sein Leben davon abhinge. Alles, was ihm geblieben war, war das warme Gefühl, dass sich jemand anderes um ihn gekümmert hatte. Was auch immer es gewesen war, der Traum war schön gewesen. Als er so darüber nachdachte, erinnerte er sich an ein Paar tiefbraune Augen, die ihn angestrahlt hatten. Zuerst dachte er, es wären Cheryls gewesen, aber ihrer beider Augen, Cheryls und Zacharys, waren blau gewesen –

ein tiefes saphirblau, das in der Sonne leuchtete. Diese waren warm gewesen, wie geschmolzene Schokolade.

Knight sammelte die Papiere ein und legte sie wieder zurück in die Mappe, ehe er seinen Rücken streckte. Er legte die Akte in den Safe in seinem Büro und ging dann ins Bad, um sich zu waschen und bettfertig zu machen.

ZWEI TAGE später schritt Knight einen Gang im Flughafen entlang, in Richtung seines Gates, die Reisetasche in der Hand. Sein Flugzeug würde planmäßig in zehn Minuten starten, und durch die Sicherheitskontrolle zu gehen, war echt nervig gewesen. Aber er hatte es geschafft und beeilte sich nun so sehr er konnte. Am Gate zeigte er seine Bordkarte vor und ging weiter ins Flugzeug. Er fand seinen Sitz, verstaute sein Handgepäck und stöhnte, als er bemerkte, dass sein Sitz in der Mitte lag.

Day stand auf und lächelte zu ihm hoch.

„Ich dachte, ich …", Knight schlängelte sich auf den mittleren Platz und setzte sich.

Day nahm neben ihm Platz, schnallte sich an und lehnte seinen Kopf gegen die Rückenlehne des Sitzes. Das Grinsen verschwand dabei keinen Moment aus seinem Gesicht. „Du weißt, dass ich ziemlich gut mit Computern umgehen kann", flüsterte er und drehte seinen Kopf in Knights Richtung.

Knight seufzte. Das musste er dem Kleinen lassen. „Wenn du so verdammt gut bist, wieso hast du uns dann nicht in einer besseren Klasse untergebracht?" Er rutschte in seinem Sitz hin und her und versuchte, es sich bequem zu machen, während die Kabinencrew mit ihren Sicherheitsunterweisungen begann. Dann verließen sie das Gate, rollten los und hoben vom Boden ab. Sobald sie in der Luft waren, fuhr Knight seine Rückenlehne nach hinten, machte die Augen zu und schlief ein. Genau zur Landung wachte er wieder auf.

„Arsch", sagte Day, als er seinen Sitz wieder aufrecht stellte.

„Das ist einer der Vorteile beim Militär. Nachdem du tagelang wach gewesen bist, lernst du, zu schlafen, wann immer du kannst und infolgedessen auch, wann immer du willst." Knight reckte sich, als sie zum Gate rollten und schließlich anhielten. „Schnellster Flug aller Zeiten."

Die Anschnallzeichen erloschen und Day stand auf und fing an, seine Sachen aus den Fächern über den Sitzen zu kramen. Knight wartete, bis sich die Reihen vor ihnen geleert hatten, ehe er seine Tasche nahm und Day die Rampe hinunter folgte. Er wusste, dass er nicht hinsehen sollte, konnte aber nicht anders, als das perfekte Hinterteil in der engen Jeans zu beobachten, das vor ihm her hüpfte. Na ja, er gestattete es sich ungefähr zwei Sekunden lang und konzentrierte sich dann auf die Aufgabe, die vor ihnen lag. Diese Art von

Gedanken über seinen Partner bei dieser Mission – oder eigentlich über jeden Mann – war schon vor langer Zeit aus seinem Denken verbannt worden, und das musste auch so bleiben. Aber, verdammt, Day hatte seine Jacke fallen lassen und beugte sich nun hinunter, um sie aufzuheben. Knight riskierte einen Blick und wandte dann seinen Blick ab, bis Day sich wieder aufgerichtet hatte. Dann gingen sie weiter den Flugsteig entlang und betraten den Flughafen von Fort Lauderdale.

Sie begaben sich rasch zum Gepäckband und bekamen ihre Koffer. Als sie dann alles beisammen hatten, nahmen sie sich ein Taxi zum Hotel.

„Ist ein Päckchen für mich da?", fragte Knighton beim Einchecken am Hotelempfang. Der Angestellte ging weg und kam kurz darauf mit einem Karton zurück. Knight reichte ihn mit einem Lächeln an Day weiter, nahm dann die Schlüsselkarten entgegen, die der Hotelangestellte ihnen aushändigte, und führte Day zu ihrem Zimmer.

„Was ist in dem Karton?", fragte Day, sobald sie in ihrem Zimmer hinter verschlossenen Türen waren.

„Waffen", antwortete Knight. „Wir konnten sie ja schlecht mit ins Flugzeug nehmen, ohne einen Haufen unangenehme Untersuchungen und Verdächtigungen über uns ergehen zu lassen, also habe ich sie per Post schicken lassen." Knight überprüfte, ob beide Pistolen in brauchbarem Zustand angekommen waren und einwandfrei funktionierten, ehe er sie beide im Safe am Boden des Kleiderschranks verstaute.

„Ich nehme an, eine davon ist für mich?", fragte Day.

„Möglicherweise", antwortete Knight. Am Ende würde er Day wahrscheinlich eine davon geben müssen, aber erst dann, wenn es sein musste. „Tja, wir gehen morgen früh an Bord des Schiffes, also haben wir den Rest des Tages für uns. Gibt es etwas, das du gern machen würdest?"

„Ja", erwiderte Day und öffnete seine Tasche. „Ich habe an diesen aufgefangenen Übertragungen gearbeitet, und ich glaube, dass ich ihnen noch ein paar zusätzliche Informationen entnehmen kann."

„Hörst du jemals auf zu arbeiten?", fragte Knight. Nicht, dass es eine große Sache war; er war einfach nur neugierig. Er kannte Dayton erst seit ein paar Tagen, aber der Bursche schien nie eine Pause zu machen. Sein Eifer war beeindruckend und Knight nickte innerlich. Vielleicht könnte er selbst etwas davon gebrauchen.

„Ich …" Day schien von der Frage überrascht. „Das ist, weswegen wir hier sind. Nicht, um an den Strand oder in der Sonne spazieren zu gehen, ganz egal, wie schön das auch wäre." Day unterbrach sich, um einen Blick aus dem Fenster zu werfen. „Es sieht allerdings sehr schön aus, nachdem wir kahle Bäume hinter uns gelassen haben." Der Herbst hatte definitiv Einzug gehalten und sie hatten bereits den sporadischen ersten Schnee gehabt. Während der letzten paar Tage hatten sie eine zeitlich begrenzte Galgenfrist genossen, ehe das kalte Wetter einsetzte und der Winter hart zuschlug.

„Ja, das ist es", stimmte Knight zu und zog einen der Stühle heraus, die um einen kleinen Tisch in der Ecke des Zimmers herum standen. Day brachte seinen Computer mit und fuhr ihn hoch.

„Wie ich bereits gestern sagte, habe ich die Übertragungen durchgesehen und mir ist da vielleicht ein Hinweis aufgefallen. Dimato hat gesagt, dass sie einen Angriff auf die elektronische Infrastruktur planen, aber ich denke, ich kann das noch weiter einschränken. In dieser speziellen Nachricht hier, siehst du?" Er zeigte ihm die Abschrift.

„Ich habe sie gelesen", sagte Knight. „Aber ich habe nichts Spezifisches gefunden."

„Weil du nicht genau genug und mit den Augen eines Datenexperten gesucht hast." Day grinste leicht, und Knight bemerkte einen Sekundenbruchteil lang ein Funkeln in seinen tiefbraunen Augen, ehe er sich rasch abwandte. „Sie planen keinen Angriff auf, sagen wir mal, Übertragungswege oder das Internet, sondern auf Daten."

„Du meinst, indem sie Websites hacken?", fragte Knight. „Das scheint mir eher ineffizient zu sein und etwas, was heute nur noch sehr selten geschieht. Wie kann das Hacken von individuellen Websites ein terroristischer Angriff auf ein ganzes Land sein?" Er erwartete darauf nicht wirklich eine Antwort. „Konntest du entschlüsseln, um welche Websites es sich handelt?"

„Das sagen sie nicht. Aber ich habe Kopien aller weiterführenden Übertragungen angefordert." Day sah weiterhin auf den Bildschirm.

Knight beobachtete ihn und fragte sich, wie er etwas sehen konnte, mit all den herunterhängenden braunen Locken vor den Augen. Verdammt, der Mann sah gut aus. Wenn er es sich selbst zugestehen würde, dann müsste er zugeben, dass Day der heißeste Mann war, den er je gesehen hatte, mit einem warmen Hautton und Haaren, die nur ein paar Nuancen dunkler waren, einem Kinn wie aus Marmor gemeißelt und vollen, sinnlichen Lippen. Er sollte solche Gedanken nicht haben. Er hatte sie hinter sich gelassen, als er sich vor zehn Jahren entschieden hatte, das Richtige zu tun.

„Die Sache ist die, ich bin nicht sicher, ob sie eine bestimmte Reihe von Webseiten angreifen."

Bei Days Worten fand Knight sich schlagartig in der Realität wieder.

„Also was willst du dann damit sagen? Wenn sie hinter Daten her sind und keine Webseiten oder bestimmte Unternehmen angreifen ... greifen sie dann die Regierung an?"

Day schüttelte den Kopf. „Ich weiß es nicht. Ich werde etwas Zeit brauchen, um das herauszufinden."

„Wir haben aber keine Zeit", schnappte Knight. „Die Tage verrinnen und wir sind nicht dichter dran als vorher."

Day sprang auf die Füße. „Schrei mich nicht an. Ich sehe nicht, dass du irgendetwas tust, um zu helfen." Er beugte sich über den Tisch und seine Augen blitzten. „Es gibt keine weiteren Informationen in den Übertragungen und ich kann mir keine aus den Rippen schneiden. Das sind Übertragungen, die wir mehr oder weniger per Zufall aufgefangen haben. Ich hoffe, dass wir besser verstehen werden, was da vor sich geht, wenn wir erst mal näher an der Quelle sind."

Also hatte Day doch Temperament. Er hatte es schon früher gesehen, aber dieses Mal sprühte er geradezu vor Energie. Knight konnte fühlen, wie sie den Raum erfüllte. Day starrte ihn an, forderte ihn geradezu heraus, ihm zu widersprechen.

„Und wie willst du das anstellen?", erwiderte Knight barsch. „Willst du die Kommunikationstechnik aus dem Hut zaubern?" Verdammt, der Mann strapazierte seine Geduld stärker als jeder andere, dem er je im Leben begegnet war.

Day ging zu einer seiner Taschen, zog den Reißverschluss auf und brachte eine Art Funksender zum Vorschein. „Du bist nicht der einzige, der Spezialausrüstung angefordert hat."

„Wie hast du das durch die Sicherheitskontrolle gebracht, und wie willst du es aufs Schiff bringen?"

Day grinste. „Wenn sie die Tasche durchleuchten, sehen sie nur eine normale Reisetasche voller Klamotten. Diese spezielle Sache war das Geschenk eines alten Freundes. Ich werde das Ding auf dem Schiff in Betrieb nehmen und versuchen, die Kommunikation der Terroristen zu überwachen. Wir können ebenfalls selbst Nachrichten senden, ohne uns auf die Technik des Schiffes verlassen zu müssen, also sollte es sicherer sein."

„Was für ein alter Freund?", fragte Knight und ein kurzer Anfall von Eifersucht zuckte durch seinen Bauch, bevor er wieder verschwand. Das war auf so vielen Ebenen falsch.

„Wenn ich dir das sage, muss ich dich töten", erwiderte Day. „Wie dem auch sei, wenigstens haben wir eine Möglichkeit, zusätzliche Daten zu sammeln. Wenn du willst, kann ich die Waffen auch da reinpacken. Sie werden einfach durch die Sicherheitskontrolle flutschen. Also, wie planst du, uns dorthin zu bringen, wo wir hin müssen, nachdem wir uns von unserer Gruppe getrennt haben?"

„Wir verschwinden, wenn wir in der Nähe eines Dorfes sind oder mitten aus der Tour heraus. Nach allem, was du gesagt hast, bringt uns der gebuchte Ausflug bis auf ein paar Meilen an das Gebiet heran, das wir für das Zielgebiet halten. Also habe ich mir gedacht, wenn es genug Leute in der Gruppe gibt, könnten wir in der Menge untertauchen und einfach verschwinden, wenn es soweit ist." Knight ging im Stillen immer noch die Einzelheiten durch, aber ihm war klar, dass er vor Ort und in dieser ganz speziellen Situation die Gunst der Stunde nutzen musste. Es war unmöglich vorherzusagen, was sie vorfinden würden und zu ihrem Vorteil nutzen konnten. „Schlimmstenfalls müssen wir eben laufen." Knight hatte eine überraschte Reaktion erwartet, aber er erhielt lediglich ein Nicken und dann kehrte Day wieder zu seinem Platz vor dem Computer zurück. Er hatte immer noch stur den Unterkiefer vorgeschoben und Knight wandte sich ab. Er ging hinüber zum Fenster, zog die Vorhänge zurück und öffnete die Balkontür, ehe er nach draußen auf den kleinen Balkon trat. Knight ließ die Tür hinter sich zugleiten und lehnte sich gegen das Geländer. Der Balkon, wenn man ihn denn so nennen konnte, war kaum groß genug, dass er darauf stehen konnte. Das Ding diente hauptsächlich zur Dekoration und war, wenn Knight so darüber nachdachte, ziemlich albern. Aber er saugte die Sonne in sich auf und dachte zurück an das letzte Mal, als er in Florida gewesen war.

Lachen klang in Knights Ohren. Es war nicht wirklich da, aber er konnte es trotzdem so klar hören, als wäre es real. „Noch höher, Dad." Zachary drückte die Stange nach vorn und Dumbo stieg in die Luft. „Eines Tages will ich fliegen, Dad. Wie Dumbo. Ich will fliegen." Knight umklammerte das Balkongeländer, als er sich seinem Sohn näherte. Er wusste nicht mehr, was er gesagt hatte. Sein Blick wanderte zu den vorbeiziehenden Wolken und er fragte sich, ob Zach auf einer von ihnen ritt.

Die Tür hinter ihm wurde geöffnet und sein Tagtraum zerplatzte wie eine Seifenblase. „Was willst du?", fragte Knight mit zusammengebissenen Zähnen. Day blieb hinter ihm und Knight nutzte den Moment, um die Gefühle wegzublinzeln, die sich bis zur Oberfläche vorgearbeitet hatten.

„Verzeihung, Eure Hoheit, ich hatte nicht bemerkt, dass Ihr Euer Volk begrüßt."

Die Tür fiel hart zu. Knight drehte sich nicht um, um darauf zu reagieren. Stattdessen stand er da und ließ seinen Blick über die Palmen und die tropische Vegetation wandern. Als er bereit war, hineinzugehen, drehte er sich um, schob die Tür auf und trat aus der Hitze in die Annehmlichkeit des klimatisierten Zimmers.

Day saß am Tisch. Er schaute nicht hoch, als Knight wieder hereinkam. „Hast du irgendetwas Neues herausgefunden?", fragte Knight.

„Nein. Ich habe beschlossen, ein paar E-Mails an Familie und Freunde zu verschicken. Das wird helfen zu erklären, warum ich so kurzfristig weg musste." Er fuhr mit dem Tippen fort.

„Was sagst du ihnen?", fragte Knight und einen Sekundenbruchteil lang war Days Blick voller Sturheit und Knight dachte schon, er würde es ihm aus lauter Trotz nicht sagen.

„Die erfundene Geschichte, auf die wir uns geeinigt hatten. Die Firma schickte mich auf den letzten Drücker auf eine Geschäftsreise nach Florida. Ich habe es einfach gehalten und erklärt, dass ich wohl für ein paar Wochen weg sein werde. Sie haben mir alle eine gute Reise gewünscht und gesagt, ich soll ihnen Fotos schicken, wenn ich Zeit dazu habe." Er schloss den Deckel seines Laptops, öffnete seine Reisetasche und holte ein paar Kleidungsstücke heraus. Dann ging er ins Badezimmer. Die Tür fiel mit einem lauten Geräusch zu und Knight fragte sich, was das alles sollte. Ihm war klar, dass ein Teil davon seinem „Arschsein" zuzuschreiben war, um es mit Marks Worten zu sagen, aber er fand auch, dass Day sich wie eine Art Schönlings-Primadonna aufführte und verdammt noch mal darüber hinwegkommen sollte.

Knight machte seine Reisetasche auf und holte ein Paar Shorts heraus. Er zog sich die Schuhe von den Füßen und entledigte sich seiner Hose. Dann beugte er sich vor, um die Shorts anzuziehen und es sich etwas bequemer zu machen. Die Badezimmertür öffnete sich und er geriet ins Stolpern und fiel fast vornüber aufs Bett, fing sich aber gerade noch rechtzeitig, stieg in die Shorts und knöpfte sie zu. Er drehte sich um und hielt kurz inne.

Day stand barfuß, bekleidet nur mit Shorts und einem Tanktop, das nur sehr wenig der Vorstellungskraft überließ und eine gut definierte Brust zur Schau stellte und Brustwarzen, die sich deutlich unter dem frisch gebügelten Stoff abzeichneten. Breite Schultern und eine schmale Taille vervollständigten das Paket. „Ich werde den Shuttlebus zum Strand nehmen. Ich habe mir gedacht, ich mache ein paar Fotos, die ich dann meiner Familie und meinen Freunden schicken kann. Um die Geschichte zu untermauern."

Er steckte seine gebräunten Füße in ein Paar Flip-Flops, schnappte sich dann eine kleine Tragetasche oben aus seiner Reisetasche und fing an, Sachen hineinzustopfen. Dann hielt er inne und sah von seiner Tätigkeit auf. „Willst du mitkommen?" Knight war beinahe geschockt. Er hatte angenommen, Dayton würde ein wenig Zeit ohne ihn verbringen wollen. „Wenn du vorhast, mitzukommen, dann setz deinen Hintern mal besser in Bewegung, ich treffe dich dann in zehn Minuten unten in der Lobby." Es gab kein Lächeln und Knight nahm an, dass Day einfach nur nett sein wollte. Er brauchte keinen Strandbesuch aus Mitleid oder irgendjemandes Sympathie.

Day fuhr seinen Computer herunter und verstaute seine Sachen, ehe er sich seine Tasche, Brieftasche und eine der Schlüsselkarten griff und den Raum verließ. Die Tür fiel mit einem Knall ins Schloss, der wie ein Schuss durch das kleine Zimmer hallte. Knight stand allein da, so, wie er es in den letzten zwei Jahren getan hatte. Er zog die Schiebetür wieder auf und trat erneut hinaus auf den Balkon und in die Hitze. Zachary und Cheryl hätten es hier geliebt. Er konnte sich genau vorstellen, wie Zachary sich hinausschlich, um Wasserbomben über das Geländer zum Innenhof zu werfen, und wie Cheryl ihr Bestes tat, um den Unsinn zu verhindern, den er als nächstes anstellen würde. Das war ihr Spiel gewesen, fast die ganze Zeit über, die sie Teil seines Lebens gewesen waren. Aber das war vorbei und würde auch nicht wiederkommen. Er würde nie wieder Zachs unbefangenes Lachen hören oder Cheryls Lächeln sehen, wenn er nach Hause kam.

Knight drehte sich um und sah auf seine Uhr. Es waren erst fünf Minuten vergangen. Es blieben ihm noch ein paar, falls er von hier verschwinden und sich Day anschließen und mit ihm zum Strand gehen wollte. Knight wandte sich wieder dem Ausblick zu. „Wieso zum Teufel stehst du hier herum und bläst Trübsal wie ein riesiger Volltrottel?", hörte er Cheryl sagen. Er konnte sie sehen, wie sie mit den Händen in die Hüften gestemmt dastand und mit dem rechten Fuß wippte. Das tat sie immer, wenn sie glaubte, dass er etwas unglaublich Dummes tat. Ihre Augen strahlten, voll mit ihrer ganz eigenen Version von Liebe. Einer, die er jeden einzelnen Tag vermisste wie eine weiche Decke um die Schultern an einem kalten Wintertag. „Worauf wartest du noch?", fragte Cheryl und wippte immer noch mit dem Fuß. Das konnte sie den ganzen Tag lang machen.

„In Ordnung", sagte er laut und ging zurück ins Zimmer. Er schloss die Balkontür und nahm sich ein leichtes T-Shirt aus seiner Reisetasche. Anschließend zog er sein Hemd aus, schlüpfte in das frische und schnappte sich seine Brieftasche und die Schlüsselkarte. Nachdem er seine Schuhe gewechselt und in seine alten Bootsschuhe geschlüpft war, verließ er das Zimmer. Der Fahrstuhl war langsam, aber schließlich öffneten sich die Türen. Er sprang hinein, drückte den Knopf für die Hotellobby und sah durch die gläsernen Wände, während die Kabine abwärtsfuhr, in der Hoffnung, einen Blick auf Day zu erhaschen. Knight war sich nicht sicher, wieso er wegen des Ausflugs zum Strand so aufgeregt war, aber er trat aus dem Fahrstuhl und ging durch die leere Lobby. „Haben Sie einen Mann in Shorts und einem weißen Tanktop gesehen?", fragte Knight eine der Angestellten hinter dem Empfangstresen. „Den, der so sexy ist, dass es einen glatt umhaut?", fragte sie und wurde rot.

„Ja, das wird er sein", erwiderte Knight und verdrehte leicht die Augen.

„Er hat gefragt, wo er in den Shuttlebus steigen kann und ist vor einer Minute gegangen. Ich habe ihm gesagt, dass die Haltestelle an der nächsten Ecke ist." Sie schenkte ihm ein Lächeln, das um einiges strahlender war, als er erwartet hatte. Knight ging davon, schritt durch die Eingangstür und machte sich auf den Weg zur Haltestelle. Day stand neben dem Haltestellenschild, die Haare vom Wind völlig zerzaust und von der Sonne geküsst. „Strahlend" war das Erste, was Knight in den Sinn kam. Er ging langsamer und schob diese Gedanken beiseite. Er würde ihnen nicht nachhängen. Tatsächlich dachte er sogar kurz daran, sich umzudrehen und direkt wieder zurück ins Hotel zu gehen. Day hatte ihn noch nicht gesehen. Er könnte allein zum Strand fahren und einen schönen Tag haben, besser, als ihn mit einem Mann zu verbringen, der nichts weiter wollte, als sich bis zur Besinnungslosigkeit zu besaufen, um zu vergessen … alles zu vergessen.

„Du hast dich entschieden, zu kommen", sagte Day, während er wie angewurzelt dastand. „Gerade noch rechtzeitig. Hier kommt der Bus." Entweder hatte Day seine Unentschlossenheit nicht bemerkt oder sich entschieden, sie zu ignorieren. So oder so, er trat an die Bordsteinkante und stieg in den Bus zum Strand. Es war schwer zu sagen, ob Day sich über sein Erscheinen freute, aber die Entscheidung war getroffen. Knight setzte sich auf die gegenüberliegende Seite vom Gang, die Tür schloss sich und der Shuttlebus setzte sich in Bewegung.

Die Fahrt vom Hotel zum Strand dauerte ungefähr zehn Minuten und Knight stieg aus, als Day es tat, und folgte ihm über die Straße, weg von den Läden, die Strandbekleidung und T-Shirts verkauften, und von den Restaurants, wo die Leute auf überdachten Veranden saßen und redeten und etwas tranken.

Der Sand war warm, und als Knight auf die heranrauschenden Wellen des Ozeans zuging, die die Geräusche der Menschen übertönten, wünschte er sich, er hätte Flip-Flops an, so wie Dayton. Der schlüpfte aus seinen Flip-Flops, stand am Rand der Brandung und das Wasser umspülte seine Füße. Knight zog sein Handy heraus und machte einen Schnappschuss von Dayton, wie er übers Wasser schaute.

„Möchtest du auch ein paar Fotos?", fragte Dayton.

Es gab niemanden, an den er sie schicken könnte. Mark war sein engster Freund und der wusste, wo er war, also schüttelte Knight den Kopf.

„Ich mache aber welche von dir", bot er an. Dayton kam zu ihm rüber und reichte ihm sein Handy. Knighton rief die Kamera-App auf, trat einen Schritt zurück und schoss ein Foto von einem lächelnden Dayton, der am Brandungssaum stand. „Ich brauche ein paar Verschiedene", rief er über das Geräusch des Meeres hinweg. Knight machte ein paar Schritte rückwärts und schoss ein paar Bilder von beiden Seiten des Strandes. Dann schwenkte er den Touchscreen des Handys wieder zurück zu Dayton und ließ es beinahe fallen.

Day hatte sein Shirt ausgezogen und hielt es jetzt in der Hand. Er war … ihm fehlten die Worte. Nicht, dass das etwas geändert hätte. Day konnte so sexy wie die Hölle sein, was er auch war, aber Knighton sollte nicht hinschauen, plus, Himmelherrgottnochmal, der Kerl war höchstwahrscheinlich hetero. Abgesehen davon, war er sein Partner auf dieser Mission. Die Gründe, wieso er sich nicht die Zeit nehmen sollte, um diese Aufnahme richtig in Szene zu setzen, fingen an, sich zu stapeln, aber er ließ sich trotzdem Zeit und positionierte Dayton perfekt im Bild, ehe er den Auslöser drückte.

Dayton schob sein Shirt in seine hintere Hosentasche. Dann streckte er seine Hand aus und Knight legte sein Handy hinein.

„Lass uns mal sehen, was hier so los ist."

Knight nickte und sie gingen in nördlicher Richtung den Strand entlang. Skateboardfahrer und Inlineskater rollten auf dem Gehweg an ihnen vorbei. Männer und Frauen unterbrachen ihr Tun und beobachteten Day, wie er vorbeistolzierte und Knight gab sich ein paar Sekunden, um die Muskulatur und den Körperbau zu bewundern, die vielen Kunstwerken als Vorlage hätten dienen können. Kleine Schweißperlen erschienen auf Days Haut und ließen sie im Sonnenlicht funkeln.

„Hast du Hunger?", fragte Dayton, nachdem er einen Blick über seine Schulter geworfen hatte.

„Ich könnte was essen." Er versuchte, sich daran zu erinnern, wann er das letzte Mal etwas zu sich genommen hatte. Bevor er am Morgen aus dem Haus gegangen war, hatte er sich einen Müsliriegel geschnappt. Er nahm an, dass sie einen Tisch in einem der vielen Restaurants in der Nähe finden würden, aber Day hatte andere Pläne und führte sie zu einem Imbisswagen, wo er einen Hotdog und einen Softdrink bestellte.

„Das ist deine Vorstellung von Mittagessen?"

„Was?", fragte Day, nachdem er einen Bissen genommen hatte. „Nichts schmeckt so gut wie ein Hotdog am Strand." Er kam näher. „Abgesehen davon dachte ich, dass Außendienstler an Orten wie diesem hier essen."

Knight lachte leise. „Die Wirklichkeit sieht so aus, dass wir so gut essen, wie wir können, wenn es auf Spesen geht. Mal ganz abgesehen davon wirst du fett, wenn du die ganze Zeit über dieses Zeug isst, und wie würde sich das auf unser kerngesundes, raubeiniges, allzeit bereit Image auswirken?"

„Ich glaube, dass du dir deswegen keine Sorgen zu machen brauchst", sagte Day und Knight spürte, wie Days Blick zu seinem Bauch wanderte. Day musste sich sicherlich keine Sorgen machen. Sein Bauch könnte auf einem Plakat vom perfekten Sixpack erscheinen. Knight hielt den Mund und verkniff sich einen Kommentar. Stattdessen aß er seinen Hotdog, lauschte den Wellen am Strand, dem Geschrei der Möwen und dem Lachen und Geschnatter der

Leute. Es war beinah normal. Er fühlte sich beinah normal, etwas, was er fast schon nicht mehr für möglich gehalten hatte.

Er saugte Diät Cola durch seinen Strohhalm und widmete sich seinem Hotdog und war sich dabei nur allzu deutlich Days Nähe bewusst. Wenn er wollte, könnte er seine Hand ausstrecken und ihn berühren, aber er tat es nicht. Würde es niemals tun. Es käme einem Betrug viel zu nahe und er hatte noch niemals in seinem Leben wissentlich jemanden betrogen. Er war ein Marine und nur seine Rolle als Vater hatte ihm je mehr bedeutet. Bei den Marines ging es immer um Pflicht, Ehre und Integrität. Er hatte diese Tugenden gelebt – oder war wenigstens bestrebt gewesen, es zu tun – in jedem Aspekt seines Lebens. Knight aß den Rest seines Hotdogs, trank seine Cola aus und warf dann die Verpackungen in den Müll.

„Hast du überhaupt was davon geschmeckt?"

Knights Erwiderung bestand aus einem unbestimmten „hmm", während ein Schmerz durch seine Brust zuckte. Cheryl hatte ihn das bei fast jeder Mahlzeit gefragt, die sie zusammen eingenommen hatten. All diese Jahre und all diese Mahlzeiten, in Minuten gegessen, weil sie keine Zeit hatten. Die meiste Zeit seines Lebens hatte er Nahrung einfach hinuntergeschlungen, weil das von ihm erwartet wurde. Als er aufgewachsen war, hatte es einfach nicht genug davon gegeben, also hatte er gelernt, schnell zu essen, um der Erste zu sein und noch einmal zugreifen zu können, falls noch etwas da war. Bei den Marines hatte er so schnell gegessen, weil … na ja … er schnell essen musste oder gar nicht. „Ja, es war gut."

„Na gut dann", sagte Day und biss noch einmal von seinem ab. „Normalerweise esse ich so was nicht allzu oft. Meistens versuche ich, vegetarisch zu essen und rotes Fleisch auf ein Minimum zu begrenzen. Das ist gesünder und kommt der Natur am nächsten. Ich vermeide außerdem weitgehend verarbeitete Nahrungsmittel, aber manchmal brauche ich einfach einen Hotdog." Er schob sich den letzten Bissen in den Mund und Knight fand es total spannend, sich die Wellen und die Brandung anzusehen. „Möchtest du weitergehen?"

„Klar." Seine Kehle war schon wieder trocken und Knight dachte daran, sich noch einen Softdrink zu bestellen, aber, Scheiße noch mal, das würde auch nichts helfen. Jedes Mal, wenn er zu Day rüberschaute, mit seiner gebräunten Haut, der kraftvollen Brust und Nippeln, die danach schrien, berührt zu werden, geleckt … Knight stand auf, wandte sich ab und wartete auf Dayton. Als der keine Anstalten machte, aufzubrechen, ging Knight voraus, den Strand hinauf. So war es besser – so musste er ihn wenigstens nicht die ganze verdammte Zeit über ansehen.

„Haben wir ein bestimmtes Ziel oder ist das hier ein Gewaltmarsch?"

Es war ihm gar nicht bewusst gewesen, wie schnell er gegangen war und er verlangsamte sein Tempo. Sie näherten sich dem Volleyballbereich des Strandes, wo einige Spiele im Gange waren. Männer und Frauen bevölkerten den Bereich, rannten, hechteten und schrien, während sie spielten. Knight setzte sich an einen der Tische, um zuzusehen. Er hatte erwartet, dass Day es ihm gleichtun würde, aber als einige der Spieler winkten, rannte Day davon und hatte sich bald einem der Spiele angeschlossen.

„Wir könnten noch einen Kerl gebrauchen, falls du spielen möchtest", sagte ein junger Bursche im College Alter. Knight wusste, er war einer Prüfung unterzogen worden, und höchstwahrscheinlich für zu alt befunden worden, um mit ihnen mithalten zu können.

„Klar doch", antwortete Knight und folgte dem Burschen aufs Spielfeld. „Knight", sagte er zu den anderen Kerlen.

„Das sind Pete, Grift und Luke", sagte der Kleine, während er auf die braun gebrannten Kerle in der ersten Reihe deutete. „Hunt hat den Aufschlag und ich bin Skip. Nimm den Platz da drüben am Ende." Knight begab sich auf Position, der Punktestand wurde verkündet und der Ball wurde übers Netz geschlagen, nur, um direkt zu ihm zurückgeschlagen zu werden. Knight gab den Ball an die erste Reihe weiter und Grift schmetterte ihn übers Netz. Es hätte ein Punkt werden müssen, aber Day erwischte ihn und schlug ihn hoch. Der Ball kam wieder zu ihm und Knight legte ihn hoch vor. Hunt nahm ihn an und schmetterte ihn über das Netz für den Punkt.

„Mann ...", sagte Luke, als er sich umdrehte, um bei Knight einzuschlagen. „Und du wolltest ihn nicht haben, weil du meintest, er wäre zu alt." Luke schubste Grift leicht, ehe er ihm einen Schlag an den Hinterkopf versetzte. „Überlass uns anderen das Denken und spiel einfach." Das brachte Luke im Gegenzug einen Klaps ein.

„Wenn ihr zwei mit eurem Liebesgesäusel fertig seid, dann lasst uns weitermachen", rief Hunt und alle gingen auf ihre Positionen, als der Ball erneut aufgeschlagen wurde. Der Aufschlag wechselte zur anderen Mannschaft, nachdem Knight es nicht geschafft hatte, einen Wurf vor seine Füße zu erreichen. Das andere Team rotierte und das Spiel wurde wieder aufgenommen. Der Punktestand wechselte hin und her und die Anspannung stieg, während die Hänseleien untereinander weitergingen. Als es Knight zu warm wurde, zog er sich sein Shirt aus und warf es zur Seite, ehe er seine Position in der Mitte der ersten Reihe bezog, Auge in Auge mit Day.

„Ich werde dir den Kopf abreißen, alter Mann", sagte Day mit einem breiten Grinsen im Gesicht. „Ich werde dir den Ball zum Nachtisch servieren."

„Nein. Ich denke, du wirst ihn zum Nachtisch essen, Wickelkind", neckte Knight zurück.

Day legte leicht den Kopf schief. Der Punktestand wurde verkündet und der Ball aufgeschlagen. Das Spiel wurde von der Gegenseite eröffnet und Day sprang hoch, den Arm über dem Kopf, um ihn zu schmettern. Noch ehe Day den Ball berührte, reagierte Knight, und sobald er ihn traf, nahm Knight den Ball in der Luft an und schmetterte ihn in den Sand direkt vor Days Füßen. Die Jungs aus seinem Team schlugen alle bei ihm ein und grinsten beinahe übers ganze Gesicht.

Die Sonne versteckte sich hinter einer Wolke und der Wind frischte auf. Knight warf einen Blick nach oben und bemerkte dunkle Wolken, die den Horizont ausfüllten.

„Tolles Spiel", riefen sich seine Mannschaftskameraden gegenseitig zu, während sie ihre sieben Sachen einsammelten.

„Ihr stellt euch besser irgendwo unter. Diese Nachmittagsgewitter dauern nicht sehr lange, aber es schüttet wie aus Kübeln", klärte Grift ihn auf.

Knight schnappte sich sein T-Shirt und zog es wieder über, ehe er den anderen in Richtung Promenade folgte. Der Strand leerte sich in Minutenschnelle und ein stetiger Menschenstrom floss in Richtung Promenade, überquerte die Straße und flutete die Geschäfte und Bars.

„Lass uns zurück ins Hotel fahren", schlug Day vor. Knight sah einen der Shuttlebusse kommen und sie eilten über die Straße, während der Himmel sich weiter verdunkelte. Die ersten Regentropfen fielen gerade, als der Bus zum Halten kam, und als Knight und Day auf ihren Plätzen saßen, prasselte der Regen auf das Dach und lief an den Scheiben herunter.

Day zog sein Shirt an, während Knight aus dem Fenster starrte, seine Gedanken sammelte und sich weigerte, sie in eine Richtung abdriften zu lassen, in der er sie nicht haben wollte. Dieses ganze Wunschdenken, Gieren und Fantasieren war für die Katz. Es war bescheuert. Knight schloss die Augen und griff auf sein Marine-Training zurück, um seinen Geist zu zentrieren. Es funktionierte und als sie von der Haltestelle abfuhren, konzentrierte er sich auf die Mission, die vor ihnen lag. „Wenn wir zurück sind, sollten wir nachsehen, ob es irgendwelche neuen Nachrichten gibt", sagte Knight leise. Day wandte sich ihm zu, als hätte er das Offensichtlichste der Welt verkündet. Eine spitze Bemerkung lag Day auf der Zunge; er konnte sie geradezu spüren. Das Einzige, was ihn davon abhielt, war die Tatsache, dass sie sich in der Öffentlichkeit befanden. Er drehte sich wieder um und starrte aus dem Fenster. Als der Bus die Straße entlangfuhr, beobachtete er weiterhin das Wasser, die weißen Wellen vor dem schwarzen Himmel. Zachary hatte es geliebt, im Sand zu spielen, und Knight musste ihn vom Strand tragen, um ihn davon abzuhalten, noch mehr Sandburgen zu bauen und zu versuchen, die Burggräben mit Wasser zu füllen. Als er und Cheryl ihn schließlich wieder im Hotel hatten, war sein blondes Haar voller Sand und sein Lächeln würde noch tagelang anhalten. Dieses Lächeln war alles Andere wert gewesen.

Als sich der Bus schließlich der Haltestelle an ihrem Hotel näherte, hatte der Regen aufgehört und die Sonne schien wieder. Die Klimaanlage kämpfte gegen die Sonne an, bis sie den Bus verließen. Die Hitze schlug ihnen augenblicklich ins Gesicht, und Knight schnappte einen Moment lang nach Luft, ehe er tief einatmete und sich daran erinnerte, dass die Hitze einer der Gründe gewesen war, wieso er hatte herkommen wollen. Sein Herz war für eine lange Zeit kalt und einsam gewesen und er hatte gehofft, dass die Hitze hier es wieder erwärmen könnte. Das war nicht geschehen.

Knight schob den Gedanken beiseite, so wie er es in letzter Zeit ziemlich häufig tat, betrat direkt hinter Day das Hotel, und sie machten sich schnurstracks auf den Weg zu den Fahrstühlen. In ihrem Zimmer angekommen, fuhr Knight seinen Computer hoch und Day schloss ihn an sein sicheres, tragbares Netzwerk an. Knight überprüfte seine Nachrichten, aber es gab keine. „Hast du irgendwas?"

Day tippte wie wild. „Ja. Es wurden zusätzliche Nachrichten aufgefangen." Er tippte weiter. „Es wird ein Weilchen dauern, bis ich sie entschlüsselt und herausgefunden habe, ob sie uns etwas Neues verraten." Er hörte keine Sekunde mit dem Tippen auf. „Wie sonst auch, haben wir auch hier nicht die ganze Unterhaltung aufgezeichnet und es ist ja nicht so, als würden sie eine Blaupause ihres Plans senden. Alles, worauf wir hoffen können, sind ein paar Details, die das Bild weiter ausfüllen."

Knight wusste das alles. „NSA?", fragte er. Das musste es sein. Sie waren die wahren Experten, wenn es um das Abfangen von fragwürdigen Übertragungen und Daten ging. Das war es, was sie taten. „Dieses Detail wurde in deiner Akte ausgelassen."

Day schaute hinter seinem Laptopbildschirm hervor. „Es fehlen auch eine Menge Details in deiner Akte." Er senkte den Blick und arbeitete weiter. „Wie dein Vorname. Ich habe in allen Dateien danach gesucht, aber alles, was ich finden konnte, war Knighton."

„Du bist nicht der Einzige, der mit dem System wahre Wunder vollbringen kann." Knight ahmte nach, was Day gerade tat und sah nach, ob es Arbeit gab, die auf ihn wartete. Dann loggte er sich in die Archive ein und fing an, alles auszugraben, was sie über Gruppen in dieser Gegend von Mexiko hatten. „Die Gruppierungen in dieser Gegend waren bisher sehr viel mehr am Drogenhandel interessiert, und daran, ihren Einfluss in Mexico City zu vergrößern, hauptsächlich zu ihrem eigenen Schutz und um Geld in die Region zu spülen, das dann in ihren eigenen Taschen landet."

„Also wieso machen sie jetzt das hier? Wieso nicht mit dem weitermachen, was sie am besten können, anstatt einen Plan auszuhecken, der ihnen garantiert den Zorn der USA und der restlichen Welt einbringen wird?" Day arbeitete weiter. „Irgendetwas muss sich geändert haben."

„Scheiße", stöhnte Knight. Day hatte recht. Bis vor Kurzem hatten die Gruppierungen in dieser Gegend kein Interesse an irgendetwas anderem gezeigt, als daran, ihr eigenes Nest auszupolstern, sich die Taschen zu füllen und ihre Produkte über die Grenze zu bringen. Der Hauptantriebsgrund war Geld gewesen, aber wenn sich das geändert hatte, dann mussten sie herausfinden, um was es sich bei diesem neuen Anreiz handelte. „Irgendwie bezweifele ich, dass wir das durch ihre Übertragungen herausbekommen."

„Vielleicht, vielleicht auch nicht", murmelte Day, ohne aufzusehen. „Die Nachrichten bestehen aus Sprachfragmenten. Irgendetwas stört unglücklicherweise die Übertragung. Was bedeutet, sie sprechen auf lokaler Ebene miteinander, möglicherweise über ein Satellitentelefon. Es ist keine Mobilfunkverbindung. In dieser Gegend gibt es keine Sendetürme. Wenn es welche gäbe, dann wäre es ganz einfach, sich in das System des Turms zu hacken und die Informationen zu bekommen, die wir brauchen. Sie müssen Satellitentelefone benutzen, genau, wie sie im Büro vermutet haben." Dayton machte eine Pause. „Ich werde versuchen, diese Aufzeichnungen aneinanderzuhängen und sehen, welche Informationen ich daraus entnehmen kann."

Day spielte die aufgenommene Übertragung ab, aber für ihn klang sie nicht gerade nach viel. „Ich kann ein paar Worte heraushören, aber mehr auch nicht. Es ist beinahe nur Geplapper, so wenig haben wir von der Unterhaltung." Day hörte nicht auf zu tippen. „Ich werde versuchen, das hier durch ein paar Programme laufen zu lassen, um zu sehen, ob es da etwas gibt, was einen Sinn ergibt."

„Was für eine Art Programme?", fragte Knight brennend interessiert.

Day hob den Blick. „Das willst du nicht wissen." Dann senkte er den Kopf und machte sich wieder an die Arbeit.

„Entschuldige mal", begann Knight. „Willst du damit etwa sagen, dass nur ein Computerkundiger wie du verstehen kann, was du da machst?" Der Mann konnte einem manchmal echt auf den Sack gehen.

„Guter Gott, nein. Es ist nur etwas, das du … nicht … wissen willst …" Er hielt inne und Knight murmelte „hmm" und machte sich wieder an die Arbeit an den Daten, die er von der Abhör- und Auswertungsabteilung ergattert hatte. In diesem Geschäft waren neue Informationen nicht unbedingt vonnöten. Stattdessen konnten die Informationen, die man bereits hatte, aus einem anderen Blickwinkel betrachtet, zu Resultaten führen, aber er konnte mit nichts aufwarten, und das hasste er. Der Kleine machte Fortschritte und das musste er auch tun.

Das Klicken der Tasten hielt endlos an. Day arbeitete mit gesenktem Kopf und er tat das Gleiche.

„Ich stehe mit leeren Händen da", sagte Knight kurze Zeit später. „Alle Informationen, die ich habe, deuten auf dasselbe hin – Drogen und Geld. Wir waren in der Lage, einige Waffenkäufe zu verfolgen, aber es geht größtenteils um Kleinkram."

„Ich mache Fortschritte. Die Programme schlagen mögliche Szenarien vor, aber das Meiste davon ist sinnloses Geplapper." Day setzte die Kopfhörer auf und hielt eine Hand hoch, während er es sich noch einmal anhörte. Dann nahm er die Kopfhörer ab und reichte sie Knight. „Hör dir das an." Knight setzte die Kopfhörer auf und Day spielte die Aufnahme ab.

„Mein Spanisch ist nicht sehr gut", gestand Knight.

„Sie sagen, dass sie ihren Zeitplan vorverlegen müssen. Sie sagen nicht, was sie sind, aber dass alle sich beeilen und bereit sein sollen." Day machte eine Pause. „Ich denke, das bedeutet, unsere Mission ist gerade noch dringlicher geworden, und wir müssen so bald wie möglich nach Mexiko und diese Mistkerle lokalisieren."

„Gibt es irgendeinen Hinweis darauf, wie bald?"

„Nein. Was bedeutet, dass was auch immer sie vorhaben, jederzeit geschehen kann. Aber es klingt nicht, als wären sie jetzt schon bereit dazu."

Na, das war ja wenigstens etwas. Knight stand auf und ging im Zimmer auf und ab. Er fühlte sich wie ein Tier im Käfig. Er wollte hier raus, vor Ort sein, herausfinden, was zum Teufel vor sich ging und dem dann ein Ende machen, damit er in sein normales Leben zurückkehren konnte, weg von der Versuchung. Day erhob sich ebenfalls und Knight sah ihm dabei zu, wie er seine Arme über dem Kopf ausstreckte. Dann zog er sich sein Shirt über den Kopf und warf es beiseite, ehe er sich noch ein wenig mehr reckte und ein paar Lockerungsübungen machte. „Musst du ins Bad? Ich würde dann mal duschen."

„Nein", antwortete Knight und dabei war seine Kehle schon wieder trocken. Machte Day das mit Absicht? Das konnte nicht sein. Niemand ahnte etwas von seinen Gefühlen. Sie waren so lange vergraben gewesen, zum Teufel, er wusste noch nicht mal selbst, wie sie eigentlich aussahen. Aber verdammt wollte er sein, wenn sein Körper nicht in seinem Schädel nach Day schrie. „Mach nur." Wieder einmal drehte er sich um und ging weg, öffnete die Schiebetür zum Balkon und trat hinaus in die Hitze. Er schloss die Tür und umklammerte das Balkongeländer. Das war so nicht geplant gewesen. Er blieb eine lange Zeit draußen, so lange, bis sich sein Herzschlag normalisiert hatte und er schlucken konnte, ohne dass sich seine Kehle dabei anfühlte wie Schmirgelpapier.

Knight hörte ein leises Klopfen an der Schiebetür und drehte sich um. Day war jetzt angezogen und stand auf der anderen Seite der Tür. Knight schob sie auf und ging hinein. Er öffnete seine Reisetasche, nahm sich frische Kleidung heraus und machte sich auf den Weg ins Badezimmer. Sobald er die Tür hinter sich geschlossen hatte, stieß er den Atem aus. Er stand vor dem Spiegel und hasste es, wie alt er darin aussah. Noch vor ein paar Jahren waren seine Haare nicht von grauen Strähnen durchzogen gewesen. Die waren alle erst erschienen, nachdem … er seine Familie verloren hatte.

Knight zog sein Shirt und die Shorts aus und stellte die Dusche an. Er stellte sicher, dass die Badematte an Ort und Stelle lag und legte ein Handtuch in Reichweite. Dann stellte er sich unter den Wasserstrahl.

Die Hitze fühlte sich toll an, tat aber nicht das Mindeste gegen die Anspannung, die sich in jeder einzelnen Zelle seines Körpers eingenistet hatte, und der Mist würde auch nicht weggehen. Vor ein paar Tagen war sein Leben ruhig gewesen – höllisch langweilig, aber berechenbar und geordnet. Und nun war er zurück im Außeneinsatz, mit einem Partner, der ein Verlangen in ihm geweckt hatte, von dem er geglaubt hatte, er hätte es schon vor langer Zeit aus seinen Gedanken verbannt. Knight nahm die Seife in die Hand und rieb damit seinen Körper ein. Er war sich seiner selbst viel zu bewusst, war viel zu verwurzelt in der Realität, um sich vorzustellen, dass es die Hände eines anderen wären, die seinen Körper berührten. Aber sein Schwanz reagierte, als wäre es doch so. Er tat sein Bestes, um den Ständer zu ignorieren, der sich in wenigen Sekunden aufrichtete.

Knight wusch sich die Haare und versuchte, seinen Schwanz durch bloße Willenskraft wieder schlafen zu schicken, aber das verdammte Ding würde das nicht tun. Stattdessen pochte sein Schaft, als er sich Brust und Beine wusch, und schwang vor und zurück, als er von einem Fuß auf den anderen trat. *Fuck.* Er stöhnte leise und seifte sich die Hände gut ein. Anschließend drehte er sich um und legte seine Hand um seinen Penis, packte fest zu und rieb schnell, während das Wasser auf seinen Rücken prasselte.

„Verflucht", stöhnte Knight leise und hoffte inbrünstig, dass das Wasser seine Geräusche übertönen würde. Während er sich wichste, konzentrierte er sich auf die üblichen inneren Bilder, aber nichts geschah. Er hatte das schon oft getan und wusste, was ihm gefiel, aber, Scheiße, das funktionierte überhaupt nicht. Er bearbeitete weiterhin seinen Schwanz, aber nichts schien zu funktionieren. Sobald er sich hingegen Day vorstellte, war er auf Touren und bereit, loszulegen. Energie strömte durch seine Adern und sein rechtes Bein zitterte.

Sein Atem ging keuchend. Knight ging in der Dusche rückwärts, bis er sich mit dem Rücken an die Wand lehnen konnte. Verfluchte Scheiße, sein Blickfeld begann sich zu verengen und seine Finger fühlten sich wie verdammte Magie an. Er holte sich seit Jahrzehnten einen runter, aber nichts hatte sich jemals so angefühlt. Das schwebende Gefühl hatte bereits angefangen. Er schnappte nach Luft und sein Herz hämmerte in seinen Ohren. Er war noch nicht ganz so weit, aber der Höhepunkt seiner kleinen Dusch-Show näherte sich rasch. Er drückte sich zurück gegen die Fliesen, brauchte die Wand, um sich selbst abzustützen, während er an Day dachte, wie er mit ihm in der Dusche stand, weite Flächen honigbrauner Haut, Locken an den Kopf geklatscht, Lippen geöffnet, näherkommend. „Fick mich", flüsterte er.

Sobald der imaginäre Day nach ihm griff, schloss Knight die Augen und ließ die Energien des gesamten Tages an einem einzigen Punkt an der Basis seiner Wirbelsäule ineinanderfließen. Nach wenigen Sekunden breitete sich Hitze in seinem gesamten Körper aus, seine Beine zitterten und er umklammerte seinen Penis wie ein Schraubstock und kam wie noch nie zuvor in seinem Leben. Knight holte mit offenem Mund tief Luft, während hinter seinen Augenlidern Blitze zuckten. Seine Füße rutschten vorwärts und er glitt langsam an der feuchten Fliesenwand hinab, es gelang ihm aber, sich an der Tür der Dusche festzuhalten, um nicht auf seinen Hintern zu fallen. Am Ende saß er in der Wanne der Duschkabine und Wasser prasselte auf ihn nieder. Er keuchte mit nach vorn geneigtem Kopf, damit er Luft holen konnte, ohne dabei Wasser zu schlucken. Ihm fehlte die Energie, sich zu erheben, also saß er ein paar Minuten lang einfach nur da und griff dann nach oben, um das Wasser abzustellen. Was sich in der Duschwanne gesammelt hatte, wurde den Abfluss runtergespült und er konnte sich immer noch nicht bewegen. Scheiße, er wollte sich nicht bewegen. Seine Haut summte immer noch, und jedes Mal, wenn er die Augen öffnete, drehte sich alles in seinem Kopf.

Irgendwann konnte er wieder einigermaßen klar denken. Knight stand langsam auf und als er wieder aufrecht stand, trat er aus der Dusche auf die Badematte. Er trocknete seine ultra-sensible Haut ab und stellte den Ventilator an, um die Feuchtigkeit aus dem Raum zu ziehen. Er hätte ihn einschalten sollen, ehe er in die Dusche gestiegen war. Also wartete er ein wenig, bis sich die Feuchtigkeit auflöste, und lehnte sich gegen den Waschtisch. Dann zog er sich an und verließ das Badezimmer. Er fand Day hinter seinem Computer sitzend vor, die Kopfhörer über den Ohren.

„Irgendwas Neues gefunden?" Er war aus vielerlei Gründen dankbar dafür, dass Day ihm keinerlei Aufmerksamkeit schenkte. Das Gefühl der Faszination, das er zu empfinden schien, wurde nicht erwidert, und das war auch gut so. Das würde es ihm erleichtern, es auszublenden, denn es beruhte, genau wie er gedacht hatte, nicht auf Gegenseitigkeit. Nicht, dass er das erwartet hätte. Es war eine törichte Idee. Days Vertiefung in seine Arbeit war für Knight außerdem die perfekte Tarnung für seine immer noch weichen Knie und gab ihm die Chance, wieder zu Atem zu kommen.

Day nickte. „Ich habe Dimato angerufen und ihm erzählt, was ich herausgefunden habe. Alles, was er gesagt hat, war, dass wir zusehen sollen, dass wir auf das Schiff kommen und dass wir uns an den Plan halten sollen."

„War klar, dass er das sagen würde." Dimato war ein Mann, der seine Pläne so selten wie möglich änderte. Knight war eher der Typ, der seinem Bauchgefühl folgte. Er machte Pläne und traf Vorbereitungen – die hatten ihren Wert – aber er war nicht mit ihnen verheiratet und seine Fähigkeit, schnell zu reagieren, war eine seiner größten Aktivposten. Wenigstens glaubte er das gerne.

„Ich will nur, dass wir endlich loslegen", sagte Day. „Wir können nichts bewirken, wenn wir hier herumsitzen."

„Doch, das können wir. Wir können zum Abendessen gehen, etwas Gutes zu uns nehmen und dann hierher zurückkommen und eine Nacht lang durchschlafen." Er könnte wetten, dass Day nicht besonders viel geschlafen hatte, seit man ihm seinen ersten Außenauftrag gegeben hatte. Knight stopfte Brieftasche und Schlüsselkarte in seine Tasche. „Schließ das für eine Weile ab und lass uns gehen."

Day nickte und tippte kurz etwas, dann schloss er den Deckel seines Computers und steckte ihn zurück in seine Tasche. Anschließend fuhr er das Fernmeldeequipment herunter und sicherte es wieder in seinem Behälter.

„Geh schon mal vor in die Lobby. Ich komm gleich nach", sagte Knight. Day nickte und verließ das Zimmer. Knight schnappte sich ihre Computertaschen und die Tasche mit dem Fernmeldegerät und verstaute sie im Badezimmer im Schränkchen unter dem Waschbecken, um sie außer Sichtweite zu bringen. Er schloss die Schranktür und klemmte dabei ein Stück Papier zwischen Türblatt und Rahmen. Er rechnete nicht mit Ärger und niemand konnte die Geräte ohne das Sicherheitsprotokoll benutzen, aber Vorsicht war die Mutter der Porzellankiste.

Er hängte das „bitte-nicht-stören"-Schild außen an die Tür, eher er sie hinter sich schloss und sich auf den Weg zum Fahrstuhl begab. Er traf Day in der Lobby und sie gingen in eine Sportbar in der Nähe, wo sie sich an die Theke setzten, etwas aßen und ungefähr eine Stunde damit verbrachten, sich Sport auf den Fernsehgeräten anzusehen, die überall um sie herum verteilt waren. Nicht, dass Knight ein großer Sportfan war – es war einfach nur leichter, als sich Themen für Smalltalk auszudenken. Cheryl war der gesellige Schmetterling in ihrer Ehe gewesen. Knight vermied gesellschaftliche Anlässe, wenn er konnte oder er überließ einfach ihr das Reden, weil sie für sie beide wusste, was zu sagen war.

Nach dem Essen liefen sie ein bisschen durch die aufziehende Dunkelheit. Die Hitze des Tages war verflogen, aber es war immer noch erheblich wärmer als zu Hause. Knight hatte keine Eile, zurück ins Zimmer und ins Bett zu gehen. Er wusste, dass er denselben Rat annehmen sollte, den er Day gegeben hatte, aber seine Gedanken wollten einfach nicht zur Ruhe kommen. Die zwei gingen lediglich nebeneinander her, aber er war sich jederzeit ganz genau bewusst, wo Day sich befand und sogar, wie nahe er ihm war. Knight musste es nicht sehen – er schloss die Augen und konnte Day spüren, so als wäre der von einer unsichtbaren Macht umgeben, die gegen Knights Haut prallte, wenn er ihm nahe kam.

Dieser Mist musste aufhören. Er konnte nicht denken, wenn Day in der Nähe war und das musste sich ändern. Sein Kopf musste zurechtgerückt werden und aufhören, sich nach Dingen zu sehnen, die er nicht haben konnte. Er hatte seine Entscheidung schon vor Jahren getroffen und er würde das Andenken an seine Familie nicht verraten, indem er sie jetzt wieder zurücknahm.

Sie erreichten wieder das Hotel und begaben sich auf ihr Zimmer. Das Schild hing immer noch an der Tür, und drinnen flatterte das winzige Stückchen Papier zu Boden, als er die Schranktür öffnete. Er holte die Geräte heraus und reichte sie Day. Dann überprüfte er den Rest des Zimmers. Es schien nichts angerührt worden zu sein und doch beschlich ihn das ungute Gefühl, dass jemand im Zimmer gewesen war. Vielleicht das Reinigungspersonal. Vielleicht hatten sie geklopft und waren trotzdem reingekommen. Knight untersuchte das Bett, aber es war nicht aufgedeckt worden. Er linste auch ins Badezimmer, aber die Handtücher lagen noch so da, wie sie sie hatten liegenlassen. „Überprüfe noch mal deine Sachen, nur um sicherzugehen", sagte er zu Day. Irgendetwas stimmte nicht und er wusste nicht, was. Es musste wohl Einbildung sein.

„Alles ist da, wo ich es hingelegt habe", sagte Day.

Knight nickte, warf sich aufs Bett und machte den Fernseher an. Das Team trieb es mit ihrer erfundenen Geschichte ein bisschen zu weit. Sie hatten ein Zimmer mit einem großen Doppelbett gebucht. Nicht, dass Knight nicht schon früher mit anderen Kerlen in einem Bett geschlafen hätte. Er hatte zusammen mit anderen Marines auf hartem Betonboden geschlafen, und sie hatten sich aneinander gekuschelt, um sich zu wärmen. Das war es nun mal, was sie taten und er würde sich den Gedanken, mit Day in einem Bett zu schlafen, nicht unter die Haut gehen lassen.

Schließlich stand er auf und zog sich um, schlüpfte in Shorts und T-Shirt, ehe er das Bett aufdeckte und unter die Laken schlüpfte. Day saß immer noch am Tisch in der Ecke. Der Bildschirm seines Computers beleuchtete seinen

Oberkörper und sein Gesicht, als Knight das Licht ausschaltete, sich auf die Seite drehte und die Augen schloss.

Er war nach wenigen Sekunden eingeschlafen und träumte von schokoladenbraunen Augen, nur dass er dieses Mal wusste, wem sie gehörten. Er verbrachte Stunden mit dem Versuch, nicht hineinzuschauen, und es waren diese Augen gewesen, die er in der Dusche gesehen hatte. Er war so was von geliefert.

3

NACHDEM KNIGHT das Licht ausgeschaltet hatte, wartete Day noch eine Weile, ehe er leise ins Bad ging, um sich umzuziehen. Er putzte sich die Zähne und spülte seinen Mund aus, bevor er wieder ins Zimmer zurückkehrte. Mit so wenigen Bewegungen wie möglich, kletterte er auf der gegenüberliegenden Seite ins Bett. Dann drehte er sich mit dem Rücken zu Knight auf die Seite und machte die Augen zu.

Aber er konnte auf Teufel komm raus nicht einschlafen. Für eine lange Zeit lag er einfach nur bewegungslos da, die Augen geschlossen, aber das half auch nicht. Schließlich musste ihn die Erschöpfung übermannt haben, denn er schloss seine Augen, und als er sie das nächste Mal öffnete, blinzelte die Sonne über dem Vorhang ins Zimmer. Er brauchte ein paar Sekunden, um festzustellen, dass irgendetwas nicht stimmte. Ein starker Arm hatte sich um seine Taille gelegt und eine Hand ruhte auf seinem Bauch. Er bewegte sich leicht und hinter ihm murmelte Knight etwas vor sich hin, zog ihn dichter an sich und presste sich an Days Rücken. Day hob sanft Knights Hand an und wand sich aus dessen Umarmung. Es war wirklich schön, aber dafür, dass Knight mit ihm im Arm aufwachte, war Day einfach nicht bereit. Zum Teufel, er war nicht mal sicher, ob er dafür bereit war, sich beim Aufwachen in den Armen eines anderen Mannes wiederzufinden. Jedenfalls nicht in den Armen dieses Mannes. Sicher, Knight sah ganz gut aus, aber er war verheiratet gewesen, das hatte er in seiner Akte gelesen - Frau und Sohn waren verstorben, so lautete die politisch korrekte Ausdrucksweise. Trotzdem war es schön, im Arm gehalten zu werden. Es ließ ihn sich fühlen, als würde sich tatsächlich jemand um ihn scheren, unabhängig davon, ob der Kerl wusste, was er tat, was Day bezweifelte. Es gelang ihm, sich von Knight zu lösen und er stieg aus dem Bett, ohne ihn zu wecken. Day ging ins Badezimmer, benutzte die Toilette, rasierte sich und putzte sich anschließend die Zähne. Dann zog er sich an, fuhr seinen Laptop hoch und schaute nach neuen Nachrichten. Es war nichts Wichtiges, aber er beschäftigte sich mit dem Computer und schaute nur kurz auf, als Knight sich im Bett rührte und schließlich aufstand. Er gab mit leicht gesenktem Kopf vor, zu arbeiten, hoffte aber tatsächlich, einen kurzen Blick zu erhaschen. Als Knight beim Volleyballspielen am Vortag sein Shirt ausgezogen hatte, hatte es Day beinahe vom Hocker gehauen. Der Mann war heiß wie die Hölle. Day rutschte ein wenig hin und her, um eine bequeme Sitzposition zu finden, froh darüber, dass der Tisch alles verdeckte. Es war offensichtlich gewesen, dass Knight ein Leben voller harter Arbeit geführt hatte. Muskeln wölbten sich an all den richtigen Stellen. Day hatte im Fitnessstudio hart für den Körper gearbeitet, den er jetzt hatte; Knight hatte im Leben hart gearbeitet, um das zu werden, was er war.

„Bist du fertig im Bad?", fragte Knight, kratzte sich gähnend am Bauch und gewährte Day einen kurzen Blick auf die schmale Spur aus Haaren, die sich von seinem Bauchnabel abwärts über olivbraune Haut schlängelte.

„Ja. Es gehört ganz dir", erwiderte Day und tat sein Bestes, um nicht aufzuschauen. „Ich überprüfe nur noch ein paar Dinge. Es gibt nicht wirklich etwas Neues."

„Okay. Ich mache mich fertig und wir können uns was zum Frühstück besorgen und uns dann auf den Weg zum Schiff machen." Knight drehte sich um und ging ins Badezimmer. Day atmete erleichtert auf und fing an, seine Sachen zu packen. Es dauerte nicht lange, bis seine Taschen fertig waren. Alles, was er noch brauchte, waren seine Ausrüstung und seine Toilettenartikel aus dem Badezimmer. Als Knight erst einmal aus dem Bad heraus war, holte Day sich seine Sachen und packte fertig.

SIE GINGEN zum Frühstück hinunter und packten anschließend den Rest zusammen, ehe sie sich nach unten zum Empfangstresen begaben, um aus dem Hotel auszuchecken. Der Shuttlebus brachte sie rüber zum Hafen, wo sie sich in eine Schlange stellten und für die Kreuzfahrt eincheckten. Sie waren früh dran, aber irgendjemand hatte wohl seine Beziehungen spielen lassen, denn sie befanden sich offensichtlich bereits als regelmäßige Kreuzfahrer im System und wurden am Ende in einer komfortablen Lounge untergebracht, um dort darauf zu warten, an Bord gehen zu können. Der Ablauf war unglaublich effizient und schon bald waren sie offiziell auf dem Schiff angemeldet und gingen die Gangway hinauf.

„Achte auf die Leute um dich herum", flüsterte Knight ihm zu.

„Glaubst du wirklich, dass uns Gefahr droht?", fragte Day.

„Es droht immer Gefahr", konterte Knight. Sie gingen an Bord und erfuhren, dass sie noch ein paar Stunden warten mussten, ehe sie ihre Kabine beziehen konnten. Am Ende fanden sie sich in einem gläsernen Fahrstuhl auf dem Weg zum Bistro wieder, um zu Mittag zu essen.

„Ich gehe ins Fitnessstudio", verkündete Day, als sie das Bistro verließen. Er wollte etwas trainieren und es würde immer noch eine Weile dauern, ehe sie ihre Kabine beziehen konnten. Knight nickte geistesabwesend und Day machte

46

ein paar Schritte. „Willst du mitkommen?" Der Kerl schien ein wenig verloren, wie er so hinaus auf die Hafengebäude starrte.

„Ich bleibe hier und kümmere mich um die Taschen mit der Ausrüstung. Wir müssen nicht die ganze Zeit an Bord zusammen verbringen", sagte Knight ein wenig schnippisch.

„Ich wollte nur nett sein. Wenn du nicht mit willst, dann lässt du's eben bleiben", schoss Day mit leiser Stimme zurück, bevor er sich umdrehte und davonging. „Du weißt schon, dass du mit Freundlichkeit weiter kommst, als eine Ausgeburt der Hölle."

Gott, der Mann konnte einem echt auf den Nerv gehen. Day schlenderte über das Deck und unterzog den Lageplan des Schiffes einer genaueren Untersuchung, ehe er die Treppe nach unten in den Fitnessbereich nahm.

Es gab keine Umkleidekabine zum Umziehen, also benutzte er die Toilette und verstaute seine Sachen anschließend in einem abschließbaren Spind. Sobald er wieder herauskam, wurde es nur allzu offensichtlich, dass es eine Kreuzfahrt für Schwule war. Das Fitnessstudio war voll mit Kerlen in allen möglichen Bekleidungszuständen und, von Fall zu Fall, auch Un-Bekleidungszuständen. Die meisten trugen so wenig wie möglich, um so viel von sich zu zeigen, wie sie konnten. Der Anblick war grandios, und obwohl er sich nicht ganz sicher war, wie wohl er sich dabei fühlte, dass alle ihn für schwul hielten, war es auch befreiend. Er konnte einfach sein, wer er war und niemand würde ihn deswegen verurteilen. Zum Teufel, den anzüglichen Blicken nach zu urteilen, die Day zugeworfen wurden, könnte er sogar haben, was auch immer er wollte.

Die Sache war nur die, dass er sich so unwohl fühlte, dass er nicht wusste, was er tun sollte. Ein Teil von ihm wollte die äußere Fassade einfach über Bord werfen, an deren Perfektionierung er so lange gearbeitet hatte, und sich kopfüber in das Männer-Buffet stürzen, das vor ihm ausgebreitet wurde und ganz offensichtlich reif zum Verzehr war. Aber er war hier, um einen Job zu erledigen, und nicht, um sich einmal quer durch die Karibik zu vögeln. Und zum Zweiten mochten die Kerle auf dem Schiff ja denken, dass er schwul war, und das war auch die Tarnung, die er aufrechterhalten sollte, aber was auf keinen Fall passieren durfte, war, dass Knight herausfand, dass er tatsächlich schwul war. Scorpion war mit Männern besetzt, die *Männer* waren, und sie erwarteten von allen anderen, dass sie es ebenfalls waren. Die meisten waren ehemalige Militärangehörige, und völlig egal, ob die Praxis von *Nicht fragen, nichts sagen* inzwischen gestorben war, bei Scorpion redete man nicht, man setzte einfach voraus.

Day fand eine Bank und hob zum Aufwärmen ein paar leichte Gewichte, ehe er sich an etwas Schwereres machte.

„Brauchst du eine helfende Hand?", fragte ein Mann nach seinem zweiten Set. Er sah Day nicht in die Augen. Stattdessen sah er überall anders hin, begutachtete ihn, als wäre er das Mittagessen. Day fühlte sich so verdammt entblößt, dass er ganz kurz davor war, aus dem Stand heraus rot anzulaufen.

„Das wäre nett", antwortete er und legte sich wieder auf die Bank, um eine weitere Trainingseinheit zu absolvieren. Der Mann stand über ihm, und als Day das Gewicht anhob, kam er noch etwas näher und gewährte Day einen Blick auf alles, was der liebe Gott ihm mitgegeben hatte. Day kriegte fast keine Luft mehr, und nur unter höchster Anstrengung gelang es ihm zu verhindern, dass das Gewicht auf seine Brust krachte. Stattdessen atmete er tief ein, leerte seine Gedanken und absolvierte die Übungen. Das hatte er nicht erwartet. „Danke", sagte Day und stand auf. „Brauchst du Hilfe?"

Offensichtlich waren das Angebot und der Einblick eine Einladung gewesen. „Nein, ich komme klar", schmachtete er ihn mit einem lüsternen Grinsen an. Er schien darauf zu warten, dass Day seine Einladung annahm.

„Tja, dann danke", sagte Day und ging weiter zu einem der anderen Geräte. Er sah, wie der Mann weiterging, und während Day an der geneigten Brustpresse arbeitete, schien der Mann jemand anderen gefunden zu haben, der auf seine Einladung einging.

„Dayton?"

Er beendete die letzten zwei Übungen seines Sets und schaute in die Richtung, aus der die Stimme gekommen war. „Du bist es." Blain, ein alter „Freund" aus dem College trat in sein Blickfeld. Scheiße, wieso um alles in der Welt musste der hier sein? Bei all den vielen Leuten auf diesem Schiff musste einer davon unbedingt Blain „das Arschloch" McIntyre sein. „Ich hätte mir niemals träumen lassen, dass ich es einmal erleben werde, dich auf so einer Kreuzfahrt zu sehen." Er grinste und blendete jeden im Umkreis von fünf Metern mit seinem perfekten, vom Zahnarzt kreierten Lächeln.

„Ich mache Urlaub mit einem Freund." Er musste seine Tarnung wahren und keine große Sache daraus machen. Es gab fünftausend oder mehr Passagiere auf diesem Schiff. Es war ja nicht so, als würde er Blain besonders oft begegnen. *Bleib cool und halte dich an deine Geschichte.* „Er hat mich eingeladen, mit ihm zu kommen."

„Du weißt doch, auf was für einer Kreuzfahrt du hier bist, oder?" Blain rückte näher. „Ich habe nie erwartet, dass du weit genug aus deinem Versteck im weltweit größten, begehbaren Schrank rauskommen würdest, um so was wie das hier zu machen." Ja, er war immer noch so verbittert und gehässig wie eh und je. Seine Augen wurden schmal. „Du bist also mit einem Freund hier. Ist er dein Geliebter oder nur ein Freund?"

Day tat sein Bestes, um zu lächeln. Er hatte gehofft, die Zeit an Bord in annähernder Anonymität verbringen zu können, aber das hatte sich wohl gerade erledigt. Und außerdem würde sein großes Geheimnis, die eine Sache in seinem Leben, mit der er sich nicht herumschlagen wollte, höchstwahrscheinlich zu einem Problem epischen Aufmaßes, und so wie er Blain kannte, zu einem Riesendrama werden. „Knighton ist ein Freund. Wir haben beide zur selben Zeit Urlaub bekommen und die Kreuzfahrt gebucht."

Blain sah ihn an und warf dann seinen Kopf zurück und lachte. „Du hast keine Ahnung, was für eine Art Kreuzfahrt das hier ist, oder?" Der Mistkerl lachte noch lauter. „Das erklärt, wieso du hier bist."

„Und wieso bist du hier? Bist du damit durch, mit allen verfügbaren Männern der nördlichen Hemisphäre zu schlafen und bist hier heruntergekommen, um jemand Neues zu finden?" Er konnte auch gemein und zickig sein. „Vergiss nur nicht, dass alles zwei Seiten hat, genau wie dein rotierendes Bett." Blain erbleichte leicht und sah sich im Studio nach den anderen Männern um, die sich körperlich betätigten. „Du bist also mit jemandem hier? Weiß er von deiner Vergangenheit und deinen Besuchen in der Klinik?" So wie sich Blains Blick verdunkelte, hatte der Kerl, mit dem er hier war, keine Ahnung.

„Es ist alles noch ganz frisch."

Day atmete erleichtert auf. „Gut. Ich wünsche dir alles Glück der Welt." Das tat er wirklich. Aber der Blick, mit dem er Blain in die Augen sah, war auch der härteste, den er zustande bringen konnte. Blain drehte sich um und ging auf den Mann zu, der mit den Hanteln trainierte. Wenigstens war es ziemlich unwahrscheinlich, dass Blain nach ihrem kleinen Austausch von Nettigkeiten nach ihm suchen würde, was ihm ein wenig Zeit verschaffen würde, zumindest für den Moment. Day trainierte weiter und war sich der Männer um ihn herum nur allzu bewusst. Ein paar sprachen ihn zwischen den Übungen an und er unterhielt sich mit ihnen, blieb aber distanziert. Er war nicht wie sie. Sie schienen sich alle zu kennen, selbst wenn es sich um völlig Fremde handelte. Sie sprachen eine Sprache, die Dayton nicht verstand und von der er sich nicht sicher war, ob er sie lernen wollte. Er war schwul, das wusste er, aber schwul zu sein, und sich dementsprechend zu benehmen, waren zwei verschiedene Paar Stiefel. Er hatte den aktiven Teil gelebt – mit Blain, und was war das für ein Fehler gewesen. Ihn wieder zu treffen hatte seinen Entschluss nur bestätigt, sich auf seine Karriere zu konzentrieren und das, was er war, für sich zu behalten.

„Bist du fertig mit diesem Gerät?", fragte einer der Männer mit voller, tiefer Stimme.

„Klar, sorry." Day stand auf und trat beiseite.

„Kein Problem", erwiderte der Mann, nachdem er Platz genommen hatte. „Ich heiße Ryland", fügte er in einem breiten Akzent, höchstwahrscheinlich aus

Texas, hinzu. „Bist du allein oder mit jemandem hier?" Er legte seine Arme hinter die Flügel des Butterfly-Geräts und lächelte leicht. „Wenn du nämlich alleine bist, dann würde ich dir gerne für eine Weile Gesellschaft leisten. Vielleicht was zusammen trinken gehen, wenn wir hier fertig sind?" Er setzte das Gerät in Bewegung und Day konnte nicht umhin, zuzusehen, wie die Brust des Mannes mit jeder Bewegung größer und härter wurde.

„Ich bin mit jemandem hier. Trotzdem danke", sagte er und zwang sich zu einem Lächeln. „Hab noch ein gutes Training." Er musste hier verschwinden, zum Teufel noch mal. Zu Hause war sein Fitnessstudio eine Zuflucht, aber hier war es nichts weiter als eine Fleischbeschau. Das verunsicherte ihn. Für ihn war das Fitnessstudio ein Ort, wo er seinen Körper trainierte, und versuchte, den Kopf freizukriegen, aber das wäre an Bord unmöglich, zumindest auf dieser Kreuzfahrt, so kurz sie auch für ihn werden mochte.

Day schnappte sich seine Tasche aus dem Spint, verließ das Studio und stieg die Treppe hinauf zum neunten Deck. Die Türen standen offen und er ging den Gang entlang und schaute dabei nach den Kabinennummern, bis er schließlich seine eigene fand. Er steckte die Karte in den dafür vorgesehenen Schlitz, es machte Klick, die Tür ging auf und er betrat die Kabine.

Knight stand mitten im Raum. „Ich wünschte, unser Gepäck würde kommen."

„Sie werden es nicht vor heute Abend bringen. So steht es in den Reisedokumenten." Er stellte seine Tasche aufs Bett und sah sich in der Kabine um. „Scheint, als hätten sie uns eine Art Suite gebucht."

„Das haben sie, und falls es dir auf deinem Bord Pass aufgefallen sein sollte, wir sind Mitglieder ihres Klubs regelmäßiger Kreuzfahrer."

„Na, wie kommen wir denn zu dieser Ehre?", fragte Knight und zog eine Augenbraue hoch.

Day wusste, dass er ertappt worden war. „Ich habe mir gedacht, dass wir für die paar Tage, die wir hier an Bord sind, ebenso gut das Beste aus dieser Kreuzfahrt machen können." Er nahm seine Tragetasche vom Bett und öffnete die Tür zum Badezimmer Es war geräumig und er zog seine verschwitzten Trainingsklamotten aus und zog frische Shorts, Unterwäsche und ein frisches T-Shirt an. Er hatte eigentlich vorgehabt, zu duschen und gehofft, es gäbe im Fitnessstudio Duschen, aber er hatte beschlossen, schwimmen zu gehen und anschließend die Whirlpools zu benutzen, also entschied er sich, zu warten.

„Haben es alle deine Spielzeuge bis hierher geschafft?", fragte Day, als er wieder rauskam.

„Du bist nicht der Einzige, der ein paar Tricks auf Lager hat. Ich habe sie in den Safe eingeschlossen. Rühr sie nicht an, ehe ich die Chance hatte, dir genau zu zeigen, wie sie funktionieren und wir noch einmal den

Sicherheitsmechanismus besprochen haben. Ich will nicht, dass du dir den Fuß wegschießt." Der Hohn in Knights Stimme wurmte ihn, aber Day ignorierte es. „Wie ist es mit deinem gelaufen?"

„Keine Ahnung. Ich musste es in meinen Koffer einschließen. In ein paar Stunden werden wir es sehen." Er ging hinüber zur Schiebetür und trat hinaus auf den kleinen Balkon und in den Sonnenschein Floridas.

„Wie war das Fitnessstudio?"

„Aufreiß-Hauptbahnhof", erwiderte Day. Er wollte nicht in die Einzelheiten gehen und er würde ganz sicher nichts über Blain verlauten lassen. Er konnte sich glücklich schätzen, wenn er die nächsten paar Tage ohne großes Drama überstand. Seine Sexualität war seine Sache. Wenn er Stillschweigen über seine Gefühle bewahren wollte, war das seine Sache. „Sie haben allerdings ein ganz nettes Fitnessstudio. Was hast du gemacht?"

„Herausgefunden, wo was zu finden ist." Knight fing an, in der Kabine hin und her zu laufen. „Diese Warterei macht mich wahnsinnig. Wir hätten einen besseren Weg finden sollen, um dorthin zu gelangen, einen, der nicht so zeitaufwendig ist."

„Wir können uns nicht einfach ins Land schleichen oder in die Region fliegen. Sie mag ja abgelegen sein, aber das hier ist der beste Weg, um keine Aufmerksamkeit zu erregen. Keiner wird bei einer Gruppe von Touristen zweimal hinschauen und an dem Ausflug, den wir gebucht haben, werden Hunderte von Leuten teilnehmen, verteilt auf mehrere Busse. Wir können uns ganz leicht davonschleichen." Day schnaubte. „Wieso kannst du es dir nicht einfach mal ein paar Tage lang gut gehen lassen? In Florida warst du scheinbar bereit dazu."

„Da haben wir auch noch gedacht, dass wir mehr Zeit hätten. Sie könnten die Vorbereitungen zu was auch immer sie planen abschließen, während wir noch auf dem Weg dorthin sind. Und wir wissen noch nicht mal, was zum Teufel sie eigentlich zu tun versuchen." Knight lief weiterhin auf und ab, wie ein Tier im Käfig. „Wir müssen einen Weg finden, herauszufinden, was sie vorhaben. Dann können wir es wenigstens teilweise abwenden."

„Sobald mein Koffer gebracht wird, schließe ich das Gerät an und überwache die von ihnen benutzten Frequenzen. Vielleicht haben wir ja Glück." Er wandte sich ab.

„Was, wenn das nicht genug ist?", fragte Knight. „Was, wenn wir tun, was wir können und diese … Sache … dieser Angriff trotzdem startet und die Hölle losbricht?"

Darauf hatte Day keine Antwort, also schwieg er. Er hatte sich diese Art von Gedanken schon selbst einige Male gemacht. „Wir können nur unser

Bestes geben. Wir hätten diesen Auftrag nicht zugeteilt bekommen, wenn wir nicht in der Lage wären, ihn zu erledigen."

Knight lachte, beinahe schon teuflisch. „Glaubst du das wirklich? Sie haben ihn uns übertragen, weil sie dachten, er wäre leicht. Die Bedrohung kommt aus einer lokal begrenzten Gegend. Alles, was wir tun müssen ist, den genauen Standort zu bestimmen und sie zu neutralisieren. Ich bin ein Mann, der schon seit Jahren nicht mehr im Außeneinsatz war, und du bist ein Baby-Agent. Sie haben uns etwas Leichtes gegeben."

„Das war es aber nicht", protestierte Day. „Sie wussten nicht, um was für eine Art von Bedrohung es sich gehandelt hat."

„Die Bedrohung selbst ist nicht wichtig. Es wird von uns erwartet, dass wir rauskriegen, wo sie sind und sie ausschalten. So einfach ist das. So arbeitet der Verstand der hohen Tiere. Sie brechen alles herunter auf den kleinsten gemeinsamen Nenner, weil sie glauben, dass sonst keiner in der Lage ist, zu denken."

Knight wirbelte zu ihm herum. „Bist du bereit dazu?" Er schielte zu ihm rüber. „Kannst du eine Waffe abfeuern?" Day öffnete den Mund, um zu protestieren. „Ich weiß, dass du richtig was auf dem Kasten hast, das ist ziemlich offensichtlich, aber kannst du schießen … und kannst du töten?"

Day kam durch die Balkontür und knallte sie hinter sich zu. „Gerade jetzt will ich dich erschießen. Zählt das auch?", konterte er halb lächelnd, weil er nur zur Hälfte Spaß machte.

„In Ordnung, aber triffst du überhaupt ein Scheunentor?", hakte Knight nach.

Day trat näher. „Ich kann ganz gut schießen."

„Werden wir ja sehen", sagte Knight.

„Ach, werden wir? Und wo bitte soll das geschehen und wieso ist mein Wort nicht gut genug?" Er ließ seinem Unmut freien Lauf. „Ich bin deine herablassende Haltung langsam leid. Ich kann ganz gut schießen, und wenn du wissen willst, ob ich jemanden töten kann, dann schlage ich vor, du machst den Safe auf und stellst dich auf den Balkon. Ich möchte auf dem Schiff keine Sauerei hinterlassen."

Knight funkelte ihn wütend an. „Auf Grand Cayman gibt es einen Schießklub. Wir werden dort haltmachen, ehe wir nach Costa Maya weiterfahren. Ich habe uns, während wir dort sind, etwas Übungszeit gebucht, aber wenn du so stur darauf beharrst …"

Day lehnte sich gegen die Schiebetür. „Du bist echt der letzte Arsch. Tatsächlich glaube ich, das ist dein Ziel im Leben."

„Kann schon sein", erwiderte Knight mit todernstem Gesichtsausdruck. „Aber das ändert nichts an der Tatsache, dass ich sichergehen will, ob du schießen kannst, ehe ich dir eine Waffe in die Hand gebe. Also komm verdammt noch mal drüber weg, Wickelkind", fügte er in dem Tonfall hinzu, den Eltern bei einem Kleinkind benutzten.

„Du willst einen Wettstreit?", schnappte Day. „Fein. Was kriege ich, wenn ich gewinne?"

Knight grinste. „Meinen Respekt und eine der Waffen zum Gebrauch. Und wenn ich gewinne, führst du mich in das erstklassige Steakhaus an Bord zum Abendessen aus und lässt mich dir beibringen, wie man schießt, ehe wir ins Kampfgetümmel geraten und du mir aus Versehen in den Kopf schießt." Knight machte eine Pause. „Ich habe zusätzliche Übungszeit im Schießklub gebucht."

Der arrogante Mistkerl. „Fein." Day konnte keinen Haken an der Sache erkennen. „Aber bis dahin: keine Scherze oder blöde Spitznamen mehr. Wenn ich gewinne, dann zahlst du für das Abendessen samt Getränken. Und ich werde mir einen Spitznamen für dich ausdenken, den ich dann im Büro benutzen kann." Day verschränkte die Arme vor der Brust. Das sollte ihn zum Schweigen bringen.

„Solange du bereit bist, dasselbe zu tun", sagte Knight mit einem Funkeln in den Augen. „Es gibt da allerdings zwei Dinge, die du wissen solltest: Ich hatte eine Scharfschützenausbildung beim Militär und dort habe ich auch das Trinken gelernt. Diese kleine Bordkarte von dir wird ganz schön was zu tun kriegen."

Day verdrehte die Augen. „Wann gibt es heute Abendessen?", fragte er, um das Thema zu wechseln. Er ging hinüber zum Couchtisch, auf dem der Tagesplan auslag, und schaute nach. „Um halb neun, und in einer halben Stunde gibt es eine Rettungsübung." Gerade als er den Zettel wieder auf den Tisch legte, ertönte eine Ankündigung und sie verließen ihre Kabine und begaben sich auf ihre Position.

Nach der Übung, die das Anschauen eines Videos und das Anhören von Instruktionen beinhaltete, wurden sie wieder entlassen und kurz darauf verließen sie den Hafen. Day ging zurück in ihre Kabine und fand ihr Gepäck vor, das inzwischen gebracht worden war. Er fing an, auszupacken und das Fernmeldeequipment aufzubauen, das in perfekt funktionierendem Zustand eingetroffen war. Er hatte keine Ahnung, wo Knight war, und je länger er weg war, umso besser für Day.

Als er alles angeschlossen hatte, schaltete Day das mitgebrachte sichere Satellitenübertragungsgerät ein und schickte ein paar Nachrichten raus, um dem daheimgebliebenen Team im Büro mitzuteilen, dass er online war und alles funktionierte. Sie hatten noch ein paar weitere Nachrichten abgefangen und er machte sich daran, sie zusammenzusetzen.

Gerade als er dabei war, Fortschritte zu machen, kam Knight herein und knallte die Tür hinter sich zu. „Haben wir irgendetwas?" Er zog seinen Laptop aus seinem Gepäck und fuhr ihn hoch, nachdem Day ihn angeschlossen hatte.

„Es hat noch mehr Nachrichten gegeben, aber die haben auch nichts anderes enthüllt, als dass sie Schwierigkeiten damit haben, die „Verteilerlogik" zum Laufen zu bringen. Ich habe keine Ahnung, was das bedeutet." Er rief ein Wörterbuch auf und suchte dann eine Seite mit spanischen Slang-Ausdrücken, um sicherzugehen, dass er die Worte korrekt übersetzte. „Ja, das haben sie gesagt, aber ich will verdammt sein, wenn ich daraus schlau werde. Ergibt das für dich irgendeinen Sinn?"

„Verteilerlogik", wiederholte Knight. „Gibt es nicht so was in der Computerprogrammierung?"

„Es gibt gemeinsam genutzte Logik, wobei bestimmte Kernfunktionen programmiert werden, die dann in verschiedenen Programmen benutzt werden oder einfach nur von verschiedenen Programmen oder Jobcontrollern aufgerufen werden können. Aber sie benutzten die Terminologie definitiv in einem anderen Zusammenhang. Es könnte aber auch dieselbe Sache sein und ich übersetze es bloß falsch, aber ich habe es durch ein Übersetzungsprogramm laufen lassen, und das sagt dasselbe."

„Lass es uns zusammen mit den anderen Sachen speichern und es wird hoffentlich einen Sinn ergeben, wenn wir mehr Informationen haben. Es scheint wirklich, als ob die Dinge ins Rollen geraten. Die Kommunikation nimmt zu. Das sollte der Fall sein, bevor der Plan ausgeführt wird. Ich würde Funkstille erwarten, wenn der Angriff kurz bevorsteht. Also ist, meiner Erfahrung nach, die Tatsache, dass sie miteinander reden, eine gute Nachricht."

„In Ordnung", sagte Day erleichtert. Wer auch immer die waren, sie waren redseliger als er erwartet hatte. „Wir empfangen immer noch nur Teile der Übertragungen. Lass uns auf mehr hoffen, wenn wir ihnen näherkommen."

„Da wir uns endlich in Bewegung gesetzt haben, sollte das jede Stunde passieren. Vielleicht haben wir ja bald Glück. Ist es dir gelungen, ihren Standort näher einzugrenzen?"

„Ein wenig. Ich bin sicher, dass zumindest ein Teil der Übertragungen aus dieser Gegend kommt." Day rief eine Karte Yukatans auf und drehte den Bildschirm herum. „Das Einzige, womit wir Glück hatten, war, dass es ziemlich nahe bei Costa Maya ist."

„Na ja, sie brauchen eine Stadt in der Nähe, in der sie sich mit Vorräten eindecken können. Es hilft nichts, eine Basis mitten im Nirgendwo zu haben, wenn du dauernd Hunderte von Kilometern fahren musst, um Lebensmittel zu besorgen. Und in der Gegend gibt es viel Sumpf- und Tiefland. Die einzigen

Hügel befinden sich über Ruinen. Deswegen wissen die Archäologen auch, wo sie suchen müssen – einfach den Hügeln folgen. Alles andere ist flach."

„Ich habe darüber nachgedacht, dass sie vielleicht einige Ruinen als Basis nutzen könnten. Das würde zumindest einige der Interferenzen erklären", sagte Day. „Sie würden einen Unterschlupf brauchen und sie könnten sich teilweise unter der Erde befinden. Wenn sie über kurze Entfernungen miteinander kommunizieren, könnten sie wahrscheinlich ein Signal bekommen, das aber schwächer werden würde, je größer die Entfernung ist. Und wenn Steine oder Erde im Weg sind, würde das die Schwierigkeiten beim Triangulieren der Quelle erklären." Er drehte den Bildschirm wieder zu sich und speicherte das, was er herausgefunden hatte, in einem zusätzlichen Datenblatt ab. Außerdem fügte er noch ihren Verdacht über den Grund der Störungen hinzu, stellte noch ein paar Recherchen an und rief Satellitenbilder der Gegend auf. Hauptsächlich bekam er Bilder der Vegetation zu sehen, aber es gelang ihm, ein paar Flecken mit Potenzial zu entdecken, die sich mit der Gegend überlappten, in der er die Quelle der Übermittlungen vermutete. Das war ein Fortschritt.

„Wir sollten uns fürs Abendessen fertigmachen und wir müssen dieses Gerät außer Sichtweite schaffen." Knight packte bereits zusammen und Day tat es ihm gleich, trennte die Verbindung des Sattelitenübertragungsgeräts und steckte es in seinen Handkoffer unter dem Bett. Das war nicht gerade ein tolles Versteck, aber es würde ja auch niemand danach suchen. Alles, was sie wollten, war, es außer Sichtweite zu halten. Dann machten sie sich fertig, um in den Speisesaal zu gehen.

Sie erreichten ihn und fanden ihren Tisch, den sie sich mit sechs anderen Leuten teilten. Man stellte sich gegenseitig vor und nach den obligatorischen Kommentaren zu der Kombination der Namen Knight und Day, verbrachten die anderen den Großteil des Abendessens damit, sich miteinander zu unterhalten oder mit den anderen Leuten am Tisch zu sprechen. Day fühlte sich überraschend unbehaglich. Die Paare unterhielten sich darüber, wie sie sich kennengelernt hatten, wie lange sie schon zusammen waren und all den Kram. Als Willy, der neben seinem Partner Bobby saß, fragte, wie lange sie denn schon zusammen wären, hatte Day nicht gewusst, was er sagen sollte.

„Dayton und ich sind erst seit ein paar Monaten zusammen." Knight hatte seinen Arm um Days Schulter gelegt, als wäre es das Normalste auf der Welt. Die Berührung war sanft und fürsorglich gewesen und Day hatte sich hineingelehnt, ohne wirklich darüber nachzudenken. „Er konnte sich von der Arbeit einige Zeit freinehmen und ich wollte etwas ganz besonders machen, und so hatten wir das Glück, diese Kreuzfahrt buchen zu können." Knight drehte sich zu ihm und lächelte. Day bemerkte, dass er zurücklächelte, und war überrascht, dass er sich nicht dazu zwingen musste. Ihm gefiel diese Art von Aufmerksamkeit von Knight, selbst wenn es nur gespielt war. „Unsere Terminkalender sind beide so voll, dass wir, als es uns endlich gelungen war, eine gemeinsame Auszeit zu planen, wohl so ziemlich die letzten waren, die diese Kreuzfahrt buchen konnten."

„Diese Kreuzfahrt ist seit Monaten ausgebucht", sagte Kevin, ein Wasserstoffblonder von der anderen Seite des Tisches.

„Eine Kabine ist frei geworden und wir hatten das Glück, sie zu ergattern", erwiderte Knight souverän, wandte sich wieder Day zu und lächelte ihn voller Wärme an. Die anderen am Tisch seufzten.

„Ich erinnere mich noch daran, als du mich so angesehen hast", flüsterte Bobby und Willy zog ihn an sich, um ihn sanft zu küssen.

„Das tue ich immer noch und werde ich auch immer", sagte Willy und die anderen hauchten leise „wie süß".

Der Kellner ging um den Tisch herum und nahm ihre Bestellungen auf. Die Unterhaltung schweifte von ihnen ab und Day saß da und hörte zu. Er erwartete von Knight, dass der seine Hand wegziehen würde, aber sie blieb, wo sie war. Day rührte sich nicht und zwang sich dazu, sich nicht zu verkrampfen. Sie spielten eine Rolle, die ein Hauptbestandteil ihrer Tarnung dafür war, dass sie sich an Bord dieses Schiffes befanden. Das war alles, nicht mehr und nicht weniger.

„Also, was habt ihr für morgen geplant?", fragte Kevin keck wie ein Cheerleader.

Day hätte fast gesagt, dass Arbeit auf ihn warten würde, aber es gelang ihm gerade noch, die Worte zurückzuhalten, ehe sie ihm über die Lippen schlüpften. Das war nicht die Art von Antwort, wie sie Leute auf einem Schiff gaben. „Einfach nur rumhängen", antwortete er. „Auf Grand Cayman hat Knight etwas ganz Besonderes arrangiert." Day sagte nicht, dass es sich um einen Schießstand handelte. Sollten sie doch lieber denken, es wäre etwas Romantisches. Die anderen unterhielten sich über ihre Pläne und die Unterhaltung geriet nicht im Mindesten ins Stocken, als schließlich das Essen gebracht wurde. Die Themen wechselten lediglich zu Essen und wer kochte, ihren Spezialitäten und all das.

Knight zeigte sich der Situation voll und ganz gewachsen. Er redete und redete über die verschiedensten alltäglichen Dinge. Offensichtlich machte Day eine mördermäßige Kalbs-Piccata, die Knight einfach nur anbetete. Er warf ihm sogar einen sanften Blick zu, als er darüber sprach. Der Mann hätte für seine Darbietung einen Oscar verdient, und ein paar Minuten später erklärte Day das Rezept für Hühnchen, das Knight nach dem Rezept seiner Mutter zubereitete. Als Day währenddessen zu Knight hinübersah, war er erschrocken über den finsteren Blick, der kurz in seinen Augen aufflackerte. Er hielt nicht lange an, aber er war überraschend und erschreckend kalt in seiner Intensität. Day fragte sich, was er wohl gesagt haben könnte. Er drehte sich ganz zu ihm um und suchte in Knights Gesichtsausdruck nach einer weiterführenden Erklärung, aber der Ausdruck in seinen Augen war bereits wieder verschwunden und Knight lächelte, als sei nichts gewesen.

Day erinnerte sich daran, dass es ihn beim Lesen von Knights Akte überrascht hatte, dass so wenig darinstand. Seine Eltern waren aufgeführt, aber es hatte keine Details über sie gegeben und es schien, als hätte man diesen Teil der Akte gesäubert. Es waren auch keine anderen Familienangehörigen erwähnt. Das war ihm merkwürdig erschienen, in Anbetracht der anderen Informationen, Knights Karriere betreffend. Irgendjemand, vermutlich Knight selbst, hatte die Aufzeichnungen verändert, sodass sie nur die Informationen enthielten, die bekannt werden sollten. Es gab allerdings noch andere Informationsquellen und Days Neugierde war geweckt worden.

„Day, Schatz", sagte Knight und schreckte ihn aus seinen Gedanken auf, „sie haben gefragt, ob wir morgen gerne auf der Surfanlage surfen möchten."

„Klar, ich bin dabei, wenn du es bist", sagte Day mit einem Lächeln. Knight sah nicht allzu begeistert aus, aber das Lächeln auf seinem Gesicht saß wie festgetackert. „Um wieviel Uhr wollen wir uns treffen?"

„Sie macht um elf auf", sagte Kevin und sah in die Runde. „Die Schlangen werden gegen Nachmittag immer länger, also warum treffen wir uns nicht gleich um elf?"

Alle waren damit einverstanden, und als erst einmal das Dessert serviert worden war,

fingen die Pärchen an, den Tisch zu verlassen. Knight und er taten dasselbe, verabschiedeten sich von allen und gingen gemeinsam zu ihrer Kabine. Es war schön und Knight ging voraus zum Fahrstuhl. Sie verließen den Aufzug auf ihrem Deck und begaben sich direkt in ihre Kabine. Day war immer noch leicht errötet, von all den kleinen Berührungen Knights während des Abendessens.

„Das ist gut gelaufen", sagte Knight, sobald sie die Tür hinter sich geschlossen hatten. Sein Tonfall klang geschäftsmäßig.

„Das ist es", stimmte er zu und fing an, seine Geräte hervorzuholen und wieder in Betrieb zu nehmen. Er hielt inne, als es an der Tür klopfte. Knight öffnete sie dem Steward, der nur wissen wollte, ob sie alles hatten, was sie brauchten. Knight machte die Tür wieder zu und Day nahm zum ersten Mal das breite Doppelbett wahr. Damit hätte er wohl rechnen sollen.

„Ich kann ihn bitten, das Bett in zwei Einzelbetten zu teilen", bot Knight ihm an und machte ein paar Schritte in Richtung Tür.

„Ist schon in Ordnung", erklärte ihm Day. Ihre Tarnung aufrechtzuerhalten, hatte oberste Priorität. Niemand sollte den Verdacht hegen, dass sie irgendetwas anderes waren als ein glückliches Paar, das zusammen auf einer Kreuzfahrt Urlaub machte. Die Leute redeten, und das Letzte, was sie gebrauchen konnten, war, dass die Leute über sie redeten. Er holte das Sattelitenkommunikationsgerät hervor und schaltete es wieder ein. Dann setzte er sich an den Tisch und machte sich an die Arbeit. Es waren keine zusätzlichen Übertragungen abgefangen worden, aber er verbrachte einige Zeit mit zusätzlichen Recherchen über die Gegend, die sie durchqueren würden, während Knight es sich auf dem Sofa bequem machte, mit seinem Laptop auf den Knien.

„Kannst du irgendetwas finden?", fragte Knight.

Day schüttelte den Kopf. Da er für den Moment mit den Recherchen, die er anstellen konnte, durch war, wechselte er den Suchbegriff. „Ich habe überhaupt kein Glück." Er blinzelte und tippte erneut. „Sie haben sich einige Mühe gegeben, um ihre Spuren zu verwischen." Es gelang ihm, ein paar Informationen über Knight zu finden – einen Artikel im The Allegan, einer Tageszeitung aus Michigan, über seine Militärkarriere, aber sonst nur sehr wenig. Er rief den Artikel auf, in der Hoffnung, wenigstens seinen Vornamen herauszufinden, aber fuck, er wollte verdammt sein, wenn die nicht ebenfalls „Knight" oder seinen Nachnamen benutzt hatten. Tatsächlich nannten sie als seinen Namen PFC „Knight" Knighton. Zum Teufel mit denen. Wie zur Hölle machte er das nur?

„Ich nehme mal an, dass die Leute, mit denen wir es hier zu tun haben, technisch ziemlich was auf dem Kasten haben."

„Entweder das oder sie haben einfach Glück", sagte Day und warf einen Blick zu Knight hinüber, der ganz in seine Arbeit versunken war. Day setzte ein Netzwerk-Suchprogramm ein, nur um zu sehen, ob Knight ihn vielleicht zum Narren hielt. Das schien aber nicht der Fall zu sein. Er konnte sehen, dass Knight nur im Netz nach irgendwelchen Informationen über die Gruppierungen in dieser Gegend von Mexiko suchte. „Ich denke immer noch, dass sie von irgendjemandem Hilfe bekommen."

Er wusste, dass Knight Hilfe dabei gehabt hatte, all seine persönlichen Familienangaben aus den Akten zu löschen. Aber dieses Rätsel konnte warten.

Knight sah von seinem Bildschirm auf. „Auch das ist möglich. Jede Menge terroristischer Vereinigungen könnten ihnen Unterstützung gewähren oder ihnen ihren Sachverstand zur Verfügung stellen. Manchmal denke ich, dass diese Gruppen, wenn sie denn zusammenarbeiten würden, anstatt sich gegenseitig zu bekriegen …", Knight verstummte und erzitterte. „Was meinst du?"

„Ich weiß nicht. Mein Verstand dreht sich im Kreis und das bringt mich nicht weiter." Day rieb sich die Augen, stand auf, schloss seinen Laptop und ging ins Badezimmer. Er suchte immer nach einer tieferen Bedeutung in den Dingen. Das machte ihn so gut darin, die Verbindungen herzustellen, die die NSA von ihm benötigte. Und hier gab es eine Verbindung, die er herstellen musste, aber er kam einfach nicht darauf. Er drehte den Hahn auf und spritze sich etwas Wasser ins Gesicht.

„Day", sagte Knight durch die Tür hindurch, nachdem er kurz geklopft hatte.

„Bin gleich draußen." Er drehte den Hahn zu und wischte sich das Gesicht ab, ehe er die Tür öffnete und hinaustrat.

„Du solltest ins Bett gehen und dich ausruhen."

Er hatte auf ein paar weise Worte gehofft. „Ist das alles, was dir einfällt?", fragte Day.

Knight zuckte die Achseln. „Manchmal gibt es keine Antworten, und je verzweifelter du versuchst, welche zu finden, wo es keine gibt, je mehr Aufmerksamkeit und Energie ziehst du von dem eigentlichen Problem ab." Knight ergriff seine Schulter. „Geh schlafen. Es gibt nichts, was wir in den nächsten paar Tagen tun können, außer Informationen zu sammeln. Also werden wir das weiterhin tun, aber du kannst jetzt nicht bis zur Erschöpfung arbeiten."

„Das ist dein Rat?", schnappte Day.

„Beim Militär hat das für mich immer funktioniert. Du musst dir deine Kämpfe aussuchen und dich selbst bei Kräften halten. Und der beste Weg, das zu tun ist, vor dem Kampf zu schlafen und sich auszuruhen. Wenn wir erst mal auf uns allein gestellt sind, wird es ein Kampf werden, gegen die Hitze, die Natur und schließlich gegen unser Zielobjekt." Knight stellte sich vor ihn. „Außeneinsätze sind Routinearbeit. Tage des Wartens führen zu Minuten des Handelns. Aber während des Wartens müssen wir bei Kräften bleiben."

„Aber da ist etwas, was ich übersehe – was wir übersehen", sagte Day. „Ich weiß es."

„Möglicherweise ist das so. Und vielleicht mehr als nur eine Sache. Aber wir werden es nicht herausfinden, nur weil wir es wollen. Schlaf drüber und am nächsten Morgen wirst du alles klarer sehen." Knight trat zur Seite und klappte seinen Laptop zu. Dann ging er ins Bad und Day machte sich bettfertig. Er stellte die Temperatur im Raum so ein, dass er sich damit wohlfühlte und schlüpfte unter die Decke, ehe er die meisten Lichter löschte.

Day hörte das Wasser rauschen, schloss seine Augen und drehte sich auf die Seite, mit dem Gesicht zur Wand. Die Badezimmertür öffnete sich und Licht flutete für einige Sekunden ins Zimmer, bevor es wieder dunkel wurde. Er hörte Knight durch die Kabine gehen und fühlte, wie sich die Matratze senkte, als er sich auf die Bettkante setzte und dann hinlegte. Day rührte sich nicht, während Knight es sich bequem machte. Schließlich schloss er die Augen und seine Erschöpfung gewann die Oberhand.

DER FOLGENDE Tag war vollgepackt, aber vergnüglich. Knight und er arbeiteten, aber sie spielten auch ihre Rollen auf dem Schiff. Sie prüften, ob zusätzliche Übertragungen abgefangen worden waren, und arbeiteten an dem, was sie empfangen hatten, aber das brachte sie nicht weiter. Day hatte seine Geräte aufgestellt, um zu versuchen, zusätzliche Signale aufzufangen, hatte aber bisher kein Glück gehabt. Er schaffte es, sich zu entspannen und sich etwas Ruhe zu gönnen und er fühlte sich tatsächlich besser, aber etwas nagte weiterhin an ihm. Gerade, wenn er dachte, es wäre zum Greifen nah, flutschte es wieder davon. Es war höllisch frustrierend, und er ging am zweiten Abend genauso gefrustet ins Bett wie am Abend zuvor.

Das Schaukeln des Schiffes, das sie die vergangenen zwei Tage begleitet hatte, fehlte. Das war das Erste, was Day auffiel, als er erwachte. Als nächstes bemerkte er, dass Knight sich an ihn schmiegte und einen Arm fest um seine Taille geschlungen hatte. Day hatte es das letzte Mal, als das geschehen war, nicht zur Sprache gebracht, und er war sich sicher, dass Knight sich nicht daran erinnerte; zumindest hatte er das Thema auch nicht angeschnitten. Day rührte sich eine Weile nicht und saugte die Zuwendung und Fürsorglichkeit in sich auf, selbst wenn sie nur unbeabsichtigt war. Und wie schon zuvor entwand er sich Knights Armen und rutschte von ihm weg, bevor er aufstand. Sobald er sich vom Bett entfernt hatte, eilte er ins Badezimmer und schloss die Tür hinter sich. Was zum Teufel sollte er jetzt machen? Er bezweifelte, dass Knight ihn absichtlich die halbe Nacht lang im Arm gehalten hatte, und doch hatte es sich gut angefühlt, und es hatte ihm gefallen – es hatte ihm sehr gefallen, der Tatsache nach zu schließen, dass sein Schwanz hart genug war, um Nägel damit einzuschlagen. Nicht, dass es einen Unterschied machte. Knight war nicht schwul und Day hatte nicht die Absicht, seinen Mund aufzumachen und die Situation mit noch mehr Spannungen und merkwürdigen Stimmungen aufzuheizen.

Die Dinge waren auch so schon schräg genug.

Er war ein schwuler Mann, der auf einer Kreuzfahrt für Homosexuelle für einen Hetero gehalten wurde, und der die eine Hälfte eines schwulen Pärchens spielte, dessen andere Hälfte auf Frauen stand. Und all das, um einen angemessenen Eindruck für eine Mission zu erwecken, die erst beginnen würde, nachdem sie das Kreuzfahrtschiff verlassen hatten. Das war total bescheuert und viel zu sehr *Victor/Victoria*, um es in Worte zu fassen. Day putzte sich die

Zähne und rasierte sich, ehe er in die Dusche trat, in der Hoffnung, sich danach besser zu fühlen.

Es funktionierte nicht wirklich, und als Day schließlich zurück ins Zimmer kam, lag Knight wieder auf seiner Seite des Bettes auf dem Rücken, mit den Laken um seine Hüften gebauscht, und schnarchte, dass die Heide wackelte. Day nahm sich ein paar Sekunden zum Schauen und Träumen, bevor er sich leise seinen Laptop schnappte und ans andere Ende des Zimmers ging, um nach eventuellen neuen Nachrichten zu sehen. Es gab keine, also versuchte er, etwas über den Mann zu finden, der in dem nur ein paar Meter entfernten Bett schlief, auch wenn er Probleme hatte, sich auf seinen Computer anstatt auf Knight zu konzentrieren.

Knight war umwerfend; durchtrainiert und ein Pfad aus schwarzen Haaren akzentuierte die Mitte seiner kräftigen Brust. Day hatte auf ihm herumgehackt und ihn wegen der grauen Strähnen in seinen Haaren alt genannt, aber Knight war alles, nur nicht alt. Es steckte Kraft in ihm, und als er sich auf die Seite drehte, wurde Day ein Blick auf seinen breiten Rücken gewährt, auf Haut, die sich sinnlich von den weißen Laken abhob. Was für ein schöner Anblick. Day gab den Versuch auf, zu arbeiten und sah Knight beim Schlafen zu. Er wollte mehr in seinem Leben, als die Einsamkeit, die er jetzt hatte. Zum Teufel noch mal, er war in seinem ganzen Leben nur an drei Morgen aufgewacht, an denen ihn jemand im Arm gehalten hatte: Zweimal war es Knight gewesen, und der erinnerte sich wahrscheinlich noch nicht mal daran, und einmal Blain. Das war passiert, nachdem sie zu viel getrunken hatten. Blain war nicht die Art von Mann, der den Morgen danach besonders häufig zelebrierte. Das hatte Day auf die harte Tour lernen müssen, als Blain ihm die Tatsachen des Lebens erklärt hatte, jedenfalls aus seiner Sicht.

„Wie spät ist es?", murmelte Knight groggy.

„Es ist erst kurz nach acht. Lass dir Zeit." Day wandte seine Aufmerksamkeit wieder dem Computer zu. „Das Geplapper verrät uns im Moment nichts Neues."

Knight schob die Decken weg und stieg aus dem Bett. Gott, im Stehen sah er sogar noch besser aus. Teufel auch, war der Mann heiß. Scharf-wie-eine-Rasierklinge heiß. Day sorgte dafür, dass sein Kopf unten blieb, als Knight in Boxershorts, die schon fast unanständig eng saßen, zum Schrank tappte. Er nahm sich ein paar Sachen heraus und ging ins Bad. Sobald sich die Tür geschlossen hatte, stieß Day den Atem aus, den er angehalten hatte und rückte den Laptop auf seinem Schoß zurecht, damit er nicht auf seinem Schwanz hin und her schaukelte. Diese ganze Situation brachte ihn völlig durcheinander und trieb ihn in den Wahnsinn.

Day beendete sein Tun, schloss anschließend seinen Computer und fing an, seine Sachen wegzupacken. Als er damit fertig war, schob er den Vorhang beiseite, öffnete die Balkontür und trat hinaus in die tropische Hitze. Die Bucht um den Hafen herum war voller schimmernder Resorts und prächtiger, von Palmen überschatteten Ferienvillen, und alles war umgeben von einer Üppigkeit, die sich vom tiefen Blau des Meeres abhob. Wenn das kein tropisches Paradies war, dann wusste er es auch nicht.

„Bist du bereit, von mir in den Hintern getreten zu werden?", fragte Knight mit erheblich zu viel Schadenfreude. Day seufzte und verließ den Balkon. Es war an der Zeit, die Zeche zu zahlen. „Lass uns was essen gehen und dann können wir los. Unser Termin im Schießklub ist um zehn."

„Fein", sagte Day steif und folgte Knight aus der Kabine. Sie nahmen ihr Frühstück am Buffet ein und kehrten dann wieder zurück, um die Sachen zu holen, die sie brauchen würden, ehe sie das Schiff verließen und sich im Hafen ein Taxi nahmen. „Cayman Schießklub", ließ Knight den Fahrer wissen und der sauste durch die Stadt und in die Hügel hinein.

Der Klub lag auf einem Plateau, elegant, sowohl in der Inneneinrichtung als auch im Außenbereich.

„Kann ich Ihnen helfen?", fragte ein Portier.

„Der Name lautet Knighton. Ich habe einen Termin für Schießübungen gebucht."

„Ja, Sir, wir haben Sie bereits erwartet", sagte ein Mann in eindrucksvollem Weiß, als er sich ihnen näherte. „Ich bin Manuel. Ich wurde beauftragt, Ihnen so gut ich kann zu helfen." Er bedeutete ihnen, hineinzugehen. „Laut Anweisung möchten Sie mit dem Pistolen-Schießstand beginnen und Sie haben angegeben, dass Sie Pistolen vom Kaliber 44 benutzen wollen. Wir haben welche hier und sie sind bereit für Sie."

Die Überraschung musste Day im Gesicht gestanden haben, denn Manuel wandte sich an ihn. „Wir haben einen vollständigen Bestand an Waffen im Klub. Viele unserer Kunden kommen hier an, ohne dass sie ihre Waffen mitbringen konnten. Also stellen wir sie ihnen hier im Klub zur Verfügung."

„Ausgezeichnet", sagte Day und folgte Manuel durch das großzügig verteilte Mobiliar zu einem Schießstand, den man über eine überraschend kunstvoll gearbeitete Treppe erreichte. Gedämpfte Geräusche von Pistolenschüssen drangen an seine Ohren.

Nachdem die Schüsse verklungen waren, betraten sie den Schießstand durch schwere Türen. „Sie sind unten am Ende, Mr. Knighton, und Ihr Gast ist neben Ihnen. Benötigt einer von Ihnen möglicherweise eine Einweisung?"

„Nein, danke. Ich kümmere mich um die Einweisung, falls nötig", sagte Knight, und Day musste bei der Herablassung in seiner Stimme die Zähne zusammenbeißen, behielt es aber für sich und betrat seinen Stand. Er setzte die Ohrenschützer auf, zog sie aber von den Ohren, als er ein Tippen auf seiner Schulter spürte. „Kommst du damit klar? Ich kann dir helfen, wenn du willst."

„Ich komme damit klar, aber ich kann dir erst mal zusehen, wenn dir das lieber ist." Day setzte die Ohrenschützer wieder auf, trat zurück und sah Knight dabei zu, wie er die Pistole lud, den Hahn spannte und dann einen Schuss auf das Ziel abfeuerte, nicht ganz mittig. Dann schoss er noch zusätzliche fünf Kugeln in rascher Folge hinterher, wobei er ein enges Muster in das Zentrum der Papierzielscheibe stanzte.

„So sollte man das machen. Der erste Schuss dient der Zielvorgabe und dann feuerst du die anderen hinterher." Knight dachte ganz klar, er würde helfen.

Day zog seine Ohrenschützer herunter. „Ungefähr so?" Er lud seine Waffe, richtete das Ziel aus, schoss zuerst in die Nähe der Mitte und jagte dann die verbleibenden fünf Schüsse hinaus, ehe er die Zielscheibe zu sich heranfuhr, um sie sich näher anzusehen.

„Nicht übel, aber du hast das Ziel nur einmal getroffen", sagte Knight, nachdem Day seine Ohrenschützer abgenommen hatte.

„Schau noch mal genau hin", sagte Day mit einem Grinsen. „Du siehst eine kleine Blüte mit fünf Blütenblättern. Ich habe alle sechs Schüsse durch dasselbe Loch geschossen." Er legte die Waffe hin und kreuzte die Arme vor der Brust.

„Wie? Glück?", stammelte Knight.

„Du hast meine Akte nicht sehr genau gelesen. Ich bin vor zwei Jahren Zweitbester im Finale der nationalen Meisterschaften im Tontaubenschießen geworden. Ich habe nur mit einem Punkt Unterschied verloren." Er grinste erneut. „Ich hatte fast mein ganzes Leben lang mit Waffen zu tun. Mein Onkel hat mir das Schießen beigebracht, als ich zehn war. Er hat auf Tontauben geschossen und damit habe ich angefangen und bin dann zu Pistolen und zum Zielscheibenschießen übergegangen. Nach den Tontauben war es ziemlich einfach: Die Ziele haben sich nicht bewegt."

„Du hättest was sagen können", erklärte Knight.

„Und mir die Chance entgehen lassen, dir diesen selbstgefälligen Ausdruck aus dem Gesicht zu wischen? Willst du mich verarschen?" Day grinste wieder, hörte aber schnell wieder damit auf.

„Aber kannst du …?" Knight ließ die Frage ausklingen. Mehr musste er gar nicht sagen, denn Day wusste keine Antwort darauf, ob er eine andere Person erschießen könnte. Day seufzte und Knight nickte einmal. „Ich verstehe", sagte er mit sehr leiser Stimme. „Das weiß man nie, bis man es muss."

Sie schossen noch eine Runde und dieses Mal traf Day das Ziel sogar noch genauer, mit noch weniger sichtbaren Hinweisen, dass sechs Kugeln durch das gleiche Loch gegangen waren. Dieses Mal brüstete er sich nicht damit. Er wusste, dass er den Wettstreit, mit dem er Knight aufs Glatteis geführt hatte, bereits gewonnen hatte. „Können wir nach draußen zum Tontaubenschießen gehen?"

„Wenn du möchtest", erwiderte Knight. Sie fragten das Aufsichtspersonal am Schießstand, wo sie hingehen mussten und folgten seinen Anweisungen, raus aus dem Schießstand und auf das Gelände hinter dem Gebäude. Manuel stieß dort zu ihnen und traf die Vorbereitungen, damit sie jeder eine Runde Tontauben schießen konnten. Nachdem sie die Gewehre eingestellt hatten, traf Day ohne Probleme hundert von hundert möglichen Punkten. Davon hatte er Ahnung und Day war so entspannt und ruhig, wie er es seit Jahren nicht mehr gewesen war. Das hier war, wie nach Hause zu kommen und er kannte seinen Körper gut genug, um den Durchgang problemlos zu absolvieren.

Als er fertig war, trat er vom Schießstand zurück, um Knight Platz zu machen. Knight machte es nicht ganz so gut, und Day unterbrach ihn auf der Hälfte. „Du versuchst, vorauszuahnen, wohin die Scheibe fliegen wird, und das bringt dich aus dem Gleichgewicht. Lass sie kommen, folge ihr, versenke dich in den Augenblick und dann schieß. Du hast Zeit. Hier geht es um Bewegung und Gleichgewicht, darum, die Waffe zu einem Teil von dir werden zu lassen. Tontaubenschießen ist Gewandtheit und fließende Bewegung, nicht Muskeln." Day trat zurück und Knight machte es in der zweiten Hälfte viel besser. „Siehst du?"

Knight nickte. „Ich gebe mich dem Meister geschlagen", sagte er mit einem überraschend breiten Lächeln.

„Ich hatte jahrelange Erfahrung." Die hatte Knight natürlich auch. Seine war nur sehr verschieden von Days.

„Wir sollten zum Mittagessen in die Stadt fahren und dann können wir wieder zurück aufs Schiff." Knight bedankte sich bei ihrem Gastgeber und sie machten auf dem Weg nach draußen kurz Halt, um die Gebühren für ihre Zeit auf dem Schießstand zu bezahlen.

„Ich hoffe, die Gentlemen waren zufrieden", sagte Manuel, als sie im Begriff waren, zu gehen. Knight nickte und schüttelte Manuel die Hand, wobei er ihm wahrscheinlich ein Trinkgeld zusteckte.

Sie dankten ihm beide und nahmen dann ein Taxi in die Stadt. Dem Fahrer sagten sie, dass sie einheimische Küche wollten. Er ließ sie bei einem kleinen Restaurant an der Hauptstraße raus und sie hatten ein Karibisches Curry, das sein Gewicht in Gold wert war. Nachdem sie sich den Bauch vollgeschlagen hatten, gingen sie die Haupt-Einkaufsstraße entlang und schlossen sich schließlich den anderen Kreuzfahrern an, die auf dem Weg zurück zum Schiff waren.

„Hattest du eine schöne Zeit?" Day drehte sich um und entdeckte Blain hinter sich. Er stöhnte innerlich auf und schenkte ihm ein Lächeln.

„Es war toll. Knight hat mich mit zum Schießklub genommen."

„Du schießt?", fragte Blain, presste sich dramatisch eine Hand aufs Herz und fing dann an zu kichern.

„Ja. Er ist einer der besten Schützen, die ich je gesehen habe", sagte Knight mit solchem Ernst in der Stimme, dass das Lächeln auf Blains Gesicht erstarb.

Day erinnerte sich an seine guten Manieren. „Knight, das ist Blain. Er und ich sind zusammen aufs College gegangen." Er hoffte inständig, dass Blain eingeschüchtert genug war, um die Klappe zu halten. Er hätte es besser wissen müssen.

„Dayton und ich waren damals enge Freunde, aber wir haben uns eine Weile nicht gesehen." Blain lächelte mit gespielter Unschuld. Day hätte am liebsten die Hände ausgestreckt und ihn gleich hier und jetzt erwürgt. Blain war entweder fürchterlich nachtragend oder er spielte einfach nur gern Spielchen. Er hatte Blain als ichbezogen und oberflächlich in Erinnerung. Aber das konnte auch bloß späte Einsicht sein. Day war damals erregt und durcheinander genug gewesen, um nur das zu sehen, was er sehen wollte, Gutes wie Schlechtes.

„Wie schön", sagte Knight, ohne dass es ihn groß zu interessieren schien. „Wir sind auf dem Rückweg. Gehen Sie auch hier lang?"

Day nahm an, dass Knight einfach nur nett sein wollte, aber verdammt noch mal, er brauchte wirklich keinen Blain, der sich an sie hängte und sie während des ganzen Rückwegs volllaberte. Er würde ein verdammte nervöses Wrack sein. „Bist du nicht mit Freunden hier?"

„Ja, ich sollte sie wohl suchen." Blain lächelte. „Wir sollten uns mal zusammensetzen und was trinken, oder so. Es wäre schön, sich einfach mal wieder zu treffen."

„Klar doch." Was zum Teufel sollte er sonst auch sagen, ohne zu enthüllen, wie nervös er bei dem Gedanken war, mehr Zeit als unbedingt nötig mit ihm zu verbringen? Alles, was er wollte, war, mit dieser Mission fortzufahren. Es kam ihm der Gedanke, dass er es lieber mit einem Terroristennest aufnehmen würde, als zu versuchen, Blain in den nächsten Tagen aus dem Weg zu gehen. „Wir sehen uns." Er drehte sich um und ging davon, gefolgt von Knight.

„Worum ging es da gerade? Er ist ein alter Freund gewesen …" Knight blieb stehen und flüsterte: „Hast du ein Problem mit Homosexuellen? Ich habe deine Anspannung fast die ganze Zeit über gespürt, die wir hier auf dem Schiff sind. Ist es deswegen?"

Day verdrehte die Augen. „Nein. Ich habe kein Problem mit Homosexuellen. Ich habe bloß ein Problem mit ihm. Er tut so, als wären wir auf dem College dicke Freunde gewesen, aber tatsächlich haben wir uns kaum gekannt."

Knight starrte ihn stirnrunzelnd an. „Du hast mir nicht erzählt, dass du auf dem Schiff jemanden getroffen hast, den du kennst. Das hättest du aber tun sollen."

„Wieso? Er ist ein Kerl, mit dem ich aufs College gegangen bin und ich habe ihn am ersten Tag im Fitnessstudio getroffen. Und das ist auch schon alles." Day setzte sich wieder in Bewegung. „Es ist nichts."

Knight schloss zu ihm auf und packte seinen Arm. „Nichts ist nichts. Das hier könnte ein Zufall sein, aber andererseits …"

„Was meinst du?", fragte Day.

„Wenn wir wieder auf dem Schiff sind, dann will ich, dass Dimato ein paar Nachforschungen anstellt." Er legte einen Zahn zu. „Mist, wir müssen uns beeilen."

„Was?", schnappte Day.

„Wir müssen herausfinden, ob bereits eine größere Anzahl von Passagieren das Schiff in Costa Maya verpasst hat – mehr, als gewöhnlich – verstehst du." Knight lief schneller.

„Heilige Scheiße. Wenn wir diesen Weg benutzen, um in die Gegend zu gelangen, wieso dann nicht auch die Terroristen?"

„Ganz genau. Passagiere verpassen andauernd ihre Schiffe, und sie sind selbst dafür verantwortlich, den nächsten Hafen zu erreichen oder nach Hause zu kommen. Ich bin sicher, dass sie nach überfälligen Passagieren suchen, aber die Schiffe müssen weiterfahren, um ihren Fahrplan einzuhalten. Wenn wir also das Schiff benutzen, um uns ins Land zu schleichen, wieso nicht auch die?"

„Es werden Aufzeichnungen geführt", sagte Day.

„Ja. Aber ich bezweifele, dass sie so streng überprüft werden wie bei den Fluggesellschaften. Für uns war es leicht genug, das Satellitenkommunikationsgerät und sogar die Waffen an Bord des Schiffes zu bringen – wir waren einfach nur kreativ. Glaubst du, die Terroristen wären weniger kreativ?" Knight rannte inzwischen fast.

Day hielt mit ihm mit und brachte ihn dazu, langsamer zu werden. „Keine Aufmerksamkeit erregen, weißt du noch?"

Sie gingen zurück zum Schiff und an Bord und begaben sich dann auf direktem Weg in ihre Kabine. Die Tür stand offen und Days Herz raste ein paar Sekunden lang, bis er sah, dass ihr Steward das Zimmer sauber machte. Sie sorgten dafür, dass sie ihm nicht in Quere kamen. Als er fertig war und die

Kabine verlassen hatte, schloss Day ihr Kommunikationssystem an und Knight machte einen abhörsicheren Anruf. Er erklärte, was sie benötigten.

Während Knight mit ihrem Boss sprach, schaute Day nach zusätzlichen Übertragungen. Es gab eine Menge und er machte sich daran, sie zu analysieren. Die meisten waren banal und verrieten ihm rein gar nichts, aber eine weckte seine Neugier, und er brachte einige Zeit damit zu, die einzelnen Teile zusammenzusetzen.

Knight beendete seinen Anruf. „Er wird sehen, was er für uns finden kann. Hast du irgendetwas?"

„Sie sprechen wieder über die „Verteilerlogik". Etwas darüber, das zu bestücken, was auch immer sie da bauen. So wird das Programm funktionieren und sich verbreiten und das benutzen, was bereits an Verteilerlogik vorhanden ist, was auch immer das sein mag, aber sie sagen nicht, welche Art von System sie angreifen wollen."

„Natürlich werden sie das nicht. Sie wissen es ja bereits und werden keine Informationen verbreiten, die sie nicht verbreiten müssen. Sie müssen wissen, dass ihre Gespräche abgehört werden könnten, also sagen sie so wenig wie möglich."

Day setzte seine Kopfhörer auf, redete aber weiterhin mit Knight. „Sie sprechen davon, Dinge zu löschen … wie ein Virus, aber ich glaube, das hier ist anders und ich weiß nicht, wieso." Er hörte noch etwas weiter zu, spielte die Aufzeichnung zurück und hörte sie noch einmal ab. Dann nahm er die Kopfhörer ab. „Sie sprechen davon, Material zu löschen und das Programm zu teilen, um es zu verbreiten." Day lehnte sich auf seinem Stuhl zurück. „Früher haben einige der ersten Viren sich von Computer zu Computer verbreitet, indem sie sich in Dateien versteckten, und zu einem bestimmten Zeitpunkt alles löschten. Jetzt gibt es Schutzmaßnahmen dagegen und jedes Antivirenprogramm sucht nach ihnen. Hier muss es noch mehr geben, aber ich kann es einfach nicht finden."

„Das wirst du", sagte Knight.

Day hielt inne und wusste nicht, was er mit diesem speziellen Kompliment anfangen sollte. Er entschied sich, es zu ignorieren und fing an, sich wieder den anderen Übertragungen zu widmen, um zu sehen, ob er irgendetwas übersehen hatte. Er verbrachte einige Stunden damit, gab aber letztendlich auf und nahm die Kopfhörer ab. „Verflucht noch mal, da ist nichts, was irgendwie hilfreich wäre."

„Du wirst es schon herausfinden."

Da war er sich nicht so sicher. Day wusste, dass er eigentlich in der Lage dazu sein sollte und dass ihm eine Verbindung entging, die ihm eigentlich auffallen müsste. Das war frustrierend.

„Ich habe angerufen und es ist für uns um sieben ein Tisch fürs Abendessen reserviert, also bring deinen Appetit mit."

Day sah auf die Uhr und fing wieder an, die Aufzeichnungen abzuhören. Knights Handy klingelte und er lauschte nur mit einem Ohr auf Knights Teil der Unterhaltung, während sein Verstand weiterhin Purzelbäume schlug. Hier gab es noch etwas, das wusste er genau. Aber er konnte die Puzzleteile noch immer nicht zusammenfügen. Schließlich gab er es auf, überprüfte noch einmal, ob neue Nachrichten eingegangen waren, und fuhr dann alles herunter. „Ich sollte in der Lage sein, dahinter zu kommen."

„Denk daran, dass diese Leute nicht wollen, dass du diese Gespräche hörst. Sie sind nicht für deine Ohren bestimmt. Also denk darüber nach, was die Person auf der anderen Seite möglicherweise wissen könnte."

Day schüttelte leicht den Kopf. Langsam bekam er Kopfschmerzen.

„Jeder bringt seine eigene Sicht der Dinge in alles ein, was er hört", sagte Knight. „Wenn du diesen Übertragungen zuhörst, dann tust du es als du. Aber du bist nicht der, zu dem gesprochen wird. Es ist jemand anderes, mit anderen Erfahrungen. Also versuche auch, dich in seine Lage zu versetzen. Vielleicht hilft das dabei, mehr Sinn in die Nachrichten zu bringen." Knight zog seinen Koffer hervor und breitete die elegantere Kleidung auf dem Bett aus. Als er damit fertig war, klaubte er alles zusammen und ging ins Badezimmer, um sich umzuziehen.

Day nahm ebenfalls ein paar nette Klamotten heraus und zog sich im Hauptraum der Kabine um. Er hörte das Schiffshorn ein paar Mal tuten und bald bewegte sich das Schiff leicht, als sie den Hafen verließen. „Du musst diese Sache mit dem Abendessen nicht machen", sagte Day, als Knight aus dem Bad kam. „Ich habe dich reingelegt."

Knights Gesichtsausdruck verfinsterte sich. „Wir hatten eine Abmachung und ich habe vor, mich daran zu halten." Knight griff sich seine Sachen und Day sorgte dafür, dass der Raum beim Verlassen so aussah, wie er aussehen sollte. Dann verließen sie die Kabine und gingen den Gang entlang zu den Fahrstühlen. „Möchtest du mir vielleicht den Rest der Geschichte mit Blain erzählen?"

Day stolperte fast über seine eigenen Füße und wäre um ein Haar auf die Nase gefallen.

„Ich habe jahrelange Erfahrung als Agent. Ich sehe eine Menge Dinge und ich habe das Gefühl, dass du noch etwas vor mir verbirgst. Er ist auf dem Schiff und er weiß etwas über dich, das ich nicht weiß. Da war eine Selbstgefälligkeit in seinen Augen und im Zucken seiner Lippen. Also was hat es damit auf sich?" Knight drückte den Rufknopf des Fahrstuhls. „Was es auch sein mag, es bleibt unter uns. Es wird am Ende nicht in irgendeiner Akte oder einem Bericht stehen."

Die Fahrstuhltüren öffneten sich und sie traten ein. Day hatte nicht vor, irgendetwas zu sagen. „Ich will wirklich nicht darüber reden. Das hier hat nichts mit unserem Auftrag zu tun, und du musst mir dabei einfach vertrauen." Sein Herzschlag hämmerte in seinen Ohren und er nahm die Bewegung des Fahrstuhls kaum wahr. Als die Türen aufgingen, trat er nach draußen und ging schnurstracks auf das Steakhaus an Bord zu, ohne Knight eines Blickes zu würdigen. An der Tür zum Restaurant wartete er. Knight blieb stehen, starrte ihm einfach nur ein paar Sekunden lang in die Augen und wandte sich dann ab, um die Tür zu öffnen.

„Lass uns zu Abend essen." Knight wartete, bis er hineingegangen war, und folgte ihm dann. Die Empfangsdame fragte nach ihren Namen und führte sie an einen Tisch. Der Kellner kam beinahe sofort, füllte ihre Wassergläser und notierte ihre Getränkebestellungen.

„Ich hätte gerne einen Grey Goose Martini mit extra Oliven", sagte Day und Knight bestellte dasselbe. Der Kellner reichte ihnen die Speisekarten und Day warf einen Blick darauf. Das Essen fiel unter die ‚nicht mehr als dreißig Dollar pro Person' Preispolitik des Restaurants, und so standen keine Preise auf der Speisekarte. Es galt ein Preis und man konnte essen, was man wollte. Es fiel ihm leicht, zu entscheiden, was er essen wollte. Als der Kellner mit ihren Getränken zurückkam, bestellten sie und Day kippte die Hälfte seines Martinis in einem Zug hinunter. Er wollte nicht über Blain reden – und schon gar nicht mit Knight. Hoffentlich konnte er ihn mit ein paar Drinks abfüllen und er würde das Ganze vergessen. Jedenfalls war das seine Hoffnung und sein Ziel. Darauf konnte er hinarbeiten. „Auf den Erfolg", sagte er und hob sein Glas. Knight tat es ihm nach und trank einen Schluck.

Er wünschte, er wäre besser im Smalltalk oder wüsste, welche Art von Fragen er stellen sollte. Sie konnten ja schlecht über ihren Auftrag sprechen. „Kommst du aus einer großen Familie?"

„Ich habe eine ältere Schwester und einen jüngeren Bruder", antwortete Knight.

„Und Nichten und Neffen?", fragte Day.

Knight trank noch einen Schluck aus seinem Glas. „Bethany und ihr Mann haben zwei Töchter. Mary ist vier und Martha ist sechs."

Das Lächeln verriet ihm, dass seine Nichten Knight viel bedeuteten. Aber während Day ihn ansah, machte sich eine tiefe Traurigkeit in Knights Augen breit. Er lehnte sich in seinem Stuhl zurück, hob sein Glas und leerte es. Dann signalisierte er dem Kellner und hielt sein Glas leicht in die Höhe.

„Was ist mit deinem Bruder?", fragte Day leise.

„Er ist jünger und immer noch auf der Suche nach seinem Platz im Leben. Er hat eine Freundin, jedenfalls hatte er eine, als ich das letzte Mal mit ihm gesprochen habe, aber wer weiß. Er scheint sie zu wechseln wie Unterwäsche." Der Kellner stellte Knights Drink vor ihn hin und nahm das leere Glas mit. Knight hob das Glas hoch und nippte daran.

„Was ist mit deiner Familie?", fragte Knight und Day hatte das Gefühl, dass Knight versuchte, die Unterhaltung von sich wegzulenken.

„Ich habe nur einen älteren Bruder. Meine Eltern starben, ehe ich sechzehn war, aber mein Bruder war alt genug, um mich aufzunehmen und großzuziehen." Day stellte sein Glas ab. „Er hat gleichzeitig in zwei Jobs gearbeitet, um uns zu ernähren und dafür gesorgt, dass ich gut in der Schule war und ein Stipendium bekam, um mir bei den Gebühren fürs College zu helfen." Er war seinem Bruder dankbarer, als er sagen konnte. „Er hat nicht aufgehört zu nörgeln, bis ich meinen Abschluss gemacht habe und dann ging sein Leben irgendwie in die Brüche. Er hatte eine Freundin, aber sie hat ihn verlassen und jetzt lebt er halbwegs wie ein Hippie und versucht, auf die Schnelle reich zu werden."

„Kommt ihr miteinander klar?"

„Ja. Das sind wir immer. Was ich wirklich glaube ist, dass er jemanden finden und eine Familie gründen sollte. Er hat sich all die Jahre um mich gekümmert und ich denke, dass er einfach nichts mit sich anzufangen weiß." Day zuckte die Achseln. „Ich würde alles für ihn tun, aber ich weiß einfach nicht, was ich machen soll."

„Manchmal muss der Impuls für eine Veränderung von innen kommen, und niemand kann helfen, ganz egal, wie gut sie es auch meinen mögen." Knight nahm einen großen Schluck von seinem Drink und leerte fast das Martiniglas. Es gab da definitiv einen tiefen Schmerz und Day fragte sich, was die Ursache sein mochte. Er hatte alles gelesen, was in der Akte gestanden hatte. Da dort so wenig zu finden gewesen war, fing er an, sich zu fragen, was sie ihm nicht gesagt hatte. Es gab keine Hinweise irgendwelcher Art auf seine Familie und so gut wie keinen Werdegang, abgesehen von einem kurzen Abriss von Knights Militärlaufbahn. Der Kellner brachte ihre Salate und Knight stellte sein leeres Glas hin und bestellte eine neue Füllung. Dann fing er an zu essen.

Wenigstens hatten sie das Essen, über das sie reden konnten, aber abgesehen davon nicht besonders viel. Nach den Salaten wurden ihre Steaks und die Beilagen gebracht. Knight aß ein wenig, schien aber mehr an dem flüssigen Bestandteil ihres Essens interessiert zu sein. Als Knight seinen vierten Martini getrunken hatte, bestellte Day für sie beide Kaffee. Er hoffte, dass Knight vielleicht vom Trinken ablassen würde und das funktionierte auch, bis sie mit dem Hauptgericht durch waren. Dann bestellte Knight eine weitere Runde. Als sie schließlich mit dem Nachtisch fertig waren, war Day schwindelig, albern und komplett schmerzfrei. Knight schien größtenteils immer noch Knight zu sein; stark und unerschütterlich, nur etwas redseliger als sonst. Day war froh, dass er etwas gegessen hatte, aber das schien es auch nicht sehr viel besser zu machen. Ihm war warm und er brauchte frische Luft. Der Kellner brachte die Rechnung und Knight reichte ihm seine Bordkarte. Day wollte den Betrag gar nicht sehen, die Rechnung für den Alkohol musste astronomisch hoch sein.

„Du bist ein guter Mann", sagte Knight, als sie das Restaurant verließen, und legte ihm einen Arm um die Schulter. „Du sagst die Wahrheit und gibst nicht an, selbst wenn du das Recht dazu hättest." Knight stolperte und fing sich wieder. „Ich mag dich. Du bist ein guter Mann."

„Das sagtest du bereits", bemerkte Day. Es war, als würde der Einäugige den Blinden führen, als sie auf den Fahrstuhl zugingen. Er drückte den Knopf und sie warteten. Das Schiff schien stärker zu schaukeln, und als sie schließlich die Kabine erreichten, hatte Day Probleme damit, sich auf den Beinen zu halten. Er schaffte es, die Tür zu öffnen und sie gingen hinein. Knight lehnte sich gegen die geschlossene Kabinentür, während Day herumtastete, um den Lichtschalter zu finden.

Stattdessen fand er Knights Hand, aber als er versuchte, sie loszulassen, ergriff Knight sie, zog ihn an sich und umarmte ihn fest. Dann küsste Knight ihn. Das war kein Fummeln, kein „Hoppla, es ist dunkeln und ich weiß nicht, wo meine Lippen sind" Kuss. Das war ein hundertprozentiger, feuchter Zungenkuss mit offenem Mund, ausgeführt als gäb's kein morgen.

Days Knie wurden weich und er wusste nicht, was er zuerst tun sollte. Er wollte den Kuss erwidern und sich doch gleichzeitig zurückziehen. Das Verlangen, berührt zu werden, überwog und er presste sich dichter an Knight und erwiderte den Kuss. Er schlang seine Arme um Knights Rücken und zog ihn in der Hitze des Augenblicks an sich, der ihn schwindelig zurückließ.

„Fuck, Day", stöhnte Knight, als sie sich schließlich trennten, um Luft zu holen.

Day holte rasch Luft und fragte sich, was wohl als Nächstes kommen würde. Er rechnete halbwegs damit, dass Knight realisierte, was geschehen war und ihn von sich stieß. Stattdessen steuerte Knight sie beide in Richtung Bett.

„Das hier … Scheiße, bist du dir sicher?" Day umfasste Knights Gesicht mit seinen Händen. Der Stoppelbart fühlte sich rau an unter seinen Handflächen. Seine Augen waren glasig und all das hier geschah wahrscheinlich alkoholbedingt. Zum Teufel, das bisschen, was von seinem Hirn noch funktionierte, sagte ihm, dass es vermutlich für sie beide an der Sauferei lag, aber … „Scheiß drauf", rief er, presste seine Lippen auf Knights und zerrte an ihm. Er hatte über das hier schon seit Tagen nachgedacht, und wenn Knight willens war, dann würde Day auf gar keinen Fall Nein sagen. Am Morgen würde sich möglicherweise keiner von ihnen an irgendetwas erinnern, aber er würde nehmen, was er hier und jetzt kriegen konnte.

Sie fielen taumelnd in einem Gewirr aus Armen und Beinen aufs Bett und benutzten ihre Zungen als Kriegsgerät, mit Lippen und Zähnen als Ziele. Die Hitze stieg rasch an. Knight fummelte zwischen ihnen herum und drückte Day in die Matratze. Er zerrte an Days Hemd, unfähig irgendwie weiterzukommen. Er stieß ein tiefes, animalisches Knurren aus und Day spürte, wie er fest zupackte und zog. Ein reißendes Geräusch erfüllte den Raum und sein Hemd ging entzwei. Knight küsste seinen Protest weg, als er Days Haut fand, und presste seine Hände flach auf dessen Brust. Hitze breitete sich aus und seine Nägel kratzten ganz leicht über Days aufgerichtete Brustwarzen.

„Ja", zischte Knight.

Day machte sich an Knights Hemd zu schaffen und der Stoff hatte seiner Kraft nichts entgegenzusetzen. Knight setzte sich auf, zog das aus, was von seinem Hemd übrig geblieben war und warf es auf den Boden. Er war umwerfend, ganz Muskeln und Sehnen, die bei jeder Bewegung zuckten. Day hatte nicht groß Gelegenheit, ihn anzusehen, denn Knight ließ sich wieder auf ihn fallen. Der nächste Kuss war noch intensiver, angefüllt mit einem Verlangen, das Day nicht begreifen konnte. Es fiel ihm nur auf, weil es ihn an sein eigenes erinnerte, also ließ er sich mitreißen und machte sich die Einsamkeit, die Sehnsucht und das schmerzhafte Verlangen, die sich über die Jahre hinweg angestaut hatten, zunutze.

„Verdammt, schmeckst du gut", ließ Knight ihn wissen und umfasste dann seine Wangen und brachte ihre Lippen wieder zusammen.

Day war so hart in seiner Hose, dass er damit rechnete, dass sein Schwanz sich jeden Moment durch den Stoff bohren würde. Er stieß mit den Hüften aufwärts und Knight seufzte in seinen Mund, als Day seinen, ebenfalls im Stoff gefangenen Penis entdeckte.

Der letzte Rest von Zögern fiel von ihm ab und er fuhr mit den Händen über Knights kraftvollen Rücken und über die Wölbung seines Hinterns. Er packte durch den Stoff hindurch fest zu und seine Finger stießen auf festes, hartes Fleisch. Knight grunzte und Day packte fester zu, brauchte etwas so dringend, dass er nicht klar denken konnte.

Knight knurrte und zog sich zurück. Er zerrte an Days Gürtel und dann am Bund seiner Hose. Er bekam sie auf und Day tat seinerseits das Gleiche bei ihm und schob Knights Hose über seine Hüften hinunter. Ein Seufzen ertönte in Days Ohr, als ihre Schwänze sich zum ersten Mal aneinander rieben, ohne etwas dazwischen. Knight stieß zu und Day tat es ihm gleich. Die Energie im Zimmer baute sich immer weiter auf, bis sie der Energie der Sonne Konkurrenz machte. Day kam gehörig ins Schwitzen, seine feuchte Haut war schlüpfrig und er wurde allein von seinem Instinkt getrieben. Day drückte seine Hüften nach oben und hatte die Hände voll mit hartem, glattem Männerhintern. Er packte fest zu, wild entschlossen, Knight nicht entwischen zu lassen.

„Fuck!", jaulte Knight auf und Day konnte ihm nur zustimmen. Es war primitiv, leidenschaftlich und äußerst hitzig. Er hielt Knight einfach mit ganzer Kraft an sich gedrückt und sie stießen zu und pressten sich aneinander, während sich die Leidenschaft aufbaute, bis er sie nicht länger kontrollieren konnte. Sein Verstand war bereits umwölkt und mit Knight, der ihn mit seinem Gewicht, seinem Geruch und seinen Berührungen umgab, war er glücklicher, als er es seit langer Zeit gewesen war.

„Ja, ich komme", zischte Day zwischen zusammengebissenen Zähnen hindurch, als die Welt verschwamm. Er schloss seine Augen, hielt Knight noch fester und taumelte ins süße Nichts.

4

EIN GEWICHT presste sich gegen ihn. Knights wattegefüllter Schädel war zu vollgestopft, um klar denken zu können. Das hier war ein Traum – musste es sein. Fragmente der letzten Nacht blitzten vor seinem inneren Auge auf, aber Knight glaubte ihnen nicht. Er öffnete die Augen und die Kabine drehte sich und schwankte gleichzeitig hin und her. Er kniff die Augen wieder zu und rührte sich keinen Millimeter. Sein Kopf tat weh und sein Magen war in Aufruhr. Aber solange er sich nicht bewegte, blieb alles dort, wo es hingehörte.

Das Gewicht neben ihm rührte sich und stöhnte. Langsam begann Knights Hirn zu arbeiten, aber er hatte immer noch Angst, sich zu bewegen. Ein Stöhnen von irgendwo neben sich entlockte ihm ein Antwortstöhnen, als das Bett sich bewegte. Jetzt war das Gewicht verschwunden und Knight fragte sich, wer zum Teufel da mit ihm in seinem Schlafzimmer war, und was hatte er bloß letzte Nacht getrieben?

Rasche Schritte ertönten im Zimmer und dann wurde die Tür geschlossen, gefolgt von einem Würgen, das ihn fast dazu brachte, sich ebenfalls zu übergeben. Knight zwang sich in eine sitzende Position. Er war nackt und seine Kleidung von der Nacht zuvor war auf dem gesamten Fußboden verteilt. Er beugte sich vor, was er beinahe augenblicklich bereute, aber es gelang ihm, sein Hemd zu fassen zu kriegen. Er hob die Überreste hoch und ließ sie wieder fallen. „Was zur Hölle habe ich getan?" Knight hielt sich den Kopf und versuchte, das verdammte Ding zum Anhalten zu bewegen.

Die Badezimmertür öffnete sich und Knight blickte langsam hoch.

Day kam ins Zimmer, ein Handtuch um die Hüften gewickelt. „Erinnerst du dich ... noch an viel von letzter Nacht?" Day setzte sich auf die gegenüberliegende Seite des Bettes und Knight wandte sich ab. „Ist irgendwas ... passiert?"

Knight seufzte. Nach dem zu urteilen, was da auf seiner Haut eingetrocknet war, würde er sagen, dass etwas passiert war, aber er wollte verdammt sein, wenn er sich momentan daran erinnern konnte, was. „Ich weiß es nicht. Ich glaube, es könnte irgendetwas passiert sein, aber meine Erinnerung ist verschwommen. Ich habe ganz schön komisches Zeug geträumt, und wenn es das ist, was passiert ist, dann ... ja." Er schluckte hart und seine Kehle tat höllisch weh. Einfach alles tat weh.

„Ich nehme an, wir haben einiges zu erklären ... zumindest einander."

Knight wollte nicht darüber nachdenken. Er stöhnte, als er sich auf die Füße stellte und ins Badezimmer ging. Dort schloss er die Tür so leise er konnte und machte sich auf die Suche nach etwas für seinen Kopf. Er fand ein paar Tylenol in seiner Kulturtasche und nahm zwei davon mit einem Glas Wasser. Wenigstens war sein Mund jetzt nicht mehr so trocken. Das Schiff fuhr mit seinen wiegenden Bewegungen fort und ein Schwindelanfall überrollte ihn. Er griff nach dem Waschtisch, hielt sich daran fest, und wartete, bis die Welle verebbte. Gott sei Dank tat sie es. Er griff sich ein Handtuch und schlang es sich um die Hüften.

Er hätte gerne geduscht, wollte aber das Licht nicht anmachen, weil sonst sein Schädel wieder anfangen würde zu hämmern. Also begnügte er sich mit dem sanften Schein des Nachtlichts und tat, was er tun musste, ehe er den Raum wieder verließ.

Day hatte es geschafft, sich teilweise anzuziehen und saß auf dem Bettrand. Er hielt sich den Kopf und stöhnte leise. Knight holte ihm ein Glas Wasser und gab ihm dazu gleich noch ein paar Tylenol. „Das wird helfen."

„Ich dachte nicht, dass ich so viel getrunken habe."

„An den Teil erinnere ich mich. Wir haben eine Menge getrunken, viel zu viel, und dann auch noch Wodka." Er stöhnte und legte sich wieder aufs Bett. „Danach ist alles ganz verschwommen. Ich erinnere mich daran, die Kabine erreicht zu haben, und dann …" Er stöhnte laut, als die Erinnerung, Day geküsst zu haben, zurückkehrte. Was zum Teufel hatte er nur getan? Er hatte Cheryl betrogen und Zachary, das hatte er getan, und jetzt konnte er es nicht wieder ungeschehen machen. „Nichts …", log er und stöhnte. „Alles. Wir …" Auf keinen Fall konnte er Day oder sonst jemanden anlügen. Was geschehen war, war geschehen und er musste seinen Marine stehen. „Ich habe keine Ahnung, warum ich es getan habe, aber sobald die Tür letzte Nacht zugefallen war, ist in meinem Kopf eine Sicherung durchgebrannt und ich wollte … also habe ich es mir genommen." Er hielt seinen Kopf fester und eilte zurück ins Bad. Er schaffte es gerade so, kniete auf dem Boden vor der Toilette und gab das Wenige von sich, was er im Magen hatte.

Was zum Teufel hatte er gemacht? Seine Erinnerungen an letzte Nacht waren gerade mal klar genug, damit er sich daran erinnerte, was er gewollt hatte und dass er es sich genommen hatte. Er hatte nicht gefragt; er hatte einfach getan. Wie sollte er mit sich leben? Knight begann heftig zu zittern. Er versuchte, aufzustehen und versagte kläglich. Als er einen erneuten Anlauf nahm, kam er auf die Beine, betätigte die Toilettenspülung und spülte sich den Mund mit Wasser aus, ehe er vorsichtig die Badezimmertür aufmachte. Er erwartete einen Schlag, Geschrei und vielleicht auch vollen Körpereinsatz, aber er wurde von Stille begrüßt. Langsam betrat er das Zimmer. Day lag auf dem Bett, mit geschlossenen Augen und auf dem Rücken.

„Es gibt bedeutend zu viel Bewegung und Licht."

Knight verstand nicht. Na ja, er stimmte ihm zu, aber er verstand nicht. „Erinnerst du dich an letzte Nacht?"

„Ja, jetzt schon, jedenfalls an das Meiste davon." Day setzte sich langsam auf und zuckte zusammen. „Ich weiß nicht, was ich sagen soll. Nichts davon lag in meiner Absicht, aber du hast mich geküsst, und ich … na ja …" Day verstummte und Knight wusste nicht, was zum Teufel er tun sollte. „Es tut mir leid."

Knights Beine gaben unter ihm nach und er hechtete in Richtung Bett, um nicht auf dem Boden zu landen. „Es tut dir leid? Nach allem, was ich getan habe?"

Day hielt seine Hände hoch. „Was glaubst du denn, was du getan hast? Letzte Nacht waren die Dinge ein bisschen wild und unerwartet, aber sie … Gott, ich weiß nicht, was ich sagen soll. Aber ich denke, wir müssen reden."

„Reden. Du willst reden, nachdem ich … nachdem ich dir das angetan habe. Ich erinnere mich nur teilweise, aber ich wollte dir nicht wehtun … dich nicht zwingen, falls das ein Trost für dich ist." Himmel, selbst die Worte machten ihn fast krank. Knight hielt sich den Kopf und lag still auf der Bettdecke. „Ich werde nichts mehr trinken, solange ich lebe. Ich hätte nie gedacht, dass ich fähig wäre, irgendjemandem so etwas anzutun …"

„Warte mal ,ne Minute. Glaubst du etwa, du hättest dich mir aufgezwungen? Ist es das?" Day schüttelte den Kopf und stöhnte. „Komm hier rauf und leg dich hin, ehe uns beiden die Köpfe platzen. Du hast dich mir nicht aufgedrängt, falls das ist, was dir Sorgen macht."

Die Erleichterung, die ihn durchströmte, war unvorstellbar. Day schloss wieder die Augen und Knight entspannte sich und legte sich aufs Bett, mit dem Kopf auf dem Kissen.

„Der Kuss war eine Überraschung und ich hatte keine Ahnung, dass … na ja … wie ich schon sagte, ich denke, wir beide haben Dinge, über die wir reden müssen. Besonders nach letzter Nacht."

„Ich habe dich nicht angegriffen", sagte Knight.

„Oh, das hast du. Du warst wie ein Tier, das lange eingesperrt gewesen war und gerade seine Freiheit wiedererlangt hat. Was ich damit sagen wollte, war, dass du dich mir nicht aufgedrängt hast. Die Dinge waren ein wenig energiegeladen und das Ganze war eine große Überraschung. Aber es gab keinen Zwang. Du warst allerdings ein wenig herrisch und wolltest die Kontrolle ausüben. Vielleicht können wir nächstes Mal die Rollen tauschen." Day lächelte und Knights Magen schlug einen Purzelbaum.

„Wir … waren zusammen und ich habe dich nicht gezwungen."

„Nein."

„Das heißt also, es ist okay für dich, was geschehen ist?" Knights Kopf pochte.

„Sieh mal, wenn letzte Nacht für dich ein riesiger, im Suff begangener Fehler gewesen ist, fein. Ich kann damit leben. Aber ich glaube nicht, dass wir in betrunkenem Zustand Dinge tun, die wir nüchtern nicht auch tun würden. Der Alkohol senkt unsere Hemmschwelle, sodass wir am Ende das tun, was wir wirklich tun wollen. Also streite ruhig weiterhin alles ab, wenn du willst und versteck dich hinter der Ausrede, dass du betrunken warst."

„Das habe ich nicht gesagt. Gott. Du ziehst die schlimmstmögliche Schlussfolgerung. Und fürs Protokoll: Du kannst damit aufhören, mich analysieren zu wollen. Ich hatte haufenweise Leute, die das in den vergangenen paar Jahren getan haben und es hat sie nirgendwo hingeführt. Was lässt dich also glauben, du kämst weiter als die Profis? Wenn du etwas wissen willst, dann frag', und wenn ich nicht antworten will, dann werde ich dir schon sagen, dass du dich verpissen sollst."

„Okay. Bist du schwul?", fragte Day.

„Verpiss dich", antwortete Knight.

„Wieso haben alle möglichen Profis versucht, dich zu analysieren?"

„Verpiss dich. Bist du schwul?"

„Verpiss dich." Dieses Spielchen konnte auch von Zweien gespielt werden.

„Okay. Ich denke, wir haben beide kapiert, dass keiner von uns über all diesen Mist sprechen will."

„Das wollen wir todsicher nicht. Aber die eine Sache, in der wir uns beide einig sind, ist die, dass es für jeden von uns, wie auch immer wir uns selbst bezeichnen mögen, etwas gibt, das wir verflucht noch mal auf die Reihe kriegen müssen."

„Verpiss dich und Amen", erwiderte Knight und schloss die Augen. „Diese verfickte Unterhaltung verursacht mir Kopfschmerzen."

„Nein. Ich glaube, dass die verfickte Unterhaltung bereits letzte Nacht stattgefunden hat, und wenn ich mich recht erinnere, dann hat dabei nicht wirklich eine Unterhaltung stattgefunden." Day bewegte sich leicht. „Ganz egal, was wir fühlen oder wie unwohl uns dabei ist, wir müssen das ausdiskutieren."

„Schön", hauchte Knight. „Aber nicht mit einem Kater." Er legte den Arm über seine Augen und weigerte sich, irgendetwas anzusehen. „Dafür müssen wir nüchtern sein. Also leg dich hin und hilf mir dabei, den verdammten Raum für eine Weile vom Drehen abzuhalten. Dann können wir diese Kabine verlassen, damit ich möglicherweise über eine Reling springen kann, weil ich nämlich glaube, dass ich sterben werde, und das die ganze verdammte Sache viel weniger schmerzhaft machen wird."

Day versetzte ihm einen Klaps auf den Arm. „Verpiss dich", sagte er mit überraschender Sanftmut, machte es sich anschließend bequem und es wurde still in der Kabine.

Es dauerte eine Weile, aber der Raum hörte auf, sich zu bewegen, vom Schaukeln des Schiffes abgesehen, gegen das er überhaupt nichts machen konnte, und ganz langsam fühlte er sich wieder mehr und mehr wie ein Mensch. Schließlich stand er auf und ging ins Badezimmer, um sich mehr Wasser zu holen und entschied sich, dass er sich nach einer Dusche vielleicht weniger verkatert fühlen würde.

„Besser?", fragte Day, als er aus dem Bad kam und begann, sich anzuziehen.

„Ja", antwortete Knight und Day war an der Reihe.

„Ich will nichts essen", verkündete er Day, nachdem der geduscht hatte.

„Dann lass uns eine Weile in der Sonne liegen und die Wärme aufsaugen. Wir können später etwas zu Mittag essen und unsere restlichen Vorbereitungen für morgen treffen."

Wenigstens konnten sie über diesen Kram reden, ohne dass die Dinge eigenartig wurden.

AM ENDE zog Knight seine Badesachen an und tat, was Day vorgeschlagen hatte.

Eine Stunde später lehnte er sich in einem Liegestuhl zurück, atmete tief durch und versuchte, sich an alles zu erinnern, was in der vergangenen Nacht passiert war. Er konnte es nicht. Er erinnerte sich daran, dass er und Day Sex gehabt hatten; soviel wusste er. Die Bilder, die vor seinem inneren Auge aufblitzten, verrieten ihm, dass es wild, hitzig und vielleicht ein wenig unbeholfen gewesen war und mit zwei zerfetzten Hemden und dem Rest der Klamotten auf dem Boden verteilt geendet hatte. Er wünschte sich wirklich, dass er sich daran erinnern könnte.

„Ist dieser Platz besetzt?"

Knight sah hoch auf den gut aussehenden Mann, der neben ihm stand und die winzigste Badehose trug, die er je gesehen hatte. Absolut nichts blieb mehr der Fantasie überlassen, einschließlich der Religion des Mannes. „Nein." Knight lächelte, so gut er konnte, und wandte sich ab, als der Mann sich in dem Liegestuhl niederließ und sich streckte, sodass alles zur Schau gestellt wurde.

„Wo ist dein … Freund?", fragte der Mann mit sinnlicher Stimme. „Ich habe euch zwei zusammen gesehen. Ihr seid das heißeste Pärchen auf diesem

Schiff." Er rekelte sich leicht und Knight streckte seine Hand in Richtung Decksboden aus, griff sich seine Sonnenbrille und setzte sie auf. „Spielt ihr beiden Spielchen? Weil ich gerne einen Nachmittag lang der Dritte wäre."

Knight setzte sich aufrecht hin. „Nein. So sind wir nicht."

„Zu schade. Es wäre ein unglaubliches Vergnügen." Er ließ ein Lächeln aufblitzen und Knight lehnte sich wieder zurück und stöhnte innerlich leise. Er versuchte immer noch, die letzte Nacht auf die Reihe zu kriegen und dieser Kerl wollte einen Dreier. Zum Teufel, er wusste noch nicht mal, ob er je wieder einen Zweier haben würde, und so, wie sich sein Kopf anfühlte, stünde vermutlich sogar ein Einer für eine Weile nicht zur Debatte.

„Ich denke, wir passen", sagte Knight.

„Passen wobei?" Days reiche, samtige Stimme erklang und durchdrang die Überreste des Alkoholnebels.

Knight wollte nicht mal erwähnen, was da eben angeboten worden war.

„Ich habe deinem Freund hier nur gerade gesagt, dass ihr zwei das bestaussehendste Paar auf dem Schiff seid und mich gefragt, ob ihr zwei vielleicht ein bisschen Spaß haben wollt", sagte der Mann.

Knight hielt seine Augen geschlossen. Er wollte Days Reaktion nicht sehen, ganz besonders nicht, wenn er sich entschied, mit dem Kerl mitzugehen. Er sah ganz nett aus. Verdammt, wieso sollte ihn das kümmern? Ein Ausrutscher für eine Nacht bedeutete schließlich nicht, dass er irgendein Anrecht auf Day hatte. Es war ein Fehler gewesen, und sie beide wussten das. Scheiße, es war alles so verfahren.

„Nein, danke. Er und ich sind einander treu", antwortete Day und setzte sich dann in den Liegestuhl auf der anderen Seite von Knight. Der machte fast einen Satz, als Day sanft mit seinen Fingern über seinen Arm strich. Stattdessen brachte er ein Lächeln zustande und versuchte, nicht rot anzulaufen. Sanfte, liebevolle Berührungen hatten seit Langem keinen Platz in seinem Leben gehabt.

Knight versuchte, den Mann zu ignorieren, aber das war schwer. Schließlich drehte er den Kopf zur anderen Seite und Day lächelte ihn an. Überraschung durchzuckte ihn. Ein ehrliches Lächeln begrüßte ihn und schmückte ein Gesicht mit unglaublichen Augen, die beinahe von diesen Locken verdeckt wurden. Augenblicklich vergaß er den anderen Kerl.

„Geht's dir besser?", fragte Day.

„Ja." Der Alkohol verließ sein System, sein Magen hatte sich beruhigt und sein Kopf klärte sich. Bei der Wärme der südlichen Sonne, die seine Haut küsste, fühlte er sich wieder wie ein Mensch. „Und du?"

„Ja. Mir geht es gerade ziemlich gut." Day machte es sich in seinem Liegestuhl bequem. „Alles wird gut."

Knight wollte das nur zu gerne glauben, aber es fiel ihm schwer. In einer einzigen Nacht hatte sich alles geändert. Er hatte immer gewusst, dass er auf Männer stand. Er war schwul, und auch

wenn er dieses Wort bisher noch nie benutzt hatte, um sich selbst zu definieren, war es doch nicht weniger zutreffend. Er konnte damit leben. Womit er allerdings ein echtes Problem hatte, war, wie er Cheryl und Zachary betrogen hatte. Na ja, hauptsächlich Cheryl. Irgendwie hatte er das, was sie miteinander gehabt hatten, in den Schmutz gezogen und damit konnte er nicht leben. Und am Schlimmsten war, dass er nicht wusste, wie er es in Worte fassen sollte. So, wie er sich manchmal fragte, ob alles vielleicht weniger verworren wäre, wenn er nur einfach sagen könnte, was er fühlte. Aber sein Verstand fühlte sich an wie die Stücke eines Puzzles und kein verdammtes Teil schien zum anderen zu passen. Er schloss seine Augen und versuchte, den Wirbel aus beschissenen Gedanken auf einer Müllhalde aus unzusammenhängenden Teilen zur Ruhe zu betten. Er hatte immer gerne geglaubt, dass er seinen Kram im Griff hatte, aber er war ein einziges Chaos und das schon seit einer sehr langen Zeit. Knight hielt seine Augen geschlossen, verborgen hinter den Gläsern seiner Sonnenbrille, so wie er auch den Rest von sich verbarg und alles unter Verschluss hielt. Es war leichter und sicherer so.

„Du musst dich eincremen", sagte Day leise und drückte ihm eine Tube Sonnencreme in die Hand. „Die Sonne ist sehr stark und du wirst dich verbrennen."

„Ich verbrenne mich nie."

„Das heißt aber nicht, dass du keine Sonnencreme brauchst", beharrte Day. „Also creme dich damit ein, oder ich mach's für dich."

So sehr ihm das auch gefallen würde, Knight öffnete die Tube und verteilte etwas Sonnencreme auf seiner Haut. Der Kerl, der sich ihm vorhin genähert hatte, schien die Botschaft, dass ihm keine Aufmerksamkeit mehr zuteilwerden würde, verstanden zu haben und ging. Ein anderer Mann kam, aber Knight beachtete ihn nicht, genauso wenig, wie irgendeinen anderen Mann. Nachdem er sich zu Days Zufriedenheit mit Sonnencreme eingerieben hatte, lehnte er sich zurück und schenkte nichts anderem mehr Beachtung, sondern zog sich tiefer und tiefer in seine eigenen Gedanken zurück. Schließlich übermannte ihn eine allgemeine Erschöpfung und er döste ein, während er einem Chor aus rauen Männerstimmen lauschte, die durcheinander sprachen, dem Wind und dem Schwappen des Wassers im Pool. Es war einlullend und warm und Knight gestattete es sich, sich ein paar Minuten lang sicher zu fühlen. Er fühlte sich selten in irgendeiner Situation sicher, aber für den Moment war es das, was er brauchte.

Er wurde von Wasserspritzern auf seiner Brust geweckt. Knight öffnete die Augen, um einen tropfnassen Day zu sehen, der neben ihm stand und sich abtrocknete. Er hielt seine Augen nur einen Spaltbreit geöffnet und sah zu. Hier war es in Ordnung, zuzusehen. Day und er hatten sich letzte Nacht so gut wie geoutet, ganz egal, wie sehr jeder von ihnen auch versuchen mochte, das Thema zu vermeiden. Zugegeben, Knight hatte keine Ahnung, wie Day sich dabei fühlen mochte, von seinem Partner begafft zu werden, aber … Knight hielt inne. Das war das erste Mal, dass er an Day als seinen Partner dachte. Bis jetzt hatte er Day als grünen Jungen gesehen, mit dem er klarkommen musste, ein Mühlstein um seinen Hals. Es musste sich immer noch herausstellen, ob er auf Days Rückendeckung zählen konnte, aber das würde definitiv die Zeit zeigen.

Knight reckte sich und sah sich um. Das Erste, was ihm auffiel, war, dass die eine Hälfte der Männer Day anstarrte, während die andere Hälfte ihr Bestes tat, um es nicht zu tun. Eifersucht durchzuckte ihn, aber er schob sie beiseite. Sie hatten eine linkische, peinliche … Sache … Begegnung, Beinahefick – er war nicht sicher, wie er es nennen sollte – aber das gab ihm ganz sicher nicht das Recht, eifersüchtig zu sein. Trotzdem konnte er nicht anders, als aufzustehen und um die Liege herum zu Day zu gehen. „Du scheinst im Zentrum der allgemeinen Aufmerksamkeit zu stehen."

Day schnaubte und zuckte die Achseln. „Ich war wegen meines Aussehens schon sehr lange der Mittelpunkt der Aufmerksamkeit. In der Highschool wollte jeder in meiner Nähe sein. Die Mädels hingen wie die Kletten an mir und …" Day unterbrach sich. „Sagen wir mal, ich sehe es in letzter Zeit nicht mehr so oft. Ich habe die Aufmerksamkeit immer genossen, bis ich begriffen habe, dass sie gar nichts bedeutet hat. Sie waren nicht an mir interessiert, sondern nur daran, mit mir gesehen zu werden." Er beugte sich vor und benutzte das Handtuch, um sich die Haare abzutrocknen. Dann versuchte er vergebens, es mit den Fingern zu glätten und seinen wilden Lockenkopf zu zähmen. Das würde nicht klappen, und Knight lächelte.

„Wir sollten etwas zu Mittag essen." Er bekam langsam Hunger, was ein gutes Zeichen dafür war, das er sich von seinem übermäßigen Alkoholgenuss erholte.

„Was hat all das letzte Nacht ausgelöst? Du hast an den anderen Abenden nichts getrunken", sagte Day.

Knight hatte nicht vor, hier darüber zu sprechen … oder überhaupt irgendwo. „Verpiss dich", sagte er leise.

„In Ordnung, aber du beschneidest ernsthaft unseren Gesprächsstoff."

„Du kannst mir jederzeit gerne deine Lebensgeschichte erzählen, wenn du willst, aber ich habe so das Gefühl, dass du daran auch nicht mehr Interesse hast als ich." Knight schnappte sich sein Handtuch und schob seine Füße in seine gummierten Deckschuhe. „Wir sollten uns umziehen, und dann können wir essen gehen. Vielleicht fühlen wir uns beide besser, wenn wir etwas im Magen haben." Er erwähnte nicht das Schmieden von Plänen für morgen. Das mussten sie auch tun, aber das konnte er nicht vor so vielen Ohren erwähnen. Er bedeutet Day, voranzugehen. Sie verließen das Pooldeck und nahmen die Treppe nach unten zu ihrer Kabine. „Lass uns was essen und dann planen", sagte er, sobald sich die Tür hinter ihnen geschlossen hatte. „Wir werden uns darüber klar werden müssen, was wir mitnehmen wollen und den Rest hier zurücklassen. Also …" Er warf einen Blick in Richtung Balkon. „Es darf nichts Sicherheitsrelevantes gefunden werden."

„Das ist mir klar", sagte Day, griff sich ein paar Kleidungsstücke und ging ins Badezimmer. Knight nutzte die Chance, um sich ein T-Shirt und ein Paar Shorts über seiner Badehose zu ziehen. „Das Kommunikationsgerät brauchen wir, und es ist transportabel genug, um in meinen Rucksack zu passen. Wir werden auch meinen Laptop brauchen. Er ist klein und ich sollte ihn auch in meinem Rucksack unterbringen können."

„In Ordnung." Knight fing innerlich an, Listen zu schreiben. „Wir werden in der Lage sein, uns nach Verlassen des Schiffes Proviant zu besorgen. Ich habe die Hoffnung, dass es nicht allzu lange dauern wird, die Gruppe ausfindig zu machen und sie aus dem Verkehr zu ziehen. Wir sind ja nicht hier, um sie zu infiltrieren oder ein Teil von ihr zu werden oder so. Was wir tun müssen ist, sie ausschalten und sicherstellen, dass sie ihren Plan nicht ausführen können."

„Ich verstehe. Aber wir müssen auch wissen, was sie wissen, damit wir Vorkehrungen gegen zukünftige Angriffe treffen können." Day war bereits an seinem Computer. „Wir empfangen momentan sehr viele Übertragungen, also werde ich sie nach dem Essen alle durchgehen müssen."

An dieser Front war Knight überhaupt keine Hilfe. „Dann werde ich alles für morgen zusammenpacken, und wir können den Plan noch mal durchgehen, wenn du fertig bist."

„In Ordnung. Ich vertraue mich deiner Führung an, wenn es in den Außeneinsatz geht."

Knight zog den Schreibtischstuhl heraus und setzte sich. „Ich weiß um deine Fähigkeiten und dein Bestreben, zu tun, was getan werden muss. Daran besteht kein Zweifel. Aber bei einem Außeneinsatz geht es um Eventualitäten, darum, schnell zu reagieren, genau wie um Kontakte. Ich habe einen, ein paar Meilen außerhalb von Costa Maya, der in der Lage sein wird, uns mit ein paar zusätzlichen Ausrüstungsgegenständen zu versorgen."

„Wieso versorgt er uns dann nicht mit Waffen? Wieso musstest du sie mitbringen?"

„Miguel wird beobachtet. Er ist den mexikanischen Behörden bekannt. Es würde Verdacht erregen, wenn wir ihm irgendetwas zu schicken versuchen. Und auch wenn er Verbindungen hat, so kann er uns doch nicht garantieren, dass er hat, was wir brauchen, also habe ich selber dafür gesorgt. Er hätte sich selbst in Gefahr gebracht, wenn ich ihn darum gebeten hätte. Aber eine andere Regel im Außeneinsatz lautet: Bringe niemals deine Freunde in Gefahr, wenn du es irgendwie vermeiden kannst. Miguel muss immer noch in der Gegend leben und arbeiten, wenn wir schon längst wieder verschwunden sind, also wird jedwede Hilfe, die er uns zukommen lässt, niemals und unter keinen Umständen erwähnt."

Day nickte. „Lass uns essen gehen. Du und ich brauchen was zu beißen und dann müssen wir an die Arbeit gehen."

Knight hätte liebend gerne den Tag oben an Deck in der Sonne verbracht, aber sie hatten eine Aufgabe zu erledigen und nichts durfte dem im Wege stehen. Day und er mussten bereit sein zu gehen, komme was da wolle. „Lass uns gehen."

Sie verließen die Kabine und gingen den Gang entlang zum Heck des Schiffes. Dort nahmen sie den Aufzug nach oben zum Bistro. Am Ende mussten sie ein paar Minuten wegen eines Tisches anstehen. Knight hatte großen Hunger, und sobald sie an ihrem Tisch saßen, machte er sich auf den Weg zum Buffet, während Day sich damit einverstanden erklärte, zu bleiben und ihre Getränke zu bestellen. Er schaufelte sich den Teller voll, und als er zurückkam, warteten zwei Tassen Kaffee und Wasser zusammen mit einer Cola auf ihn. Er nahm Platz und schaufelte sich sein Hühnchen, Rindfleisch, Reis und Kartoffeln rein. Einige der Gerichte, die er sich genommen hatte, waren ihm nicht vertraut, aber sie waren gut und er aß alles mit Appetit.

Day kam zurück. „Ich musste um das frittierte Hühnchen kämpfen." Er setzte sich und haute rein.

„Iss ordentlich. Morgen werden wir nur begrenzte Ressourcen haben. Ich habe uns einiges besorgt, aber es ist nur wenig." Mehr wollte er nicht sagen und Day schien zu verstehen.

„Wie sind deine Eltern denn so?", fragte Day.

Knight wollte gerade sagen, dass er nicht darüber reden wollte, aber diese Frage war leichter zu beantworten als andere. „Mein Vater ist ein Baptistenprediger. Sehr konservativ. Meine Mutter ist die Leiterin des Kirchenchors und als ich aufwuchs, hatte das geistliche Amt meines Vaters Einfluss auf alle Aspekte unseres Lebens. Die Liste der Dinge, die uns verboten waren, war länger, als du dir wahrscheinlich vorstellen kannst." Knight pickte sich sein Hühnchen heraus, fing an, es zu zerlegen und nahm einen Bissen. Hauptsächlich wollte er damit Zeit schinden, um sich zu überlegen, wie er die

Dinge erklären wollte. „Die meisten Prediger sind zu Hause anders als in der Kirche. Jedenfalls wurde mir das so gesagt. Mein Vater war es nicht. Er war in der Kirche religiös und zu Hause sogar noch mehr."

„Wie meinst du das?"

„Dad fühlte sich aufrichtig verantwortlich für das geistliche Leben seiner Gemeinde und ihre Fähigkeit, sich einen Platz im Himmel zu sichern. Er glaubte wirklich, und tut es immer noch, dass er unsere Seelen für Jesus rettet. Das Problem war, dass wir als Kinder einen Vater wollten und brauchten, keinen Prediger oder jemanden, der sich mehr um unsere unsterblichen Seelen sorgte, als darum, ob wir verwirrt darüber waren, wer wir waren. Mein Vater wusste – wir waren seine Kinder und wir würden stets das perfekte Vorbild dafür abgeben, wie sich die Kinder eines Baptistenpredigers zu verhalten hatten." Es war so schwer, es zu erklären ohne Stellung zu beziehen.

„Bist du deswegen Marine geworden?"

„Jep. Versteh mich bitte nicht falsch. Ich bewundere die Truppe. Diese Jahre waren einige der besten meines Lebens. Ich bin beigetreten, bevor die Tinte auf meinem Schulabschlusszeugnis getrocknet war. Mein Vater war wütend und betete tagelang für meine Seele, weil ich höchstwahrscheinlich Leben nehmen würde. Das konnte er nicht ertragen." Knight legte sein Hühnchen hin und wischte sich die Finger an seiner Serviette ab. „Eines muss ich meinem Vater lassen – er war kein Heuchler. Er predigte die Zehn Gebote von seiner Kanzel und tat sein bestes, sie jeden Tag zu leben. Aber ich war begeistert, weil die Truppe ihre eigenen Gebote hat: Ehre, Pflicht, Loyalität, Brüderlichkeit, genauso wie sie einem Zielstrebigkeit einimpft und Selbstwertgefühl. In ihrer Werbung sagen sie, dass sie ein paar gute Männer wollen, aber was sie hervorbringen, sind Männer, die mehr sind als bloß gut."

„Darf ich dich fragen, wieso du den Dienst quittiert hast?" Day legte seine Gabel ebenfalls hin.

„Das ist ziemlich kompliziert und würde weiterführen, als ich im Moment gehen kann." So viel in seinem Leben war mit dem verschlungen, worüber er noch nicht zu sprechen bereit war. Er glaubte weiterhin, dass er mit diesen Gefühlen klargekommen war und sie in der Kiste verstaut hatte, in die sie gehörten. „Ich würde sagen, dass ich wegen meiner Familie gegangen bin. Ich dachte, ich würde das Richtige tun." Rückblickend war er sich nicht mehr so sicher, ob er die richtige Wahl getroffen hatte. Zum Teufel, so viele seiner Entscheidungen hatten sich als Bockmist herausgestellt, dass er nicht mehr länger sicher war, ob er überhaupt in der Lage war, welche zu treffen. Also hatte er sich monatelang einfach treiben lassen.

„Die Gerüchte im Büro sagen, dass du … fast draufgegangen wärst. Ich habe die Leute gefragt, was passiert ist, und sie haben mir gesagt, dass ich dich fragen soll, wenn ich es wissen will."

„Hast du viele Leute gefragt?"

„Nein. Ich habe einen Freund gefragt, der von allem etwas weiß und eine kleine Klatschtante ist, aber er hat sich geweigert, mir zu sagen, was er weiß, also wurde mir klar, dass er überhaupt nichts weiß. Danach habe ich entschieden, dass du es mir sagen würdest, wenn es wichtig wäre."

Knight nickte. „Ich verspreche, es dir auf jeden Fall zu erzählen, falls es notwendig sein sollte."

Day nickte und wandte sich wieder seinem Mittagessen zu. Knight hatte diese Art von simpler Akzeptanz nicht von Day erwartet. Die meisten Menschen waren neugierig und bohrten immer weiter. Dass Day bereit war, nicht nachzubohren und ihm die Gelegenheit gab, sich ihm in seinem eigenen Tempo zu öffnen, erhöhte nur den Respekt, den er für ihn zu entwickeln begann.

„Wie ist dein Bruder so?", fragte er Day.

Day gluckste. „Du würdest ihn hassen."

„Wieso?"

„Er ist in vielerlei Hinsicht das genaue Gegenteil von dir. Er hat in allen möglichen Jobs gearbeitet, um mich großzuziehen, und als er das geschafft hatte, wurde er zum Hippie, nehme ich an. Er zog los und bereiste das Land, arbeitete in komischen Jobs und lebte von dem, was das Land ihm gab. Stephen hatte schon immer Wanderlust im Blut. Er hat sie unterdrückt, bis ich auf eigenen Beinen stehen konnte, aber dann ist er einfach gegangen und hat nicht mehr zurückgeschaut. Ich sehe ihn ein paar Mal im Jahr, weiß aber nie, wann er auftauchen wird. Normalerweise treffe ich ihn an den Feiertagen, wenn sein Bedürfnis nach Familie stärker wird. Er bleibt ein paar Tage und ist dann wieder weg."

„Vermisst du ihn und wünschst dir, dass er bleiben würde?"

„Ja, ich vermisse ihn. Er war mir Mom, Dad und Bruder, alles in einem. Ich schulde ihm alles und doch …" Day seufzte. „Ich habe ihm gesagt, dass er immer einen Platz bei mir haben wird, falls er einen brauchen sollte, und wenn ich ihm sagen würde, dass ich ihn brauche, dann wäre er in Nullkommanichts hier, aber das würde ich nicht tun. Es wäre gemein von mir, ihm das Leben zu versagen, das er offensichtlich so sehr liebt. Er hat eine Menge aufgegeben, um mir zu helfen, also ist das Mindeste, was ich jetzt tun kann, seine Entscheidung zu unterstützen." Day hob sein Glas hoch und trank den Rest Wasser aus. „Wenn ich's mir recht überlege, dann haben du und mein Bruder mehr gemeinsam, als ich dachte."

Knight konnte das nicht sehen, schwieg aber weiterhin.

„Stephen war immer leidenschaftlich loyal und hat sich selbst aufgegeben, um sich um mich zu kümmern", sagte Day. „Er tat, was er tun musste, ohne sich auch nur einmal zu beschweren, und er war so jung … zu jung, um einen Teenager großzuziehen, aber er hat's getan. Er ist auch äußerst unabhängig und manchmal kann er eine echte Nervensäge sein." Day ließ den letzten Teil in der Luft hängen.

„Klingt nach einem ziemlich anständigen Kerl", sagte Knight, als er den Rest seines Essens vertilgte und darüber nachdachte, ob er sich noch einen Nachschlag holen sollte. Er beließ es schließlich bei einer weiteren Tasse Kaffee und saß einfach nur da, während Day sein Mittagessen beendete. Er wollte es nicht übertreiben, nachdem er seine Gesundheit dermaßen über Gebühr beansprucht hatte.

„Mein Bruder ist ziemlich cool."

Knight nickte geistesabwesend. „Wie glaubst du, würde dein Bruder reagieren, wenn er Bescheid wüsste über … letzte Nacht?" Damit war er so nahe daran, über das Geschehene zu sprechen, wie er nur daran sein konnte.

„Für ihn wäre es wahrscheinlich in Ordnung. Stephen ist in dieser Beziehung ziemlich cool, sehr liberal und voller Akzeptanz." Day schob seinen Teller weg. „Und nein, ich habe es ihm nie gesagt. Habe es überhaupt niemandem gesagt, na ja, abgesehen von dir und Blain natürlich."

„Ah, ich habe mich das schon gefragt. War er dein Erster?"

„Ja. Wenn man es denn so nennen kann. Über die Affäre, die wir hatten, breitet man am besten den Mantel des Schweigens. Ich hatte so gut wie keine Ahnung und er war die Art von Kerl, die nicht zum Frühstück bleibt." Day lächelte. „Gewissermaßen Kommen und Gehen. Ich dachte, es wäre mehr und wurde verletzt. Er behauptet steif und fest, das war, weil ich mich immer noch versteckte, aber er war an nichts anderem als an Sex interessiert. Nicht wirklich." Day kratzte sich leicht am Kopf und brachte seine strähnigen Haare durcheinander. Knight liebte, wie sie fielen, und er wollte am liebsten mit seinen Fingern hindurchfahren. „Gott, ich war so dumm damals."

„Wenn du glaubst, dass deine Familie hinter dir steht, wieso machst du dann weiterhin ein Geheimnis daraus?", fragte Knight. Er kannte seine eigenen Beweggründe, wollte aber Days wirklich gerne wissen.

„Hauptsächlich wegen der Arbeit. Die Menschen können grausam sein, und ich wollte lieber nach meinen Leistungen beurteilt werden als nach diesem Aspekt meines Lebens. Mir wurde außerdem erzählt, dass Kerle in eine bestimmte Schublade gesteckt werden könnten, wenn sie sich outen, also habe ich beschlossen, es für mich zu behalten. Es war ja nicht so, als wäre ich mit anderen Kerlen ausgegangen. Ich arbeite, komme nach Hause, falle meistens ins Bett und gehe dann wieder arbeiten. Fast die ganze Zeit über lebe ich für meinen Job, und wenn ich freie Zeit habe, dann gehe ich schießen."

„Scheint ziemlich einsam zu sein", kommentierte Knight.

„Und du bist auch nicht gerade ein geselliger Schmetterling gewesen", konterte Day.

„Das ist wahr, aber es gibt Menschen in meinem Leben. Ich habe nicht so viel Zeit allein verbracht." Je mehr er darüber nachdachte, umso klarer wurde Knight, dass er seit Cheryls und Zacharys Tod sehr viel allein gewesen war, und dass das seinen Tribut gefordert hatte. Das Trinken war ein Anzeichen dafür, ebenso wie sein Mangel an Verlangen, seine Zeit mit anderen Menschen zu verbringen. Er war an dem Punkt angelangt, an dem Ausgehen zu viel Arbeit bedeutete, also war er zu Hause geblieben. „Okay, da ist was dran." Er hatte so lange verleugnet, wer er war, dass er tatsächlich angefangen hatte, die Täuschung für real zu halten.

„Ich bin fast immer allein gewesen, seit Stephen wieder losgezogen ist. Ich hatte Freunde am College, aber die meisten sind ihre eigenen Wege gegangen. So ist das nun mal." Day stellte seinen Kaffeebecher ab. „Lass uns gehen, damit andere auch essen können und wir das erledigen, was erledigt werden muss."

Knight stimmte ihm zu und sie verließen das Bistro und schritten über das Pooldeck zu den vorderen Aufzügen. Es wehte eine nette Brise und das Wasser war verführerisch, aber es gab Dinge, die erledigt werden mussten, also ging Knight weiter und nahm den Aufzug zu ihrem Deck, egal, wie viel lieber er sie auch einfach hinschmeißen und Spaß haben wollte.

Im Zimmer nahm Day sein Equipment in Betrieb und machte sich gleich an die Arbeit, um die Übertragungen zu analysieren, während Knight anfing, die Sachen zusammenzupacken, die sie brauchen würden. Sie würden den Hafen erwartungsgemäß erst am Vormittag erreichen, aber es war das Beste, vorbereitet zu sein.

„Hast du was?", fragte Knight, als er Day grinsen sah. „Ich hab's herausgefunden. Ich bin nicht sicher, was wir deswegen unternehmen sollen, aber diese Übertragung erwähnt den Internetdienst OneDrive. Sobald ich das gehört habe, ergab alles einen Sinn. Sie haben vor, Cloud-Back-up Anbieter anzugreifen." Day deutete auf den Bildschirm und Knight kam herum, um einen Blick darauf zu werfen. „Leute registrieren sich, um Speicherplatz in der Cloud zu buchen, um dort Back-up-Kopien von Dokumenten und solches Zeug abzuspeichern. Manche Firmen speichern ihre gesamten Daten in der Cloud. Auf diese Weise kann man von überall und über jedes System Zugriff darauf erlangen."

Knight nickte. „Ich habe einen Dropbox Account, damit ich meinen Kram nicht verliere, wenn der Computer abstürzt."

„Ganz genau, und eine der angebotenen Funktionen ist die Möglichkeit, Dateien mit anderen zu teilen. Meiner Meinung nach haben sie folgendes getan: Sie haben ein Programm entwickelt, das sich selbst mit Benutzerkonten teilt und anschließend, zu einem festgelegten Zeitpunkt, den Inhalt der Konten löscht."

„Okay, aber würde das denn nicht nur die Back-up-Kopie löschen? Was hätte man denn davon?"

„Ja, würde es, es sei denn, das Programm ist so ausgelegt, dass es dem System vorgaukelt, dass die Kopie in der Cloud das Original ist, und wenn das Original von den Terroristen gelöscht wird …"

„Würde es auch die Dateien auf dem Zentralrechner löschen, sobald er online geht, weil das Programm auf ihrem Rechner glauben würde, dass es das tun muss, um beide synchron zu halten." Knight begann, das Problem zu sehen. „Und wenn das passiert, dann würden nicht bloß ein paar Fotos gelöscht werden …"

„Nein, die Dateisysteme ganzer Unternehmen könnten ausgelöscht werden. Außerdem würde der Datenverkehr im Internet rasant ansteigen und ein enormes Ausmaß annehmen, bei all den Dateien und Nachrichten, die auf einmal von jedem User gesendet werden würden. Es würde die zentralen Kommunikationssysteme stellenweise lahmlegen und zusätzliche Probleme verursachen. Es wird inzwischen so viel Internethandel betrieben, dass jede Unterbrechung Milliarden, möglicherweise zig-Milliarden kostet, und das Vertrauen in die Systeme untergraben würde." Day schluckte hart, als er ihn ansah.

„Wie sicher bist du dir dabei?" Knight sah über Days Schulter hinweg zu.

„Ziemlich sicher", sagte er und deutete auf eine Karte. „Überleg doch mal. Wenn sie es richtig timen, sagen wir mal zum Haupthandelszeitpunkt, dann könnten sie den Aktienmarkt lahmlegen. Transaktionen werden übers Internet abgeschlossen. Zum Teufel, die meisten Transaktionen haben eine Internetkomponente. Selbst wenn es sich um eine sichere VPN-Verbindung handelt, benutzt diese immer noch die regulären Bandbreiten. Wenn es diesen Typen gelingt, das hier zu verbreiten, dann kann das viel katastrophaler enden, als bloß mit Datenverlusten. Es könnte noch monatelange Auswirkungen auf Infrastruktur und Wirtschaft haben."

„Okay. Also, wie halten wir es auf?", fragte Knight.

„Ich bin nicht sicher. Das Einfachste wäre, sie zu erwischen, bevor sie es installieren können. Es ist ja nicht so, als könnten wir das Programm entschärfen. Wenn es erst mal freigesetzt ist, wird es da draußen seine Arbeit machen, und es wird schwer werden, ihm zuvorzukommen."

„Wie würde das System denn aussehen?"

Day zuckte die Achseln. „Es wäre ein Computer. Nun ja, um es rasch verbreiten zu können, würden sie wahrscheinlich mehrere Konten eröffnen und zusätzlich mehrere hacken müssen. Wenn es langsam ist, dann könnten die Unternehmen reagieren, um sich selbst zu schützen." Day tippte weiter. „Ich fürchte, sie haben das Hacken bereits hinter sich und bereits eine Reihe von Konten übernommen, ohne dass deren Besitzer etwas davon ahnen. Der einzige Lichtblick ist, dass sie immer noch Probleme mit der Verteillogik haben. Das Programm muss von selbst laufen, so als würde es von Konto zu Konto geteilt werden. Das funktioniert bei ihnen nicht. Wir müssen ihre Ausrüstung in die Finger kriegen, genau wie die Leute, die hinter dem Ganzen stehen und ganz besonders den führenden Kopf."

„In Ordnung. Könnte das von einer Person erledigt werden?"

„Das bezweifele ich. Hier ist sehr viel Sachverstand am Werk. Ich denke, wir müssen Dimato anrufen und ihn wissen lassen, was wir herausgefunden haben. Hast du eine Rückmeldung auf deine Frage nach vermissten Kreuzfahrt-Passagieren in dieser Gegend bekommen?"

Knight schüttelte den Kopf und wählte die Nummer ihres Bosses über eine sichere Leitung.

„Wir wissen jetzt vielleicht, womit wir es zu tun haben", sagte er, als Dimato den Anruf entgegennahm. „Sie hatten recht – es hat sich als ein Angriff auf ganze Datensysteme herausgestellt, aber sie scheinen das Speichersystem von Clouds zu benutzen, um den Angriff durchzuführen. Dayton ist gerade dabei, herauszufinden, wie so was ablaufen könnte."

„Sehr gut", sagte Dimato. „Ausgezeichnet. Ich werde dafür sorgen, dass ein paar Freunde von mir die Cloud Provider kontaktieren und sicherstellen, dass sie von der potenziellen Gefahr wissen, die wir entdeckt haben, und darauf vorbereitet sind."

Knight hörte Papier rascheln und dann das leise Klicken einer Tastatur. „Sie beide hatten auch recht in Bezug auf Passagiere, die in Costa Maya ihr Kreuzfahrtschiff verpasst haben. Es gibt sieben gemeldete Fälle während der letzten sechs Monate, verteilt auf verschiedene Schifffahrtslinien. Und das sind nur die offiziell Gemeldeten. Es gibt wahrscheinlich noch mehr, die nicht gemeldet wurden. Zwei davon scheinen echt zu sein und fünf liefen unter Decknamen. Wir versuchen herauszubekommen, was wir können."

„In Ordnung. Danke. Wir machen uns fertig und werden das Schiff morgen wie geplant verlassen. Wir werden mitnehmen, was geht und den Rest zurücklassen."

„Keine Sorge. Ihre Familie wird vor Ort sein, wenn das Schiff wieder in den Hafen einläuft und Ihr Gepäck an sich nehmen und Ihnen zurückbringen. Halten Sie sich einfach nur an den Plan und schalten Sie diese Kerle aus. Tun Sie das so schnell wie möglich und sehen Sie zu, dass Sie wieder aus dem Land kommen."

„Und wie sollen wir das Ihrer Meinung nach anstellen? Sie haben geplant, wie wir reinkommen, aber Sie haben uns keine näheren Informationen darüber gegeben, wie Sie uns wieder rausbringen wollen. Ich hatte geplant, zurück in die Stadt zu laufen und zu behaupten, dass wir unsere Gruppe verloren hätten. Dann bekommen wir hoffentlich eine Mitfahrgelegenheit zum Flughafen." Er wartete ab, um zu sehen, ob Dimato noch andere Vorschläge auf Lager hatte. Hatte er scheinbar nicht, also fuhr Knight mit seinem Plan fort, in dem Wissen, dass sich die Dinge in Sekundenschnelle ändern konnten.

„Bleiben Sie in Verbindung und rufen Sie an, falls Sie militärische Unterstützung benötigen sollten, dann werde ich ein paar Gefallen einfordern, um Sie dort rauszuholen."

„Das werden wir. Wir werden Funkstille halten, nachdem wir morgen das Schiff verlassen haben und nur anrufen, wenn wir Hilfe brauchen. Sollten Sie allerdings in achtundvierzig Stunden nichts von uns gehört haben ..." Er musste es nicht aussprechen. Wenn sie in zwei Tagen nicht wieder draußen waren, dann war irgendetwas fürchterlich schief gelaufen. „An dem Punkt können Sie entscheiden, was Sie für das Beste halten."

Dimato schnaubte. „Ich habe verstanden, aber ich habe den Ruf, meine Männer nach Hause zu bringen, und den werde ich nicht so einfach aufgeben. Also hören Sie zu: Komme was da wolle, Sie werden sich um jeden Preis melden."

„Das werden wir, wenn es irgendwie möglich ist", versprach Knight und dann unterbrachen sie die Verbindung. Er teilte Day mit, worüber er mit Dimato gesprochen hatte.

„Bist du sicher, dass du uns da wieder rausbringen kannst?", fragte Day.

„Nein. Aber wir werden schon einen Weg finden. Wenn wir Erfolg haben, werden wir uns nicht genauso heimlich hinausschleichen müssen, wie wir uns hineingeschlichen haben. Wir müssen es nur in einem Stück schaffen." Er fuhr mit den nötigen Vorbereitungen fort und Day widmete sich wieder seiner Analyse.

„Ist es dir gelungen, die Quelle der Übertragungen einzugrenzen?"

„Bis auf fünf Meilen westlich und eine Meile östlich von Costa Maya. Wir müssen noch ein Transportmittel finden. Es gibt eine Straße durch die Gegend, aber es muss auch einen Feldweg oder so was in der Art geben, der uns wieder zurückbringt." Day drehte seinen Computer, damit Knight den

Bildschirm sehen konnte. „Ich glaube, das hier ist der Fahrweg, der uns wieder zurückbringt, aber ich nehme an, dass er überwacht wird."

„Ja. Also müssen wir einen Weg finden, wie wir wieder dorthin zurückkommen, ohne gesehen zu werden." Knight starrte auf den Bildschirm. „Es gibt Wege, wir müssen nur etwas kreativ sein." Solche Sachen hatte er als Marine gemacht, also war ihm die Denkweise vertraut. „Die Straße ist nicht besonders lang, und sie werden niemanden erwarten. Trotzdem werden sie Sicherheitsvorkehrungen treffen." Er würde das auskundschaften müssen, um zu sehen, womit sie es zu tun hatten. „Wie aktuell ist das Foto?"

„Es steht kein Datum dabei."

„Schick Dimato eine Nachricht und verlange das neueste Foto, mit der bestmöglichen Auflösung, die wir kriegen können. Das sollte uns eine Menge verraten." Hoffte er. Je mehr sie beim Reingehen wussten, umso größer waren ihre Chancen, es schnell zu tun und in einem Stück wieder zu verschwinden.

Day legte los und Knight fuhr fort, ihre Optionen und mögliche Szenarien durchzugehen. Es sollte relativ einfach sein, an den richtigen Ort zu gelangen. Er konnte es vor sich sehen. „Ich denke, wir sollten aussehen wie Touristen, die sich verlaufen haben", dachte Knight laut. „Wenigstens so lange wir können. Auf diese Weise wird uns niemand groß beachten. Sie werden uns für ein paar Gringos halten und vielleicht hinter unserem Rücken über uns lachen, aber sie werden keinen weiteren Gedanken an uns verschwenden. Wenn wir nahe genug dran sind, habe ich für uns zwei Tarnponchos, die wir anziehen können. Mit denen werden wir schwerer zu entdecken sein." Er holte zwei kleine Päckchen aus seiner Reisetasche und warf sie in den Rucksack, den er tragen würde. Er stellte auch sicher, dass sie Wasser und etwas zu essen hatten. Er hatte auch bereits alle Daten gesichert, die er von seinem Laptop brauchte, also würde er das Gerät säubern, kurz bevor sie gingen, und es zurücklassen. „Müssen wir wirklich das ganze Kommunikationsequipment mitschleppen?"

Day sah von seiner Arbeit auf. „Das müssen wir, wenn wir mit jemandem über eine sichere Leitung sprechen oder die Signale aufspüren wollen."

„Na ja, wir wissen, von wo aus sie arbeiten, und wir können einen ganz normalen Handyanruf tätigen, solange wir aufpassen, was wir sagen. Ich mache mir Sorgen wegen des Gewichts, wenn wir all das mitnehmen."

Day ging hinüber, zog an einem Hebel und entfernte einen Teil der Anordnung. „Der Rest ist Batterie und Strom. Das hier ist alles, was wir mitnehmen müssen. Voll aufgeladen hat die Batterie Strom für zwei Tage. Solange wir also sorgsam damit umgehen, reicht es, diesen Teil mitzunehmen. Das wird uns eine Menge Platz sparen."

„Gut. Aber was machen wir mit dem Rest?"

„Ich habe vor, ihn über Bord zu werfen, bevor wir den Hafen erreichen, es sei denn, du hättest eine bessere Idee."

Die hatte Knight momentan nicht. Er hasste es, teure Ausrüstungsgegenstände zu verschwenden, die sie in Zukunft vielleicht noch einmal brauchen könnten, aber sie in der Kabine zurückzulassen, war keine Option. „Wir könnten alles mitnehmen und versuchen, einen Platz am Hafen zu finden, an dem wir die Basiseinheit verstecken können. Sie wäre vom Schiff runter und wir könnten sie uns später wiederholen, falls wir sie brauchen sollten."

„Sie passt in den Rucksack, aber das würde bedeuten, dass wir weniger Platz für andere Dinge haben."

Knight grinste. „Keine Sorge. Wenn wir das erst mal abgeladen haben, können wir uns Wasser und solche Sachen am Hafen kaufen." Ein Plan nahm Form an. „Wir werden nichts mitnehmen, was wir nicht in einem der Geschäfte kaufen können. So haben wir Platz für das wirklich Wichtige, kaufen den Rest und nutzen den Platz, den wir nach dem Verstecken der Basiseinheit gewinnen. So sollten wir mit allem Nötigen eingedeckt sein."

„Okay." Day fing wieder an zu tippen. „Das ging aber schnell. Dimato hat das Foto geschickt, das wir angefordert haben."

Knight stellte sich hinter Day, linste auf den Bildschirm hinunter und tat sein Bestes, um nicht seinen Geruch zu inhalieren. Es gelang ihm nicht und er unterdrückte ein Stöhnen. Er musste seinen Verstand und seine Aufmerksamkeit auf die vor ihm liegende Aufgabe richten.

„Das hier ist von allen die neueste Aufnahme."

Day vergrößerte das Gebiet neben der Straße.

„Siehst du das?", fragte Knight und deutete mit dem Finger. „Da ist etwas gleich neben der Straße. Ich nehme an, ein Wachposten und wahrscheinlich ein Fahrzeug. Sie versuchen, sich bedeckt zu halten und gleichzeitig Leute fernzuhalten." Er übernahm die Kontrolle, bewegte das Bild langsam und untersuchte es genau. „Von dort aus agieren sie. Siehst du die Spuren, die dort hineinführen? Sie benutzen die Vegetation als Tarnung, aber sie sind nicht besonders gut darin, ihre Spuren zu verwischen. Und wenn ich mich nicht irre, dann ist das ein kleiner Hügel, möglicherweise ein überwuchertes Gebäude oder ein Tempel. Sie müssen es als Versteck benutzen." Er sah weiterhin auf die Aufnahme und grinste.

„Was?", fragte Day.

„Siehst du das Rechteck, das nur teilweise zu erkennen ist? Ich nehme an, das ist ein Generator, den sie zu verbergen versuchen. Sie haben ihn vermutlich mit Zweigen oder Ähnlichem abgedeckt, aber sie haben sich nicht die Mühe gemacht, die Form zu verändern."

„Wie kannst du das sehen?", fragte Day und legte den Kopf schief. „Ich sehe bloß Dschungel."

„Sieh dir diese Linie genau hier an. Der Dschungel hat keine geraden Linien. Ich wette, sie sind lahmgelegt, wenn wir ihnen den Saft abdrehen. Zumindest ihr Equipment und ihre Computer werden es sein. Das wird uns ein wenig Zeit verschaffen und für Verwirrung sorgen."

„Sie könnten Batterien haben."

„Die halten aber in den meisten Fällen nicht lange. Equipment und Computer brauchen eine Menge Strom und die Batterien werden sehr schnell leer sein, richtig?"

Day nickte. „Was wir also tun müssen ist, den Generator nicht bloß auszuschalten, sondern ihn zu zerstören. Wenn sie ihn nicht wieder zum Laufen bringen, sind sie erledigt." Knight lächelte und Day nickte. Sie sahen noch einmal den Rest der Luftaufnahmen auf mögliche Hinweise durch, aber er hatte Probleme damit, weitere Dinge auszumachen. Alles, was da sonst noch war, war entweder gut versteckt oder irgendwo drinnen.

„Wir wissen, was wir mitnehmen und wir haben einen Plan, wie wir uns absetzen und dorthin gelangen können. Was ist mit dem Rückweg?", fragte Day.

„Ich denke, wir verstecken das Fahrzeug, das wir uns zum gegebenen Zeitpunkt besorgen werden, etwas abseits und gehen zu Fuß. Auf diese Weise können wir es für die Rückfahrt benutzen und es dort zurücklassen, wo es leicht gefunden werden kann, damit die Besitzer keinen dauerhaften Schaden erleiden. Wenn wir erst mal drin sind, setzen wir den Generator außer Gefecht, zerstören was auch immer sie sonst noch haben und verschwinden von dort." Er wandte sich Day zu. „Was wahrscheinlich heißt, dass wir die Männer ebenfalls ausschalten müssen." Er wusste, dass Day schießen konnte, aber konnte er auch töten?

„Denk daran, dass jeder der Männer dort versuchen wird, uns umzubringen. Also musst du darauf vorbereitet sein, zu tun, was getan werden muss."

Day holte tief Luft. „Das werde ich. Mach dir deswegen keine Sorgen. Ich werde dir den Rücken decken, so wie du meinen deckst." Knight war sich da nicht so sicher. Day sagte das Richtige, aber Knight wusste, dass einige Männer in der Lage waren zu töten und andere nicht. „Was?"

„So einfach ist das nicht." Knight drehte sich um und ging auf die Schiebetür zu. „Als ich im Ausbildungslager war, gab es da diesen Burschen, Howie. Er war so wild entschlossen, wie man nur sein konnte und während der Ausbildung übertraf er sich selbst. Er konnte schießen, rennen, kämpfen – all das. Der Kerl war eine Maschine – groß wie ein Haus und jemand, den du in einem Kampf am liebsten in deiner Nähe hättest. Tja, jedenfalls glaubten das alle." Knight zog den Vorhang zurück und starrte auf das Wasser hinaus. „Er ging in den Einsatz nach Übersee und landete schließlich in Afghanistan. Dann änderte sich alles. Ich war nicht dort, aber offensichtlich war er auf einer Patrouille und seine Einheit geriet in einen Hinterhalt. Einer meiner Kumpel war dort und hat gesagt, dass Howie sein Gewehr gezogen, gezielt und gestarrt hätte. Er konnte den Abzug nicht drücken. Als es darauf ankam, zögerte er."

„Was ist passiert?"

„Howie ist genau dort gestorben. Der Kerl hat ihn in seinem Moment des Zögerns erschossen. Wir werden nie erfahren, ob Howie es am Ende doch hätte tun können, weil er nie die Chance dazu bekommen hat. Der Feind hat ihn zuerst erwischt." Knight wandte sich zu ihm um. „Also will ich, dass du es genau hier und jetzt in deinen Schädel kriegst: Zögere nicht und halt nicht inne, um nachzudenken. Du schießt, um dich selbst zu schützen, mich und die Mission. Die anderen werden keinerlei Gewissensbisse haben. Sie werden einfach schießen, also tust du das auch." Er war so hart, wie er nur sein konnte. „Ich will nicht, dass du so endest, und das könnte passieren. Ist mir egal, ob du dich innerlich distanzieren musst oder sonst was. Tu einfach, was du tun musst. Hast du mich verstanden?", schnappte Knight sehr viel giftiger, als er vorgehabt hatte.

„Ich werde tun, was ich tun muss."

„Und du wirst dich deswegen beschissen fühlen. Das tun wir alle, wenn wir zum ersten Mal töten müssen. Das gehört nun eben zum Job. Aber in der Hitze des Gefechts tue einfach, was du tun musst. Wenn alles vorbei ist, werde ich da sein und auch andere, die dasselbe durchgemacht haben." Knight wünschte, dass ihm das jemand erklärt hätte, als er zum ersten Mal in den Kampf gezogen war und einen Jungen erschossen hatte, der fast noch ein Kind gewesen war. Das hatte ihn tief geschmerzt und er konnte immer noch sein Gesicht sehen, die Überraschung. Der Bursche konnte nicht älter als fünfzehn gewesen sein, aber er hatte ein Maschinengewehr getragen und war im Begriff gewesen, es gegen Knights Kameraden einzusetzen. Knight hatte keine Wahl gehabt, aber er würde es trotzdem nie vergessen.

„Du wirst wirklich da sein?"

Knight nickte. „Natürlich werde ich das. Du bist mein Partner." Er drehte sich wieder um und starrte auf das Sonnenlicht, das auf dem Wasser tanzte. Es blendete ihn fast und war doch der friedvollste und schönste Anblick, den er je gesehen hatte.

„Knight", flüsterte Day direkt hinter ihm. „Ich habe Angst."

„Gut. Ich würde wissen, dass du lügst, wenn du sagen würdest, du hättest keine. Nutze diese Angst und lass sie dich auf Zack halten. Jeder hat Angst. Die

Erfolgreichen nutzen das, um in ständiger Alarmbereitschaft zu sein und immer in Bestform."

Day rührte sich nicht und Knight konnte seine Wärme direkt hinter sich spüren. Er hatte zu viel Angst, um sich zu bewegen. Day legte ihm eine Hand auf die Schulter. „Wir müssen wirklich über die letzte Nacht reden. Ich weiß, das willst du nicht. Du redest darüber, dort reinzugehen und Leute in die Luft zu jagen, zu schießen und Gott weiß was sonst noch zu tun. Und doch willst du nicht über das reden, was letzte Nacht zwischen uns passiert ist."

„Ich kann nicht. Nicht jetzt. Ich muss mich auf die vor uns liegende Aufgabe konzentrieren."

„Scheiß auf die vor uns liegende Aufgabe", sagte Day zu ihm.

Knight drehte sich zu ihm um, blickte tief in Days tiefbraune Augen und starrte auf seine sorgenvoll gekräuselten Lippen. Knight trat näher an ihn heran und Day legte eine Hand um seinen Nacken, ließ sie zu seinem Hinterkopf hochwandern und zog ihn an sich. „Was machst du da?"

„Na ja, ich dachte mir, dass du, wenn du nicht über letzte Nacht reden willst, vielleicht eher ein Mann der Tat bist." Day zog ihn noch dichter an sich und küsste ihn heftig. Knight zögerte, schlang dann aber seine Arme um Days Taille und zog den süßen Mann mit dem süchtig machenden Geschmack an sich.

„Fuck", flüsterte Knight, als sie sich trennten.

„Das habe ich vor", sagte Day ohne zu zögern, dann presste er sich wieder an Knight und küsste ihn ohne Rücksicht auf Verluste. Er umfasste Knights Gesicht mit den Händen, küsste ihn und fickte seinen Mund mit der Zunge. Day nahm sich zwei Sekunden Zeit zum Atmen und saugte dann so fest an seiner Unterlippe, dass sie fast blutete. „Kein Verstecken mehr hinter Alkohol oder sonst irgendwas. Du willst mich – ich kann es fühlen." Day stieß mit den Hüften vorwärts. „Jetzt kannst du es auch fühlen. Wenn du es also nicht ausdiskutieren willst, dann ficken wir es eben aus." Day drängte ihn rüber zum Bett. Die Matratze stieß in seine Kniekehlen und Knight fiel um. Er landete lang ausgestreckt auf dem Bett und Day eilte davon.

„Wohin zum Teufel gehst du?"

„Kondome. Sie waren im Begrüßungspaket der Reederei. Ich nehme an, sie wollten eine Botschaft senden." Er warf sie aufs Bett und kletterte auf ihn. Day zerrte am Saum seines Shirts und Knight hob die Arme. Er wollte das hier genauso sehr wie Day, vielleicht sogar noch mehr. Sein Gewissen piesackte ihn, aber er wischte es beiseite, als Day das T-Shirt auf den Boden fallen ließ und seine Brust mit seinen warmen Händen liebkoste.

„Fuck."

„Das glaubst du wohl", konterte Day, und ehe Knight ihn korrigieren konnte, stöhnte er auf, weil Day ihn in die Brustwarzen kniff und sich anschließend vorbeugte, um sie zu lecken und daran zu saugen.

„Was bringt dich auf die Idee, zu glauben, dass du …", Day hielt inne und funkelte ihn an. „Wenn du glaubst, dass ich irgendwie die Frau bin, nur weil du größer und, ich weiß auch nicht, älter bist, dann solltest du besser noch mal nachdenken. Du musst geben, um zu bekommen, und das solltest du besser nicht vergessen." Day gab ihm keine Chance zu einer Erwiderung, ehe er über seine Brust und dann abwärts über seine Bauchmuskeln leckte. Der Protest, der sich in seinen Gedanken geformt hatte, löste sich auf, wie Nebel in der Sonne. Er keuchte auf und fuhr mit den Fingern durch Days weiches Haar, während der seinen Bauch erkundete und mit Zunge und Fingern die Haut über dem Bund seiner Shorts reizte, ehe er den Knopf aufmachte, der sie hielt.

Day zog den Stoff auseinander und ließ seine Hand von Knights Bauchnabel an weiter und weiter abwärts gleiten, bis er damit unter den Bund seiner Badehose fuhr. „Himmel …", knurrte Knight, als Day seine Hoden mit einer Hand umfasste und die andere dazu benutzte, ihm Shorts und Badehose runterzuziehen.

„Scheiß drauf." Day zog seine Hand weg und stieg aus dem Bett. Er zerrte Knight entschlossen die Schuhe von den Füßen, zog dann seine Shorts und Badehose über seine Beine nach unten und ließ sie ohne großes Federlesen auf den Boden fallen. Dann ergriff er den Saum seines eigenen T-Shirts und zog es sich über den Kopf. Knights Mund wurde staubtrocken beim Anblick von so viel golden schimmernder, honigfarbener Haut. Er hatte sich nicht rasiert, und er wollte verdammt sein, wenn er Day nicht darum bitten wollte, es nie wieder zu tun – sein leichter Dreitagebart machte ihn sogar noch heißer. „Willst du den Rest sehen?"

„Scheiße, ja!", antwortete Knight mit gutturaler Stimme. Day drehte sich um und ließ seine Hosen über seine Hüften abwärts gleiten. Goldene Pobacken bewegten sich direkt vor Knights Nase. Nachdem er sich all seiner Kleidung entledigt hatte, drehte Day sich um und Knight starrte. Er hatte Days Schwanz gespürt, aber ihn zu sehen … Scheiße. Er setzte sich auf und legte seine Finger um die dicke, goldfarbene Länge. Mit jedem Herzschlag pochte Day in Knights Hand.

Knight streichelte ihn langsam und Day keuchte auf und stöhnte leise, ehe er Knight niederdrückte. Der ließ sich das nur zu gerne gefallen und starrte Day an, als er ins Bett stieg. Brust traf auf Brust, als Days Haut die seine berührte. Hüften prallten aufeinander, gefolgt von Lippen und Days Schwanz schmiegte sich an seinen und glitt daran entlang. Knights Welt explodierte in einem Feuerwerk aus Licht und er hielt Day fest und stöhnte, als sie anfingen, sich gemeinsam zu bewegen. Er fuhr mit seinen Händen an Days durchtrainierten Rückenmuskeln hinab und hielt über seinem Kreuz inne, griff dann mit beiden Händen zu und packte Days festen Hintern. „Fuck", flüsterte Knight zwischen Küssen, die ihm den Atem raubten, und drückte Day noch fester an sich.

„Ja", stimmte Day zu und küsste ihn härter. Knight rollte sie auf dem Bett herum und lächelte auf Day hinunter, als ihre Rollen plötzlich vertauscht waren. Er küsste ihn und Day rollte sie gleich wieder zurück und entlockte ihm ein Stöhnen und offenkundige Überraschung. „Ich werde sagen, wo's lang geht." Day presste seine Lippen auf Knights und Knight zog ihn noch dichter an sich. Days Gewicht fühlte sich gut an.

Day unterbrach ihren Kuss und leckte sich an Knights Hals hinunter, bis zum Ansatz seiner Kehle. „Verdammt, schmeckst du gut. Ich habe nie damit gerechnet, dass ein anderer Mann so schmecken kann, so wie du."

„Was hast du denn erwartet?" Knights Satz endete in einem Stöhnen.

„Keine Ahnung. Ist auch egal." Er saugte an einem Nippel und setzte seine Entdeckungsreise fort. Knight hatte nicht groß darüber nachgedacht, wie der Sex mit Day wohl sein würde, aber er hatte jemand Zurückhaltendes erwartet. Das war er nicht. Kein bisschen. Day schien gleich zur Sache zu kommen, und als er mit seiner Zunge an der ganzen Länge von Knights Schaft entlangfuhr, dachte der, er würde nie wieder Luft kriegen.

„Verdammt", stöhnte er.

„Ja", murmelte Day und saugte die Spitze von Knights Penis in den Mund.

„Verfluchte Hölle", stöhnte Knight und schob sich vorwärts, wollte mehr. Day ließ von ihm ab und nahm ihn dann wieder in den Mund, packte seinen Schwanz und schluckte ihn tiefer. Die feuchte Hitze war der Wahnsinn. Zum Teufel, es war das Beste, was er seit … jemals um seinen Schwanz herum gefühlt hatte. Day nahm mehr und mehr von ihm in den Mund und bewegte dann den Kopf auf und ab. Die Bewegungen waren zaghaft und manchmal zögerlich, aber das war Knight so was von egal. Er liebte jede Sekunde davon.

Er hielt still, als Day eines seiner Beine anhob und dann einen Finger gegen seinen Anus presste. Er war sich dabei nicht so sicher, aber als Day ihn tief und gierig schluckte, vergaß Knight, worum es ging … bis Day einen Finger in ihn einführte und etwas berührte, was Elektroschocks durch seinen Körper jagte. „Was zum Teufel war das?", hauchte er. „Mach das noch mal!"

Day ließ von ihm ab und sagte: „Ich habe gelesen, dass es bei manchen Männern diese Stelle gibt und –"

„Das war rein rhetorisch. Weniger reden … mehr saugen."

„Ganz schön gebieterisch", konterte Day und widmete sich wieder seinem Schwanz. Knight hatte das Gefühl, nicht mehr Herr seines eigenen Körpers zu sein. Day hatte ihn dazu gebracht, Dinge zu tun, die er nie für möglich gehalten hätte. Er hatte schon seit Langem das Gefühl gehabt, diesen Teil seines Lebens aufgegeben zu haben. Er hatte es für seine Familie getan, aber jetzt …

„Hör auf zu denken und lass dich gehen", forderte Day ihn auf und nahm einen zweiten, schlüpfrigen Finger hinzu. Day nahm sich eine Sekunde Zeit, um sich zu fragen, wo das Gleitgel hergekommen war, aber eigentlich war ihm das scheißegal. Alles, was er wusste, war, dass Day ihn irgendwie spielte wie ein Instrument und er wollte es … zum Teufel, er brauchte es so nötig wie seinen nächsten Atemzug.

Days Finger glitten aus ihm heraus und Knight stöhnte laut, als Day auch noch von seinem Schwanz abließ. Er war gerade auf der Straße zur Glückseligkeit gewesen und hatte nicht aufhören wollen.

Day öffnete eines der Kondome. Es dauerte ein paar Sekunden, ehe er es übergezogen hatte und dann verteilte er Gleitgel darauf und kam wieder näher. „Geht das auch wirklich in Ordnung?"

„Heilige Scheiße, ja. Wenn du vorhast, mich zu ficken, dann tu es jetzt." Das Knurren klang in seinen Ohren schwerlich nach Worten, aber Day hob Knights Beine an, legte sich die Knöchel auf die Schultern und bewegte sich vorwärts. Knight war bisher immer nur an Days Stelle gewesen. Er biss die Zähne zusammen und stieß den Atem aus, als Day in ihn eindrang. „Verflucht …"

Day hielt inne und Knight atmete, als wäre er gerade einen Marathon gelaufen. In seinem Kopf drehte sich alles und er fühlte sich wirklich voll, aber Day schob sich weiter vor und sein dicker Penis glitt in ihn. Himmel, wie sollte er noch mehr davon verkraften? Knight stand kurz davor, ihn zu bitten, aufzuhören, als er Days Hüften an seinem Hintern spürte.

„Gütiger Gott, fuck …", stieß Day hervor.

„Ohne Scheiß", erwiderte Knight. Day streichelte seine Brust und Knight spürte die sanften Hände auf seiner Haut. Als er den Kopf hob, brannte sich Days Blick in ihn, heiß und eindringlich. Keiner von ihnen rührte sich. Scheiße, Knight wagte kaum zu atmen und dann geschah etwas völlig Unglaubliches: Day fing langsam an, seine Hüften vor und zurück zu bewegen. Knight wusste, was Ficken bedeutete – er hatte es schon zuvor getan – aber das hier … Gott. Die Bewegungen waren langsam und gleichmäßig. Teufel noch mal, Day bewegte sich fast gar nicht und Knights Atem entwich aus seinen Lungen.

„Was zum Teufel machst du nur mit mir?", fragte Knight durch einen Nebel lustvoller Verwirrung.

Day lächelte und bewegte sich schneller, ohne ihn aus den Augen zu lassen. Knight ließ etwas von der Anspannung los, die seinen Körper gefangen gehalten hatte, und augenblicklich stieg tief aus seinem Inneren Lust auf. Day liebkoste ihn und hielt ihn mit Blick und Händen gefangen. Es war, als würde er Day wirklich etwas bedeuten. Diese Vorstellung war für ihn schwer zu akzeptieren. Sie ging gegen alles, was Knight sich seit Jahren immer wieder selbst eingeimpft hatte. Er hatte gewusst, dass er schwul war, und Männer Frauen vorzog – das hatte er akzeptiert. Aber er hatte immer geglaubt, dass Sex unter Männern eben bloß Sex war. Nichts weiter als animalische Begierde. Aber das hier war mehr. Day machte es dazu … oder war er es?

„Lass dich gehen", flüsterte Day, beugte sich vor und küsste ihn hart, während er schneller wurde. „Lass einfach alles los und flieg."

Es war ihm ein Rätsel, wie Day wissen konnte, was er dachte, es sei denn, er dachte dasselbe. Das musste es sein. Sie waren beide gleich durcheinander. Das konnte er verstehen und tat, was Day befohlen hatte: Er verlor sich in diesen schokoladenbraunen Augen und der nach Moschus duftenden Haut. Days Bewegungen wurden rasch hektischer und schon bald schaukelte das Bett im Gleichklang mit dem Schaukeln des Schiffes. Knight würde seinen Orgasmus nicht mehr lange zurückhalten können. Er spuckte in seine Hand, fasste sich selbst an und wichste sich, als gäb's kein morgen.

„Mach die Augen auf. Ich will dich sehen", sagte Day. Knight hatte gar nicht bemerkt, dass er sie geschlossen hatte, aber sobald er sie öffnete, begegnete er erneut Days leidenschaftlichem Blick. Knight keuchte und Day stieß tief und hart zu, zog sich beinahe ganz aus ihm zurück und stieß dann wieder in ihn.

„Ich weiß, was du willst. Ich kann es an der Art und Weise sehen, wie dein Atem stockt, wenn ich dich berühre, und wie deine Augen leuchten." Day zog sich wieder zurück und glitt dann erneut in ihn, dabei rollte er seine Hüften in einer rhythmischen Bewegung und entlockte ihm damit seinen Höhepunkt.

Knight konnte sich nicht länger beherrschen. Er schnappte nach Luft und schrie auf, als ihn seine Erlösung überrollte. Day stieß tief in ihn und verhielt dort pochend.

Sie hielten beide still. Knight hatte zu viel Angst, um sich zu rühren und war verdammt noch mal viel zu groggy dazu. Er hielt Day an sich gedrückt und genoss die Nachwehen in der Wärme ihres Hautkontakts. Day atmete schwer in sein Ohr und saugte nach einigen Sekunden daran. „Du bist … wow."

Knight lachte. „Es ist schon eine ganze Weile her."

„Für uns beide."

„Das nehme ich mal an, aber wie hast du gewusst, wie du … wenn du das hier noch nicht oft gemacht hast, wie bist du dann so gut geworden?" Knight öffnete seine Augen einen Spaltbreit.

„Naturtalent in Kombination mit … na ja, Pornos." Day grinste wie ein kleiner Junge, der mit seiner Hand in der Keksdose erwischt worden war.

„Das müssen ja vielleicht Pornos gewesen sein", scherzte Knight und Day versetzte seinem Arm einen Klaps. Knight umarmte ihn fester und machte die Augen wieder zu.

„Klugscheißer", murmelte Day. „Ich würde gerne sehen, was du für Talente hast."

„Würdest du?", fragte Knight und rollte sie auf dem Bett herum. Day sah grinsend zu ihm auf. „Wir werden sehen, was wir diesbezüglich unternehmen können."

Day schlang seine Arme um Knights Hals, zog ihn zu sich herunter und küsste ihn. Während die früheren Küsse angefüllt gewesen waren mit Feuer und der Hitze der Leidenschaft, so war dieser langsam, träge und voller Wärme und Lust. Er war so verschieden und gleichzeitig so ähnlich. Er war Day.

Knight erwiderte den Kuss und ließ die Hitze langsam höher kochen. Day fühlte sich so verflucht gut in seinen Armen an, so als würde er dorthin gehören. Aber Knight konnte sich dieses Gefühl nicht erlauben. Sie waren gemeinsam auf einer Mission, und anscheinend war bei ihnen beiden eine lange unterdrückte Leidenschaft an die Oberfläche gesprudelt. Das hieß aber nicht, dass es irgendetwas anderes bedeutete, als das, was es jetzt gerade war.

Energie und Hitze waren in Knights Körper zurückgekehrt, angefeuert von Days Berührungen.

„Ich liebe deinen Hintern", verkündete Day und ließ seine Hände abwärts gleiten, um Knights Pobacken zu umfassen.

Er hätte nie geglaubt, dass er das genießen würde, aber bei Day war es sexy und innig zugleich. Er bewegte seine Hüften ein wenig und Day reagierte, indem er es ihm gleichtat. „Bist du immer so willig?"

Day zuckte die Achseln. „Keine Ahnung. Ich möchte gern glauben, dass es an dir liegt."

Knight nahm Days Lippen in Besitz. „Ich möchte auch gern glauben, dass es an mir liegt." Allein schon der Gedanke, dass er Day so kurz nach einem so intensiven Erlebnis wieder erregen konnte, reichte aus, um Knights eigenen Körper wieder zum Leben zu erwecken. Er presste sich dichter an Day und schob langsam seine Hüften vor, wobei er seinen hart werdenden Schaft an Days entlanggleiten ließ. „Wo sind das Gleitgel und noch mehr Kondome?"

Day warf einen Blick auf den Nachttisch neben dem Bett und Knight streckte seine Hand nach der Tube Gleitgel aus und schmierte sich seine Finger ein. Langsam reizte er die Haut um Days Anus, ehe er einen einzelnen Finger in ihn einführte.

„Du musst mich nicht behandeln, als wäre ich aus Glas."

„Ich will dir nicht wehtun."

„Ich weiß, das wirst du nicht", erwiderte Day.

Knight drang tiefer in ihn ein. Er winkelte seinen Finger leicht an und Day keuchte auf und hielt ihn fest, als wolle er verhindern, dass er in tausend Teile zersprang. Knight gab ihm Halt, indem er seinen Blick festhielt. Er riss die Kondomverpackung auf. Wie Knight herausfand, gab es keine elegante Art, das verdammte Ding überzuziehen, aber er schaffte es trotzdem irgendwie und zog Day zum Rand des Bettes. Knight stand auf dem Boden und drückte Days Beine nach oben gegen seine Brust. Dann sah er ihm fest in die Augen, lauschte auf seinen Atem und drang langsam in ihn ein.

Er hatte schon zuvor Sex gehabt, aber nichts hatte ihn auf die Hitze und die Enge vorbereitet, die seinen Schwanz umschlossen, als Days Körper sich ihm öffnete. Knights Beine zitterten vor Erregung, die so groß war, dass sie sich irgendwie Bahn brechen musste. Er wollte nicht zu schnell vorgehen, aber jeder seiner Instinkte forderte ihn dazu auf, sich tief in Day zu vergraben und ihn wie der Wind zu reiten.

„Genau so", stieß Day hervor, drückte sich an ihn und zwang ihn noch tiefer in sich hinein.

Knight verlor den Kampf um seine Selbstbeherrschung und seine Hüften stießen vorwärts. Day schrie auf und sie hielten beide still.

„Verdammt, fühlst du dich gut um meinen Schwanz an", flüsterte Knight.

„Genau wie du."

Genauso, wie Day sich vorher zu bewegen begonnen hatte, rückte Knight ihm jetzt noch näher. Eine alte Weisheit besagte, dass du geben musst, was du haben willst. Day packte fest seinen Arm. „Tue ich dir weh?"

„Nein, zum Teufel." Day drückte sich ihm entgegen und schob Knight so tief in sich hinein. „Fick mich, als ob es dir ernst ist."

Knight zog sich aus ihm zurück und stieß dann erneut zu, wobei seine Hüften gegen Days Hintern klatschten. „Ist es das, was du willst?"

„Ja, verdammt."

Knight ergriff Days Knöchel, spreizte seine Beine und ließ alle Selbstkontrolle fallen. Seine Hüften zuckten vor und trieben ihn tief in Day hinein. Von nun an war alles Instinkt. Schweiß strömte über seine Brust und seine Hüften hämmerten wie eine Maschine. Day warf seinen Kopf auf dem Bett hin und her, die Augen weit aufgerissen, und wiederholte immer wieder: „Fuck, ja." Knight ließ Days Knöchel los und griff nach seinen Hüften. Er nutzte die Hebelwirkung, um ihre Körper mit Wucht aneinander zu klatschen. Die Hitze, der feste Griff und die Geräusche, die Day von sich gab, das alles wirkte zusammen, um ihn fast in den Wahnsinn zu treiben.

Schweißtropfen rannen ihm über Stirn und Brust. Er streichelte Days Brust, packte dann seinen Schwanz und wichste ihn so schnell und fest, wie er konnte. „Halt dich am Bett fest, als hinge dein Leben davon ab", warnte Knight ihn und Day klammerte sich an das Bettzeug, als Knight sein volles Gewicht und seine ganze Kraft in jeden Stoß legte.

Guter Gott, er hatte keine Ahnung, woher diese Leidenschaft und diese Kraft kamen. Er war immer ein vorsichtiger Liebhaber gewesen, aber Day machte ihn verrückt und seine Unsicherheiten blieben rasch auf der Strecke. „Du bist so verdammt heiß, mit meinem Schwanz in dir."

„Ach ja? Beweis es!" Day keuchte und klammerte sich noch fester ans Bett und Knight ließ sich einfach gehen. Sein Kopf fühlte sich federleicht an und sein Herzschlag hämmerte in seinen Ohren. Schweiß strömte weiterhin an seinem Körper hinab. „Himmel", schrie Day laut genug, um das halbe Schiff von ihrem Tun in Kenntnis zu setzen. Irgendwie gefiel ihm das ohne Ende. Day zog sich um ihn herum zusammen und umklammerte seinen Penis wie ein Schraubstock.

Ein Kribbeln ging vom unteren Ende seiner Wirbelsäule aus und breitete sich durch seinen restlichen Körper aus. Knights Knie wollten unter ihm nachgeben und nur sein schierer Wille hielt ihn aufrecht. Seine Beine zitterten und Knight keuchte und stöhnte während Days Höhepunkt. Was war das für eine Wahnsinnserfahrung, zu fühlen und zu sehen, wie Day die Fassung verlor, die reine Freude und Intensität, von denen er wusste, dass sie ihm immer im Gedächtnis bleiben würden. Knight wimmerte, als er in Day stieß und er verharrte, als sein eigener Orgasmus ihn überrollte. Er kam hart, füllte das Kondom und nach dem zweiten, kraftvollen Höhepunkt in weniger als einer Stunde, quittierte sein Körper den Dienst.

Er sackte nach vorne in Days Arme, unfähig, sich länger aufrecht zu halten und keuchte auf, als sich ihre Körper voneinander lösten. Jede Berührung schien intensiver zu sein und weit über das normale Empfinden hinauszugehen. Er wollte sich nicht bewegen und doch hatte er Angst, Day zu zerquetschen. Es gelang ihm, sich neben ihm aufs Bett zu legen, nach Atem ringend, als wäre er gerade ein Rennen gelaufen. „Entschuldigung."

Day wurde still. „Wofür?"

„Dafür, dass ich dir wehgetan habe. Ich habe so was von die Kontrolle verloren."

Day streichelte seinen Arm. „Das hast du nicht, und ja, du hast auf die beste aller möglichen Arten die Kontrolle verloren. Es war der Wahnsinn, dass ich dich dazu bringen konnte, dich so komplett gehenzulassen. Das habe ich schon immer gewollt." Day bewegte sich auf der Matratze. „Rutsch rauf, damit du ganz auf dem Bett liegst."

Er tat, was Day sagte. Er hatte keine Kraft mehr zum Diskutieren. Nachdem er es sich bequem gemacht hatte, entfernte Day das Kondom und verließ das Zimmer. Er kehrte mit einem feuchten Waschlappen zurück und legte ihn Knight auf die Stirn.

„Mir geht's gut", sagte Knight.

„Lieg einfach nur da und gib ausnahmsweise mal keine Widerworte."

Knight blieb, wo er war und ließ seine Haut von der kühlen Luft trocknen.

„Gott, bist du sicher, dass ich dir nicht wehgetan habe?"

„Ja. Ich verspreche, dass ich es dir sagen werde, wenn es etwas gibt, was ich nicht will oder mag. Ich habe eine Stimme und ich bin groß genug, um kundzutun, was ich will und was nicht. Du musst dir darüber keine Sorgen machen." Day rutschte näher an ihn heran und legte einen Arm über seine Brust. „Ruh dich einfach ein bisschen aus, dann wirst du dich wieder mehr wie dein launisches, herrisches Selbst fühlen."

„Du weißt wirklich, wie man den Tiger am Schwanz zieht, was?", warnte Knight.

„Siehst du, es geht dir schon besser."

Knight hörte das Lächeln in Days Stimme. Er konnte es nicht sehen, aber er hatte es definitiv gehört.

„Also, willst du mir jetzt erzählen, wieso du so große Angst davor hast, mir wehzutun?"

„Du würdest einen guten Psychiater abgeben, so neugierig wie du bist." Knight schob seinen Arm beiseite, öffnete die Augen und drehte sich mit dem Gesicht zu Day. „Fick dich."

„Nach allem, was wir gerade getan haben, fürchte ich, dass das völlig unmöglich ist. Also musst du es mir jetzt sagen. Ich will ja nicht alle deine Geheimnisse wissen, aber ich denke, dieses wäre sachdienlich. Möglicherweise nicht für die Mission, aber für mich." Day legte sich wieder lang hin. „Ich warte."

Knight stöhnte. „Oh verdammt." Das war genau das, worüber er verflucht noch mal in diesem Moment reden wollte.

5

DAY LAG nackt an Knight gepresst. Nackt neben seinem Arbeitskollegen zu liegen, sollte sich eigentlich verteufelt merkwürdig anfühlen. Tat es aber nicht. Zugegeben, wenn die Mächte, die hier im Spiel waren, herausfanden, was sie auf dieser Arbeits-Kreuzfahrt trieben, würde sich dieses ganze Kollegen-Ding wahrscheinlich ziemlich schnell erledigt haben, gemeinsam mit ihrem Angestelltenstatus. Verdammt, er musste sich konzentrieren und seine dummen Sorgen für den Moment vergessen. „Du musst es mir nicht sagen."

Knight stöhnte leise. „Du kannst diesen passiv-aggressiven Scheiß ruhig lassen. Das nervt." Knight wandte sich Day zu.

Day hatte bereits bemerkt, dass Knight die Vogel-Strauß-Politik betrieb, wenn er sich vor der Welt verstecken wollte, und dazu den Arm über seine Augen legte. Er zog den Arm weg und drehte sich auf die Seite zu Knight.

„Höre ich ein Seufzen oder sehe irgendeinen anderen Unsinn in der Art, dann werde ich ...", sagte Knight.

„Wirst du was?"

„Dich über Bord schmeißen und jedem sagen, dass du nicht länger mit deinem Arsch-sein leben konntest." Er klang völlig ernst. „Das oder ich werde sagen, du seist ein Spion und ich hätte dich über die Reling geworfen, um dich daran zu hindern, Staatsgeheimnisse zu verraten."

Day verdrehte die Augen. „Nicht ich bin der Arsch, sondern du."

„Das wissen die aber nicht."

„In Ordnung, ich hab's kapiert, solange wir uns einig darüber sind, wer hier der Arsch ist. Kein Mitleid für dich." Er wollte lächeln, verkniff es sich aber lieber. Knight hatte es ernst gemeint, auf seine eigene, pseudo-drohende Art und Weise. Was auch immer geschehen war, hatte ihn tief berührt. Day verstummte und streckte sich wieder lang auf dem Bett aus. Das Schiff schaukelte sanft und die Sonne schien durch die geöffneten Vorhänge herein. In einer unter anderen Umständen als friedvoll empfundenen Atmosphäre, sollte er eigentlich völlig entspannt sein und langsam eindösen, aber stattdessen war er hochgradig angespannt.

„Ich war neunzehn. Ich war von zu Hause weg und hatte Urlaub, nachdem ich das Ausbildungslager absolviert hatte", sagte Knight. „Ich hatte zwei Wochen frei. Die anderen Kerle fuhren heim, um ihre Familien zu sehen. Aber ich wollte das nicht tun. Ich war entkommen und sah keinen Grund dafür, mich wieder dem prüfenden Blick meines Vaters zu unterziehen. Also blieb ich in San Diego mit einem der anderen Jungs. Mark und ich waren irgendwie Freunde und er befand sich in einer ähnlichen Situation wie ich. Also mieteten wir uns eine kleine Wohnung und gingen davon aus, dass wir einfach ein paar Wochen lang nichts weiter tun würden, als am Strand abzuhängen." Knight sah ihn nicht an und Day schwieg weiterhin. Er wollte den Erzählfluss nicht unterbrechen.

„Mark war ein toller Kerl." Knight drehte seinen Kopf auf dem Kissen zur Seite. „Er ist vor fünf Jahren im Iran verwundet worden und hat seine Beine verloren. Ich habe ihn danach besucht, und er war nicht mehr derselbe. Keiner wusste, was man für ihn tun konnte und seine Eltern standen völlig neben sich. Ein paar Wochen später hat er sich das Leben genommen, weil er sich danach nie wieder als ganzen Mann sehen konnte."

Knight starrte wieder an die Decke. Das Reden schien ihm ohne Augenkontakt leichter zu fallen, obwohl Day wünschte, er würde ihn ansehen.

„Er hatte ein altes Auto, also machten wir eines Morgens einen Ausflug die Küste rauf nach Venice. Muscle Beach. Wir waren beide muskulös und stark, also dachten wir uns, wir ziehen eine Show ab. Verglichen mit den anderen Kerlen dort waren wir nicht wirklich was Besonderes, aber es machte Spaß. Mark zog los, die Strandpromenade entlang, um ein bisschen Spaß zu haben, und ich ging in eines der Fitnessstudios und kam wieder raus, um den eigentlichen Strand zu genießen. Himmel, da waren überall Kerle und ich hatte gerade Wochen intensiven, körperlichen Trainings hinter mir, abgeschottet von der Welt, umgeben von Männern, die von fast nichts anderem sprachen, als von Mädchen und Ficken. Am Ende hing ich mit ein paar von ihnen ab und wurde bemerkt. Ich sah gut aus, war jung und genau das, wonach einige der Kerle zu suchen schienen. Ich wurde in eine Bar eingeladen und es dauerte nicht lange, bis mir auffiel, dass dort nur Männer waren."

„Deine erste Schwulenbar?", fragte Day.

„Ja. Männer kauften mir Drinks und ich trank sie alle. Teufel noch mal, ich war jung, dumm und geil. Eine tödliche Kombination. Na, jedenfalls näherte sich mir dieser Typ, nachdem ich einiges getrunken hatte und er machte mich heftig an. Sagte, er liebe Marine Typen und dass er sich fragte, ob ich vielleicht ein bisschen Spaß mit ihm haben wollte. Er war niedlich und sah gut aus, war gekleidet zum, na ja, Ficken. Alles an ihm schrie Sex. Er hatte eine Wohnung in der Gegend, also gingen wir dorthin und kamen rasch zur Sache."

Day folgte der Geschichte, konnte aber bisher kein Problem darin erkennen. „Klingt nicht nach einem Problem."

„Es gab keins. Der Kerl sagte, sein Name wäre Jimmy, wahrscheinlich ein falscher Name, aber das war egal. Er sagte, dass er starke Männer mochte, also fasste ich ihn ein bisschen härter an. Ich tat ihm nicht wirklich weh, und es schien ihn zu erregen. Mir gefiel es irgendwie auch. Ich war stark und wir hatten eine gute Zeit." Knight räusperte sich. „Naja, wir kamen jedenfalls zum Höhepunkt des Abends und legten richtig los. Jimmy schrie mich an, ich solle ihn ficken und ich besorgte es ihm, als gäb's kein morgen. Plötzlich war da ein Knacken und Jimmy fing an zu stöhnen. Es klang verändert. Nicht glücklich, aber das begriff ich nicht sofort. Ich hatte gedanklich abgeschaltet." Knight hielt inne, und Day drehte sich zu ihm, um ihn anzusehen. „Ich hörte schließlich auf und er hatte mit schmerzverzerrtem Gesicht die Zähne zusammengebissen. Ich zog mich aus ihm zurück und legte ihn vorsichtig aufs Bett."

„Was ist passiert?"

„Ich weiß es nicht. Er sagte, es wäre alles in Ordnung, aber ich weiß, dass es das nicht war. Ich fragte ihn, ob er Hilfe bräuchte, aber er hat gesagt, ich sollte wohl lieber einfach gehen. Er fing an, sich zum Rand des Bettes zu rollen und ich half ihm dabei." Knight wurde immer aufgewühlter. „Alles, woran ich dachte, war, was geschehen würde, wenn man mich dort erwischen würde. Ich wäre aus dem Korps geflogen, ohne Familie, unehrenhaft entlassen, und ich hätte keinen Ort gehabt, an den ich hätte gehen können."

„Was hast du gemacht?", fragte Day und versuchte, sich seine Besorgnis nicht an der Stimme anhören zu lassen.

„Ich half ihm hoch und er taumelte und ging dann ins Badezimmer."

„Er ist alleine gelaufen", sagte Day.

„Ja, aber ich konnte sehen, dass etwas nicht stimmte. Ich meine, er lief nicht richtig und er war ganz zusammengekrümmt. Ich hörte ihn im Badezimmer und ich dachte, dass ihm vielleicht schlecht geworden war. Ich fragte ihn, ob es ihm gut ginge, und alles, was ich ihn darauf sagen hörte, war, dass ich besser gehen solle. Also habe ich meine Siebensachen eingesammelt. Als ich mich fertig angezogen hatte und bereit war, zu gehen, habe ich mich von ihm verabschiedet und ihn noch mal gefragt, ob er Hilfe bräuchte."

„Hat er darauf reagiert?"

„Ja. Er sagte, es ginge ihm gut, also bin ich gegangen und habe Mark wiedergefunden. Er hatte am Strand ein paar Mädchen aufgerissen und ich schloss mich ihm an. Wir besorgten uns was zu essen und tranken ein wenig, aber ich war nicht gut drauf und schaute mich dauernd um. Ich erwartete die ganze Zeit, dass Leute nach mir suchen würden. Was natürlich niemand tat, und am Ende des Tages fuhren Mark und ich wieder zurück nach San Diego. Er wurde flachgelegt und ich trank noch mehr Alkohol und endete kotzend auf einer Restauranttoilette, ehe ich die Finger davon ließ. Als er schließlich zurückkam, hatte ich den meisten Mist schon aus meinem Körper und wir fuhren nach Hause. Wahrscheinlich ziemlich bescheuert, aber wir waren die Könige der Blödheit."

„Ich glaube, ich verstehe nicht."

„Ich habe mir nichts dabei gedacht, bis … na ja, du weißt doch, dass manche Dinge die Tendenz haben, zu dir zurückzukommen? Tja, das tat es, eine Woche später. Die Leute, die neben uns wohnten, bekamen die Zeitung und sie waren weg, also habe ich sie mir genommen, damit Außenstehende nicht bemerkten, dass sie nicht zu Hause waren. Und da sah ich Jimmys Gesicht. Da waren Menschen, die versuchten, Geld für ihn zu sammeln, weil er sich das Rückgrat verletzt hatte und nicht mehr laufen konnte. Seine Eltern stammten aus der Gegend um San Diego, und so war es in die Zeitung dort gelangt."

„Woher weißt du, dass es deine Schuld war? Hat irgendjemand versucht, dich darauf anzusprechen?"

„Nein. Und was hätte Jimmy denn auch sagen sollen? Er wurde verletzt, als er mit irgendeinem Kerl aus einer Bar rumgevögelt hat? Nein. Er hat eine Geschichte erfunden, dass er die Treppe runtergefallen wäre und sich dabei verletzt hätte, aber er war es. Ich habe das Knacken gehört. Wir haben bloß gefickt, aber ich muss zu heftig gewesen sein, oder so. Ich weiß, dass ich ihn verletzt habe. Und ich bin seitdem mit keinem Mann mehr zusammen gewesen … bis auf dich."

Day wusste nicht, was er sagen sollte. So viele Dinge kamen ihm in dem Sinn. Er wollte sagen, dass da noch mehr nicht hätte stimmen müssen, um jemanden in die Querschnittslähmung zu ficken. So was passierte nicht einfach so, aber Knight schien zu glauben, dass es das doch tat. Er wollte ihn trösten oder wenigstens beruhigen. Aber er hatte keine Ahnung, wie, ohne dass es wie Mitleid klang oder nach sonst etwas, was Knight Amok laufen lassen würde. Knight hatte ihm eine Geschichte anvertraut, von der Day annahm, dass er sie noch nie zuvor jemandem erzählt hatte … jemals. Wie konnte er? Day drehte sich wieder auf die Seite und sah ihn an. Knight starrte immer noch die Decke an, ohne zu blinzeln.

Was zum Teufel konnte er sagen, was einen Unterschied machen würde? Da gab es nichts, nicht wirklich. Knight musste selbst erkennen, dass er keine Schuld trug. Worte waren zu leicht, wurden ständig viel zu rasch dahingesagt. Also tat Day das Einzige, was er glaubte, tun zu können. Er nahm Knights Hand. Er verschränkte ihre Finger miteinander, hielt sie einfach nur und blieb, wo er war. Schließlich spürte er, wie Knight den Druck seiner Hand erwiderte, und er wusste, dass die Botschaft angekommen war. Kein Mitleid, keine Sympathie oder leere Floskeln, nur Unterstützung. Das war alles, was er übermitteln wollte.

Es DAUERTE eine ganze Weile, ehe sich einer von ihnen rührte. Ihre Handflächen lagen schwitzend aneinander, aber das war Day egal. Er hielt Knights Hand, solange der ihn ließ. Als Knight sich schließlich bewegte, wurden ihre Hände getrennt und Knight stieg mit einem leisen Stöhnen aus dem Bett. Day sagte nichts über das, was ihm gerade erzählt worden war. Er sah Knight einfach zu, wie er nackt ins Badzimmer tappte.

Day seufzte, als Knight außer Hörweite war, und stemmte sich von den übel zerwühlten Laken hoch. Sein ganzer Körper tat weh, aber die Art und Weise, wie es wehtat, jagte einen leichten Hitzeschauer durch ihn. Ihm gefiel der Grund für die Schmerzen. Im Badezimmer lief das Wasser und dann die Dusche. Day dachte daran, Knight zu fragen, ob er ein bisschen Gesellschaft haben wollte, überlegte es sich aber anders. Er brauchte Zeit, um sich mit Erinnerungen auseinanderzusetzen, von denen er geglaubt hatte, sie seien tief vergraben, und die nun erneut dem hellen Tageslicht ausgesetzt waren.

In gewisser Hinsicht fühlte Day sich geehrt, dass Knight seine Geschichte mit ihm geteilt hatte und ihm genug vertraute, um ihm zu erzählen, was passiert war. Nicht, dass es für ihn einen Unterschied gemacht hätte. Er wusste, dass Knight nicht mit Absicht jemanden verletzt hatte. Knight brauchte einige Zeit im Bad, also zog er sich die Shorts an, die er zuvor schon getragen hatte, und setzte sich an seinen Computer, um zu sehen, ob inzwischen zusätzliche Informationen eingetroffen waren. Nicht, dass er sich momentan darauf konzentrieren konnte, aber so hatte er wenigstens etwas zu tun. Es gab mehr Geplapper und er fing an, es durch seine Programme laufen zu lassen, um zu sehen, ob es irgendetwas Bedeutsames enthielt. Etwas sprang ihm ins Auge und er scrollte zurück.

„Knight", sagte Day, als er hörte, wie das Wasser abgedreht wurde. „Sie haben das Problem mit dem Verteiler gelöst. Soweit ich weiß, scheint es das letzte Hindernis auf ihrem Weg zur Durchführung ihres Plans gewesen zu sein. Sie reden immer noch, also hoffe ich mal, dass uns noch etwas mehr Zeit bleibt."

„Ich auch", sagte Knight ohne großen Elan. Er sah abgespannt und müde aus, nicht dass Day ein Energiebündel abgab. Day war von ihrem sportlichen Sex und Knights Geschichte ziemlich ausgelaugt. Wie auch immer, es gab immer noch Arbeit zu erledigen und Vorbereitungen zu treffen. „Wann legen wir morgen früh an?"

„Um zehn", antwortete Day, nachdem er einen Blick auf den Plan geworfen hatte. „Ich habe nachgedacht. Ich weiß, dass der ursprüngliche Plan der war, den Ausflug zu nutzen, um ins Inland zu gelangen, aber da die Gruppe so nah an der Stadt agiert, bringt uns der Ausflug weiter von der Gegend weg, in die wir müssen."

„Ich stimme dir zu. Ich denke, wir müssen den Ausflug absagen. Es würde nur Verdacht erregen, wenn wir nicht auftauchen. Dimatos Idee diesbezüglich erscheint mir nicht besonders gut durchdacht. Aus einer kleineren Gruppe heraus zu verschwinden würde viel eher auffallen, als einfach von Bord zu gehen, in der Gegend unterzutauchen und nicht zurückzukehren. Abgesehen davon, weiß Dimato nicht alles, was ich weiß."

„Was soll das heißen?"

„Wir alle haben unsere Kontakte, und einige davon teilen wir niemandem mit. Mein Freund Miguel ist mein Kontakt. Dimato hat keine Ahnung von ihm und ich habe vor, es auch dabei zu belassen." Knights harter Gesichtsausdruck beinhaltete eine Warnung.

„Wie kommen wir dann dorthin?" Der Ausflug war als ihr Transportmittel vorgesehen gewesen, aber wenn sie ihn jetzt nicht mehr brauchten, dann musste etwas Anderes an seine Stelle treten. Sie könnten laufen, aber das war nicht unbedingt eine angenehme Vorstellung und garantierte im Notfall kein rasches Entkommen.

„Überlass das mir", erwiderte Knight. Day nickte und vertraute darauf, dass Knight wusste, was er tat. „Manchmal reicht schon ein wenig Hilfe von deinen Freunden, um etwas zuwege zu bringen." Knight schenkte ihm ein kurzes Lächeln. „Ich bin gleich wieder da. Du machst das fertig, was du noch zu erledigen hast, und wenn ich zurückkomme, werde ich dir meinen Plan darlegen und dann sehen wir weiter." Knight verließ den Raum und Day gab sich Mühe, nicht wegen dieses ganzen „mein Plan" Dings sauer zu sein.

Der Seufzer, der Days Kehle entstieg, klang eher nach einem Knurren. Er schob seinen Stuhl zurück und entschied, dass möglicherweise eine Dusche fällig war. Er brauchte Zeit, um es in den Schädel zu kriegen, dass sein erster Außeneinsatz tatsächlich unmittelbar bevorstand. Fast hatte er damit gerechnet, dass ihre Mission zu irgendeinem Zeitpunkt doch noch abgebrochen werden oder sich der Einsatzort ändern würde und sie nicht in der richtigen Gegend waren oder Ähnliches. So viele Dinge konnten schiefgehen oder sich von einem Moment zum anderen ändern, sodass er sicher gewesen war, dass irgendetwas das hier vermasseln könnte. Aber es schien wirklich zu passieren und sie waren in der richtigen Gegend und scheinbar zum richtigen Zeitpunkt. Es war gleichzeitig aufregend und Furcht einflößend.

Day ging ins Badezimmer und ließ das Wasser laufen, ehe er in die kleine Wanne stieg. Er wusch sich rasch Haare und Körper und die Überreste von dem, was Knight und er getan hatten, wurden in den Abfluss gespült. Als er fertig war, duschte er sich noch mal ab, trat aus der Wanne und trocknete sich schnell ab, ehe er sich ein wenig Mühe mit seinen Haaren gab, damit sie sich nicht ineinander verhedderten und strähnig aussahen. Dann verließ er das Bad, zog sich an und machte sich wieder an die Arbeit.

„Ich glaube, wir sind an dem Punkt angelangt, an dem es für mich nicht mehr allzu viel zu tun gibt", erklärte Day Knight, sobald der wieder zurückgekehrt war und die Kabinentür hinter sich geschlossen hatte. „Wir haben den Standort ziemlich genau lokalisiert und ihn durch Satellitenbilder bestätigt."

„Das Einzige, was ich wirklich gerne wissen würde ist, wie viele Leute sich dort aufhalten. Und kannst du sagen, mit wem sie kommunizieren? Die Signale, die wir auffangen, stammen aus dieser Gegend, aber mit wem reden sie? Wo befinden die sich?"

„Das ist der schwierige Teil", erklärte Day. „Wir kriegen nur das, was von hier kommt, weil sie Satellitentelefone benutzen, keine normalen Handys, und das ist der Schwachpunkt in ihrem Plan, den wir ausnutzen. Wenn sie neuere Geräte hätten, dann würden wir so gut wie nichts empfangen. Wenn man davon ausgeht, was gesagt wurde, dann denke ich, die andere Seite sitzt irgendwo in Kolumbien. Medellín wurde erwähnt, aber das hat nicht viel zu sagen. Sie reden nicht viel über Standorte. Sie sind nicht blöd und scheinen sich der Möglichkeit bewusst zu sein, dass sie abgehört werden könnten, also sagen sie nur das Nötigste."

„Wieso dann überhaupt erst das ganze Gequatsche?", fragte Knight und sprach dabei eigentlich mehr mit sich selbst.

„Ich nehme an, der Boss, wer immer das auch sein mag, verlangt ständige Statusreports", erklärte Day und Knight lachte leise.

„Was?"

„Das bedeutet, dass er diesen Typen nicht voll vertraut. Das ist gut. Wir könnten das irgendwann vielleicht zu unserem Vorteil ausnutzen. Bin nicht sicher, wie, aber es ist gut zu wissen."

„Wieso?"

„Weil jeder Fakt oder Eindruck wertvoll sein kann. Du kannst nie wissen, welcher Teil einer Information der Schlüssel dazu sein kann, dich zum richtigen Zeitpunkt rein oder raus zu bringen. Das kann dir jederzeit einen Vorteil verschaffen, also schlage ich vor, du bunkerst alles an Informationen, was du aus diesen Gesprächen herausfiltern kannst, und speicherst sie. Wir könnten sie brauchen." Knight wandte sich ab und Day sah ihn gähnen. „Abgesehen davon denke ich, dass wir so bereit sind, wie wir es nur sein können."

„Du wolltest den Plan noch einmal durchgehen", forderte Day ihn auf.

„Ja." Knight setzte sich auf die Bettkante und offenbarte ihm, was seiner Meinung nach auf sie zukam und wann. „Das hier ist ein grober Entwurf und wir werden nach und nach Änderungen daran vornehmen, aber wir brauchen einen übergeordneten Plan. Falls wir getrennt werden sollten, vereinbaren wir eine Stelle in Costa Maya, wo wir uns wieder treffen. Eine Sache noch: Ausrüstung ist entbehrlich, also wirf es weg, wenn du musst. Sieh zu, dass es nicht mehr funktioniert, also würde Wasser bei allen elektronischen Teilen funktionieren, und davon sollte es dort genug geben. Dasselbe gilt für Waffen. Lass dich nicht mit irgendetwas erwischen, das man gegen dich verwenden könnte. Sollte die Polizei oder die Armee auftauchen, dann sei auf der Hut. Sie könnten genauso gut bestochen oder Teil der Verschwörung sein."

„Okay. Das ist eine ganze Menge, was man sich merken muss."

„Ja, ist es. Wir müssen die ganze Zeit über wie Touristen aussehen, jedenfalls, bis wir dort eindringen. Falls uns jemand sieht, sagen wir, dass wir Yukatán erforschen, auf der Suche nach Ruinen. Es gibt dort jede Menge davon, da sollte das funktionieren. Also sei immer auf Draht und denk nach. Reagiere nicht einfach nur. Manchmal ist Instinkt gut, aber manchmal ist das, was er uns zuruft, auch das genaue Gegenteil von dem, was wir tun sollten."

„Okay. Ich werd's versuchen."

„Bist du nervös?" Day nickte. „Aufgeregt?" Day nickte wieder. „Hast du genug Angst, um dir in die Hose zu machen?"

„Fast."

„Sehr gut. Wenn du keine Angst hättest, würde ich mich fragen, was mit dir nicht stimmt und vorschlagen, dass du vielleicht lieber hierbleiben solltest, damit du uns nicht beide umbringst. Nutze die Angst, aber lass nicht zu, dass sie dich beherrscht. Die Angst kontrolliert dich nicht. Du kontrollierst sie."

„Glaubst du, es besteht eine Möglichkeit, diese Kerle auszuschalten, ohne ihr Equipment zu zerstören? Es wäre toll, zu sehen, was sie da machen und wie sie vorhatten, das durchzuziehen. Die Informationen über die Programme, die sie entwickelt haben, wären für die Cloud-Anbieter ebenso wertvoll wie für die Regierung."

„Das müssen wir sehen. Unser Hauptziel besteht darin, den Angriff zu stoppen. Wenn wir uns dabei zusätzliche Vorteile verschaffen können, klar, das wäre gut. Das Letzte, was wir wollen ist, diese Gruppe zu neutralisieren und die nächste aus dem Boden schießen zu sehen, die dieselben Methoden und Programme benutzt. Wir werden alles vernichten, wenn wir müssen. Das ist das Allerwichtigste: dem Feind die Möglichkeit zu nehmen, Krieg zu führen."

„In Ordnung." Day fuhr damit fort, alles durchzusehen, was er hatte, gab aber nach einer Weile auf. Es gab keine weiteren Schlüssel, die er daraus ziehen konnte. „Ich habe frische Fotos angefordert. Ein Satellit wird voraussichtlich morgen in aller Herrgottsfrühe diese Gegend überfliegen. Es wird eine Stunde nach Sonnenaufgang sein, aber es wird uns zeigen, falls sich irgendetwas verändert hat."

„Gute Idee", erklärte Knight mit einem Lächeln.

„Also, was jetzt?"

„Essen gibt es erst in ein paar Stunden. Ich würde sagen, wir entspannen uns und machen das Beste aus dem Abend, der noch vor uns liegt. Morgen wird ein langer Tag, also werden wir heute Nacht jede Menge Schlaf brauchen."

Day fragte sich, ob das eine Anspielung auf das war, was sie heute Nachmittag getan hatten, hakte aber nicht nach. „Ich habe mir gedacht, ich könnte raufgehen und ein bisschen schwimmen und mich vielleicht ein wenig im Whirlpool treiben lassen. Mal sehen, was so läuft." Das klang nach einem guten Plan, um zu entspannen und um sich davon abzuhalten, über ihr Vorhaben am morgigen Tag nachzugrübeln. Er hatte daran gedacht, ins Fitnessstudio zu gehen, aber er hatte sein Training für heute bereits absolviert und brauchte Entspannung. Day machte sich auf die Suche nach seiner Badehose und schlüpfte aus seinen Shorts. Als er aus dem Badezimmer kam, hatte Knight sich ebenfalls bereits umgezogen. Er hatte ihm den Rücken zugewandt, also nahm Day sich ein paar Minuten, um den Anblick der stämmigen Beine und des muskulösen Hinterteils zu genießen. „Bereit, wenn du es bist." Knight drehte sich um und schnappte sich ein Handtuch und seine Schlüsselkarte. Day sah nach, ob er seine hatte und sie verließen die Kabine.

Auf dem Pooldeck steppte der Bär. Auf dem Programm stand eine Liveband mit Reggea Musik. Die Whirlpools waren proppenvoll, aber in einem von ihnen schien noch ein bisschen Platz zu sein und Day stieg hinein, mit Knight direkt hinter sich. Es dauerte nicht lange, bis er herausfand, wieso. Die anderen Männer beobachteten ihn ganz offen und ein paar leckten sich die Lippen. Er war nicht sicher, was er davon halten sollte und entschied sich, es zu ignorieren.

„Habt ihr Spaß?", fragte er stattdessen.

„Ja", antwortete einer der Männer und die anderen nickten zustimmend.

Day lehnte sich zurück, entspannte sich und schloss die Augen. Knight saß direkt neben ihm, aber seine Anspannung schien nicht nachzulassen. „Man sollte meinen, nach dem, was vorhin …" Es war nicht nötig, den geflüsterten Gedanken zu vollenden. „Entspann dich einfach." Day tätschelte unter Wasser seine Hand.

Knight wandte sich ihm zu, funkelte ihn an und drehte sich wieder weg. Day war nicht sicher, was ihn verärgert hatte und schloss erneut die Augen. Ein Fuß streifte seinen, aber Day ignorierte es. Es geschah wieder und seine Augenlider hoben sich. Einer der Männer, die ihm gegenübersaßen, fiel ihm ins Auge und der Fuß streifte ihn zum dritten Mal. Day zog seine Beine zurück, und ihm wurde bewusst, dass ihn alle diese Kerle immer noch beobachteten. Der finstere Ausdruck war immer noch in Knights Gesicht gemeißelt. Day lehnte sich dichter an ihn und berührte sanft Knights Kinn. Als der sich ihm zuwandte, gab Day ihm einen festen, wenn auch relativ kurzen Kuss, ließ dann wieder von ihm ab und lehnte sich zurück.

Ehe er erneut die Augen schloss, bemerkte er, dass Knights finsterer Gesichtsausdruck verschwunden war und sich ein paar der Kerle auf dramatische Weise Luft zufächelten, während ein anderer kicherte.

„Pech gehabt, Rudy", sagte einer von ihnen.

„Klugscheißer", erwiderte Mr. ‚wer füßelt denn da'. Wasser spritzte.

„Ich hoffe, du bist jetzt zufrieden", flüsterte Knight.

„Das bin ich tatsächlich. Danke." Er lächelte, ohne die Augen zu öffnen. Sollten sie doch eifersüchtig sein. Oder neidisch. Sie konnten starren, soviel sie wollten, wenngleich Day sich nicht sicher war, wie wohl er sich als Objekt der Begierde eines anderen Mannes fühlte. Er hatte so viel Zeit damit verbracht, zu verleugnen, wer er war, dass es Zeit und ein weitaus umfangreicheres Erforschen seines Seelenlebens benötigen würde, um sich wohl in seiner eigenen Haut zu fühlen. Wie auch immer, er hatte das Gefühl, dass es ihm schließlich gelingen würde. „Wie lange seid ihr beiden schon zusammen?", fragte einer der Männer Knight. Day kümmerte sich nicht darum.

„Na ja, wir sind schon seit einiger Zeit Freunde, aber …"

„Das Meer hat euch verzaubert? Wie süß. Eine echte Bordromanze." Er klang ganz aus dem Häuschen und Day öffnete seine Augen einen Spaltbreit, um einen Blick auf ihn zu werfen, ehe er sie wieder zu machte. Der Kerl war höchstwahrscheinlich um die Fünfzig und saß neben einem Mann seines Alters. Sie schienen zusammen und glücklich zu sein, wie sie da so dicht nebeneinandersaßen.

„So könnte man es nennen, denke ich." Knight klang nicht, als wäre ihm wohl dabei.

„Er spricht nicht gerne über sich", fügte Day hinzu und stieß Knight leicht mit seinem Arm an. „Und über Beziehungen …" Day lächelte. „Gefühle …" Er legte theatralisch eine Hand auf seine Brust und versuchte, schockiert auszusehen.

„Verpiss dich", sagte Knight mit todernstem Gesicht.

„Das ist Knight-Sprache für ‚ich will nicht darüber reden'."

„Och ist das süß. Seht mal, ihr wisst, dass ihr euch gut versteht, wenn ihr euren eigenen Code für die Dinge entwickelt", sagte einer der beiden älteren Männer.

Knight sagte nichts dazu und Day konnte sich ein Glucksen nicht verkneifen. „In diesem Fall bedeutet es, dass Knight ein verschlossener Arsch ist." Er wandte sich ihm zu. „Das ist eines der Dinge, bei denen wir uns einig sind." Knight schnaubte, sagte aber nichts, um die gemachte Aussage zu entkräften. Day machte die Augen wieder zu und ließ die Sonne, die Wärme des Wassers und das fröhliche Gewusel um ihn herum auf sich einwirken. Er ließ die Sorgen los und entspannte sich einfach. Der morgige Tag würde bringen, was er eben bringen würde. Sie hatten einen Plan und waren so gut vorbereitet, wie es nur ging. Alles, was sie jetzt tun mussten, war, hineinzugelangen, den Auftrag auszuführen und wieder zu verschwinden.

Einige der Männer stiegen aus dem Pool, was ihnen mehr Platz verschaffte. Day rutschte ein wenig hin und her und streckte seine Beine wieder aus, nun, da Mr. ‚wer füßelt denn da' gegangen war. Es war schön und er öffnete schließlich seine Augen und einer der anderen Männer verwickelte ihn in eine Unterhaltung.

„Wie habt ihr zwei euch kennengelernt?"

Day warf einen Blick auf den weiterhin schweigenden Knight. Idiot. „Wir arbeiten zusammen und ich habe ihn ein paar Mal gesehen, wollte aber nichts zu ihm sagen, weil es eben die Arbeit ist. Naja, jedenfalls war ich in einem Klub unterwegs und da war er, ein großes, stilles Mauerblümchen. Also bin ich zu ihm rüber gegangen und habe ihn gefragt, ob er Lust hätte, mit mir zu tanzen."

Day dachte bei sich, dass, wenn er schon eine Geschichte erfinden musste, es wenigstens eine gute sein sollte. „Aber er hat mir einen Korb gegeben, sagte, er könne nicht tanzen. Ich glaube auch, dass er etwas überrascht war, jemanden von der Arbeit zu treffen. Es gelang mir, ihn auf die Tanzfläche zu bugsieren, und er hatte recht. Der Mann tanzt wie eine Ente mit Ischias. Ich musste ihn von der Tanzfläche holen, bevor er noch jemanden verletzt hat." Day lächelte und Knight machte „hmpf". „Danach hat er sich entschuldigt und muss wohl gegangen sein, höchstwahrscheinlich eingeschüchtert von mir."

„Ja klar", spottete Knight.

Day hatte sich schon gedacht, dass ihm das eine Reaktion entlocken würde. „In der Arbeit war ich ganz cool, sorgte aber dafür, dass ich ihm regelmäßig über den Weg lief, und schließlich habe ich den Riesentölpel mürbe gemacht und er stimmte zu, mit mir auszugehen."

„Klar doch. Das ist ganz und gar nicht so gewesen. Du warst hinter mir her und ich bin schließlich mit dir ausgegangen, damit du mich nicht länger wie ein geprügelter Welpe ansiehst. Es war erbärmlich. Er trieb sich bei meinem Büro herum und warf mir diese verwundeten Blicke zu. Ich hatte Mitleid mit ihm und stimmte zu, etwas mit ihm trinken zu gehen, wenn er dafür mit seinem geprügelter-Hund-Gesichtsausdruck aufhören würde." Knight warf ihm einen „was du kannst, kann ich schon lange" Blick zu.

„Ist doch egal – ich habe ihn schließlich zur Strecke gebracht und wir gehen nun schon seit ein paar Monaten miteinander aus, und als er mich gefragt hat, ob ich mit ihm auf die Kreuzfahrt gehen möchte, habe ich zögerlich zugestimmt, damit er nicht so allein ist." Day tat sein Bestes, um unschuldig auszusehen.

„Das ist Bockmist, und du weißt es." Knight sah angepisst aus und Day musste lachen. Er konnte einfach nicht anders. Knight regte sich über die Geschichte einer erfundenen Beziehung auf, die dazu diente, eine Undercover-Mission zu decken. Das Leben war manchmal einfach nicht fair.

„Ist schon gut, Schatz. Du bist ein guter Fang. Ich bin eben bloß der Einzige, der das sieht."

„Was habe ich dir über das ‚den Tiger am Schwanz ziehen' gesagt?", knurrte Knight.

„Du bist kein Tiger." Day streckte seine Hand aus und rieb Knights Brust. „Du bist nicht behaart genug, obwohl du schon knurrig genug sein kannst. Du könntest ein Tiger light sein, ein Tigerlein." Er hatte entschieden zu viel Spaß. „Du bist definitiv kein Kätzchen."

„Gottlob hast du das endlich kapiert, ich fing schon an, mir Sorgen zu machen." Knight war immer noch brummig und Day fand, dass es an der Zeit war, sich zurückzuhalten.

„Also, was werdet ihr tun, wenn ihr wieder zu Hause seid?", fragte der ältere Mann.

Day zuckte mit den Schultern und warf einen Blick auf Knight, der ebenfalls mit den Schultern zuckte. „Wahrscheinlich einfach mal sehen, was passiert." Knight legte einen Arm um ihn und zog Day dichter an sich. Der wollte nicht allzu viel in die Geste hinein interpretieren, aber ihm gefiel die Idee, zu sehen, wie sich die Dinge mit Knight entwickeln würden, wenn das alles hier vorbei war. Allerdings nahm er an, dass sie nach Beendigung des Auftrags beide wieder in ihre Leben zurückkehren würden. Es war ziemlich wahrscheinlich, dass Knight wieder zu seinem einsamen Lebensstil zurückkehren würde. Day wusste bereits, dass die Dinge für ihn anders lagen. Diese Reise hatte ihm bereits die Augen für eine Welt geöffnet, in der die Menschen offen mit dem umgingen, was sie waren. Das gefiel ihm und er war es leid, diesen Teil von sich selbst zu verbergen, wie er es schon so lange getan hatte. Vielleicht würde er tatsächlich ausgehen. „Das Büro kann ziemlich altmodisch sein."

„Viele ‚Phobos'?"

„Ja.", antwortete Knight. „Jede Menge von ihnen, einschließlich unseres Chefs. Er ist der Schlimmste von allen, denke ich." Day fragte sich, ob das warnende Worte waren. „Er hat kein Verständnis für irgendetwas, was dem Job in die Quere kommen könnte, und etwas Derartiges würde das seiner Meinung nach ganz sicher tun. Er kann ein richtiger Mistkerl sein."

Day nickte. Die Männer sahen das wahrscheinlich als Zustimmung an und er hoffte, dass Knight verstanden hatte, dass seine Botschaft angekommen war. „Habt ihr schon alle Pläne für morgen?" Es schien ein guter Zeitpunkt, um das Thema zu wechseln.

Die Männer sprachen über die Ausflüge, die sie geplant hatten. Die meisten würden mit der einen oder anderen Gruppe die Ruinen besuchen. Knight und er sprachen wenig über ihre Pläne, nur, dass sie vorhatten, ein wenig auf Entdeckungsreise zu gehen und zu sehen, was sie finden konnten.

Day wurde langsam warm, also stand er auf und setzte sich für ein paar Minuten auf den Beckenrand. Er tippte Knight auf die Schulter, stieg dann ganz heraus und ging hinüber zum nächstgelegenen Schwimmbecken. Er glitt ins kühlere Wasser und paddelte ein wenig vor sich hin. Die Schwimmbecken waren nicht wirklich groß genug zum Schwimmen, aber ein bisschen Abkühlung tat ihm gut. Day bemerkte, dass eine Reihe von Kerlen zur gleichen Zeit Interesse am Schwimmen zeigten wie er.

Es tat seinem Ego gut, im Mittelpunkt des Interesses zu stehen. Er wusste, dass er zweifellos ganz gut aussah, aber es schien nur einen Mann zu geben, dessen Aufmerksamkeit er erregen wollte. Day stieg aus dem Pool, suchte sich einen Liegestuhl und trocknete sich ab, ehe er sich hinlegte und die späte Nachmittagssonne genoss.

Schließlich kam Knight zu ihm herüber und ließ sich schweigend in den Liegestuhl neben ihm sinken. Day konnte seine Gegenwart spüren, viel deutlicher, als dass er ihn sehen oder hören konnte. Er wandte seinen Blick nicht vom Himmel ab, aber er wusste durch das Geräusch von Knights Atem und dem Geruch, der zu ihm herüberwehte, wer es war. Ihr kleiner Zusammenstoß im Pool verwirrte ihn. Die Geschichte war so erfunden, wie sie nur sein konnte. Den Grundstock hatte er sich spontan ausgedacht, jedenfalls irgendwie. Er hatte ein paar wahre Begebenheiten hinzugefügt, um sie glaubhafter klingen zu lassen. Aber hatte Knight vielleicht dasselbe getan? Day trat sich mental selbst in den Hintern, weil er sich wie eine nervöse, pubertierende Vierzehnjährige benahm. Die Dinge waren nun mal, wie sie waren. Knight und er waren kein Paar. Sie spielten ihre Rolle als Pärchen, um ihre Tarnung zu wahren, und das würde in ein paar Tagen nicht mehr nötig sein.

Er musste einfach alles auf sich beruhen lassen – sagte Day sich immer wieder. Aber er musste den Kerl noch nicht mal sehen, um zu wissen, dass er da war, verdammt noch mal. Er konnte ihn spüren, ihn riechen. Er ließ zu, dass seine Gefühle mit ihm durchgingen. Er war so lange allein gewesen und klammerte sich nun an die erste Person, die daherkam. Klar, Knight war ein aufrechter Kerl, stark, heiß, intensiv … na ja, ein intensives Arschloch, aber damit konnte er leben. Day wusste, wie man dem mit ein bisschen hartnäckigem Humor entgegentrat.

„Die Sonne geht unter", kommentierte Knight und stellte damit das Offensichtliche fest. Day hatte zugesehen, wie die Schatten an Deck länger geworden waren, und sich Gruppen von Männern ihre Handtücher geschnappt hatten, um nach drinnen zu gehen. Die Anzahl der Gäste an Deck hatte sich erheblich verringert. Sogar die Musik hatte aufgehört. Nun stimmten die Wellen und der Wind ihr eigenes Lied zum rhythmischen Wiegen des Schiffes an.

„Möchtest du gehen?", murmelte Day. Er hatte keine Lust, sich zu bewegen, wollte aber heute Abend noch ein letztes Mal alles durchgehen. Am nächsten Morgen würde er das noch einmal tun, damit sie auf dem neuesten Stand waren.

„Keine Ahnung. Es kommt mir albern vor, hier zu liegen, wenn die Sonne nicht scheint." Allerdings rührte Knight sich auch nicht von der Stelle. „Wie war deine Familie … davor …?", fragte Knight. „War sie glücklich?"

„Ja.", antwortete Day mit einem Lächeln. „Wir sind immer als Familie zelten gegangen. Dad war ein großer Wanderfreund und Mom war immer diejenige, die im Lager zurückblieb, las und das Essen machte. Stephen und ich sind gewöhnlich mit Dad gegangen. Wir sind nach dem Mittagessen losgezogen und am späten Nachmittag wieder nach Hause gekommen. Mom hat immer dafür gesorgt, dass wir Sachen wie Marshmallows und so etwas dabeihatten." Day lachte leise in sich hinein. „Ich erinnere mich an dieses eine Mal, als wir auf dieser Wanderung in einem der Nationalparks waren. Es war ein Weg, an dessen Ende es, laut Dad, einen Rastplatz mit einer Grillstation gab. Ich muss ungefähr acht gewesen sein, und es war eine lange Wanderung. Dad hatte mir die Verantwortung für die Marshmallows übertragen."

Knight lachte leise mit tiefer, melodischer Stimme.

„Ich war ein kleines Kind und wir liefen, na irgendwie ewig. Als wir also schließlich am Rastplatz ankamen, schickte Dad uns los, um Reisig fürs Feuer zu sammeln. Als alles fertig war, drehte er sich zu mir um und bat mich um die Marshmallows. „Ich hatte Hunger", sagte ich ihm. In der Tüte war nur noch einer übrig und ich griff danach, während ich antwortete. Stephen riss mir die Tüte aus der Hand und ich lief weg, aus Angst davor, dass Stephen mich schlagen oder Dad mir den Hintern versohlen würde." Day lachte, als er daran dachte. „Unnötig zu erwähnen, dass Dad mir nachlief und mich einfing, nachdem er Stephen den letzten Marshmallow hatte rösten lassen. Er hat mich nicht versohlt. Tatsächlich glaube ich, er hat versucht, sich das Lachen zu verkneifen."

„Oh Gott. Du musst als Kind ja eine ganz schöne Nummer gewesen sein."

Day zuckte mit den Schultern. „Sie haben mir die Tüte gegeben und ich dachte, sie wäre für mich, also habe ich sie beim Laufen leer gegessen. Dad trug einen Rucksack, also dachte ich, er hätte noch mehr Essen für uns dabei. Alles, was er hatte, waren Wasser und ein paar Müsliriegel, die sich nicht besonders zum Rösten eignen." Day ließ sich von den angenehmen Erinnerungen an die Familie, die er nicht mehr hatte, übermannen. „Nach einer kleinen Weile haben wir das Feuer wieder ausgemacht und sind zurückgegangen. Natürlich hat Dad Mom erzählt, was passiert war, und sie hat mich zwei Sekunden lang mit gerunzelter Stirn angesehen, ehe sie sich kaputtgelacht hat und zu Dad sagte, er hätte es besser wissen müssen. Danach wurde mir nie wieder erlaubt, auf den Wanderungen irgendwelches Essen zu tragen." Traurigkeit überschwemmte ihn. „Mein Dad war so geduldig. Er war wirklich klug, aber meine Großeltern hielten nichts von Bildung. Sie glaubten an harte Arbeit, also hat er gleich nach der Schule einen Beruf erlernt. Er hat immer sein Bestes für uns gegeben." Day hielt inne.

„Du hast gesagt, sie wären gestorben."

„Ja. Mom starb ungefähr zwei Jahre später. Sie erkrankte an Brustkrebs und sie konnten sie nicht retten. Dad schaffte es noch sechs weitere Jahre und starb dann bei einem Arbeitsunfall." Day brach wieder ab. „Er hat in einer Lagerhalle gearbeitet und ein ganzes Regalsystem ist eingestürzt. Es war nicht richtig zusammengebaut gewesen, oder so. Danach hat Stephen mich großgezogen, bis ich alt genug war, um alleine zurechtzukommen."

„Wie alt war er, als dein Dad gestorben ist?"

„Einundzwanzig. Er hatte gehofft, aufs College gehen zu können, konnte sich das aber nicht leisten. Die Firma, für die Dad gearbeitet hat, zahlte uns nach dem Unfall eine Lebensversicherung aus und stellte uns einen Ausgleich zur Verfügung, aber das reichte nicht fürs College. Ich konnte es wegen eines Stipendiums besuchen. Ich sagte ihm, er sollte auch hingehen, aber da hatte er schon andere Pläne. Nachdem ich die Schule beendet hatte, war immer noch etwas Geld übrig und wir haben es aufgeteilt. Ich habe immer noch das Meiste von meinem Anteil." Day verstummte und drehte sich auf die Seite. „Es klingt jetzt wahrscheinlich ziemlich bescheuert, aber solange ich es habe, fühlt es sich an, als hätte ich immer noch einen Teil von ihnen. Es ist blöd, ich weiß."

„Familie ist nicht blöd und immer noch eine haben zu wollen … tja, das ist, was wir alle wollen." Knights Stuhl knarrte, als er aufstand und sein T-Shirt anzog. „Ich denke, wir hatten genug traurige Geschichten für einen Tag." Knight holte tief Luft. „Manchmal ist das Leben einfach nur zum Kotzen. Wir tun, was wir können und machen weiter." Er ging ohne ein weiteres Wort davon und Day lag still, denn er brauchte ein paar Minuten für sich allein.

Himmel, da hatten sie sich ja genau den richtigen Tag ausgesucht, um Kummer und Schmerz zu offenbaren.

Er musste das alles aus dem Kopf kriegen. Knight und er hatten einen Auftrag zu erledigen und dort musste er mit seinen Gedanken sein, nicht bei seinen Eltern, die schon seit über zehn Jahren tot waren. Sein Vater hätte ihm gesagt, er solle mit seinen Gedanken bei der Sache sein und das hatte er vor. Day stählte seine Entschlossenheit und erhob sich. Er schnappte sich sein T-Shirt und zog es über den Kopf, ehe er seine restlichen Sachen einsammelte. Als er sicher war, dass er alles hatte, verließ er das Deck und ging nach unten in ihre Kabine.

Knight hatte sich bereits umgezogen und saß hinter seinem Computer. „Es ist eine Nachricht von Dimato gekommen, in der er uns Glück wünscht und sagt, dass die Unterhaltungen von ihrer Seite aus scheinbar aufgehört hätten. Er sagt, dass die letzte Übertragung drei Stunden zurückliegt und es seitdem nichts mehr gegeben hätte."

Day ließ sein Handtuch und den Rest von seinem Zeug fallen. Er konnte sich später umziehen. Er loggte sich ein und überprüfte seine eigenen Geräte. „Ich habe eine einzige Nachricht von vor einer Stunde." Day setzte seine Kopfhörer auf und lauschte. „Sie ist kurz. *Ir manjana.* Es bedeutet wortwörtlich ‚morgen geht's los'." Days Magen zog sich zusammen. „Wie auch immer, es kann auch ‚bald' bedeuten." Day sah noch weiter nach, fand aber nichts weiter. „Ich seh später noch mal nach, aber ich glaube, sie sind verstummt. Was auch immer sie vorhaben, könnte morgen oder übermorgen stattfinden. Wenn sie wirklich bereit sind, dann bezweifele ich, dass sie lange warten werden, es sei denn, sie warten auf ein bestimmtes Ereignis, das mit ihrem Angriff zusammenfallen soll. Ich habe allerdings keine Ahnung, was das sein könnte, wenn es überhaupt so etwas gibt."

„Wann würde der Angriff den größtmöglichen Schaden anrichten?"

„Ich bin nicht sicher. Ich denke mal, dass sie es während der Stunden nach Feierabend tun würden. Während dieser Zeit sind die Firmen personell dünn besetzt, also würden sie langsamer reagieren und diese Art von Angriff würde Zeit benötigen, um sich aufzubauen. Falls er zu früh bemerkt und unschädlich gemacht werden würde …"

„In Ordnung, das heißt also, entweder morgen ganz früh oder am späten Nachmittag oder frühen Abend. Ich nehme an, sie könnten es genauso gut auch spät nachts tun." Knight schwieg einige Sekunden und sagte dann: „Wenn sie es ganz früh am Morgen machen, werden wir zu spät kommen. Wir können versuchen, sie plattzumachen und auszuschalten, aber der Schaden wäre angerichtet." Knight fing an, auf und ab zu gehen. „Kannst du Dimato anrufen und ihn wissen lassen, was wir herausgefunden haben? Er kann die

Firmen vor der Bedrohung warnen. Sie können auf der Hut sein und versuchen, den Schaden an ihren Systemen so gering wie möglich zu halten und wir müssen eben höllisch darauf hoffen, dass sie warten, bis wir ihre kleine Party aufmischen."

„Bin schon dabei. Ich sage ihm gerade Bescheid." Day tippte unverzüglich eine Nachricht und schickte sie ab. Dimato antwortete augenblicklich, dass er verstanden hatte und die Informationen an die richtigen Leute weiterleiten würde. „Er leitet die Information über seine Kanäle weiter."

„Gut."

„Aber wird das nicht mehr Zeit in Anspruch nehmen?"

„Das ist bloß ein Code, für den Fall, dass uns irgendjemand abhört. Keine Sorge." Knight fing wieder an, hin und her zu laufen. „Ich hasse diese Zeit während eines Auftrags. Wir können nichts tun, außer zu warten und dann fertig zum Abmarsch zu sein."

„Tja, ich denke, das gibt dem Satz ,abwarten und Tee trinken' eine ganz neue Bedeutung", sagte Day.

„Ja. Nervt aber trotzdem."

Das glaubte Day gerne. Knight war definitiv ein Mann der Tat. „Lass uns hier alles wegräumen und uns fürs Abendessen fertigmachen. Ich weiß, dass wir noch Zeit haben, aber wenn wir angezogen sind, können wir über das Promenadendeck bummeln und sehen, ob wir irgendetwas einkaufen müssen." Er erhob sich. „Es könnte da ja etwas geben, ohne das wir nicht leben können."

„Guter Gott. Hast du etwa das schwule Shopping-Gen?" Knights Stimme klang verächtlich.

„Nicht wirklich. Aber wir hätten etwas zu tun, und hier in der Kabine zu hocken und auf etwas zu warten, das wahrscheinlich nie eintreffen wird, wird keinem von uns beiden guttun. Wir haben alle Informationen gesammelt, die wir kriegen konnten. Wir wissen, wo sie sind. Falls nötig, schalten wir sie aus, und dann können sich die klugen Köpfe Gedanken darüber machen, wie man die Sauerei wieder aufräumt. Wir werden hoffentlich in der Lage sein, das hier abzuwenden. Aber wie ein Tiger im Käfig hin und her zu laufen, wird auch nicht helfen."

„Also schön", stimmte Knight zu. „Aber du bist derjenige, der sich umziehen muss. Ich glaube nicht, dass man dich so bekleidet auf dem Promenadendeck sehen möchte. Du würdest eine Stampede auslösen." Knight grinste ihn an. „Immerhin ist dieser Anblick ziemlich spektakulär."

„Du magst mich also wirklich?", neckte ihn Day.

„Geh dich umziehen", sagte Knight und wandte sich ab.

Er war die frustrierendste Person, der Day je begegnet war. Er hätte ihm am Liebsten einen Schlag auf den Hinterkopf verpasst, um ihn dazu zu bringen, endlich auszusprechen, was er fühlte, wenigstens dieses eine Mal. Nicht, dass es irgendetwas nutzen würde. Knights Kopf war verdammt noch mal viel zu dick, als dass die Botschaft ankommen könnte. Er öffnete die Schranktür, nahm seinen Kleidersack heraus und trug ihn ins Badezimmer. „Du weißt schon, dass heute einer der eleganten Abende ist." Day lächelte über das Fluchen, das auf der anderen Seite der Tür ertönte. Er hängte den Sack auf und machte sich daran, sich zu waschen. Anschließend zog er sich um und trat aus dem Bad, mit seiner Jacke über dem Arm.

„Wie elegant wird es denn bei dir werden?" Knight drehte sich zu ihm um und blieb wie angewurzelt stehen. „Heilige Scheiße", keuchte er. „Du …" Day sah nach unten auf den Smoking, den er trug, um sicherzugehen, dass alles in Ordnung war. „Verdammt, Junge, du siehst gut genug aus zum –" Knight verstummte. „Na ja, das haben wir vorhin schon gemacht, aber, verdammt noch mal, es wird trotzdem eine Stampede geben. Diese Jungs werden dir nachlaufen wie dem Rattenfänger von Hameln." Knight ging an den Schrank, holte seinen Kleidersack hervor und verschwand im Bad, um sich umzuziehen.

Day zog sich fertig an und schlüpfte in seine dunklen Socken und schwarzen Schuhe. Als er seine Jacke überzog und sich selbst im Spiegel begutachtete, musste er zugeben, dass er gut aussah. Lächelnd richtete er seine Krawatte und trat vom Spiegel zurück. Er stellte sicher, dass alle Geräte und Ausrüstungsgegenstände außer Sichtweite verstaut waren, und setzte sich dann auf das kleine Sofa. Knight stieß ein paar Minuten später zu ihm, gekleidet in seinen dunklen Anzug, in dem er schneidig aussah.

Er war definitiv für Kleidung wie diese gebaut. Breite Schultern, die das taillierte Jackett ausfüllten, das Knights schlanke Taille betonte. „Ich würde sagen, wir sollten beide die Stampede meiden." Day grinste und half Knight, seine Krawatte gerade zu richten.

„Ich hasse es, dieses Ding zu tragen", grummelte Knight.

„Du siehst schneidig aus", neckte Day ihn. „Mach dich fertig, und dann können wir ein bisschen spazieren gehen." Heute Abend war die letzte Gelegenheit, noch ein bisschen Spaß zu haben. Nach dem Abendessen mussten sie arbeiten, schlafen und am nächsten Morgen früh aufstehen, um die letzten Vorbereitungen für den Auftrag zu treffen, für den sie hergekommen waren.

Knight war fertig und sie schauten nach, ob sie alles hatten, was sie brauchten. Dann verließen sie die Kabine und machten sich auf den Weg zu den Aufzügen.

„Meine Güte, siehst du hübsch aus." Es war Blain, der diesen Kommentar abgab, als sie die Lobby vor dem Lift betraten. „Zum Anbeißen. Oh … das habe ich ja schon getan."

„Das tut er ganz sicher und es gefällt mir, wenn er sich für mich schick macht", mischte Knight sich ein, ehe Day irgendetwas sagen konnte, und plusterte sich auf, um so groß wie möglich zu wirken. Blains Augen wurden groß und er trat einen Schritt zurück. „Das gehässige Gerede ist nicht cool. Es lässt Sie nur dumm dastehen", fuhr Knight fort. Die Fahrstuhltüren öffneten sich und Knight führte sie in eine leere Kabine. „Sie können auf den Nächsten warten", sagte er und funkelte Blain an, bis sich die Türen schlossen. „Was für ein Riesenarschloch."

„Na ja, irgendetwas an ihm muss ja riesig sein", scherzte Day, ehe er es sich verkneifen konnte. Knight wandte sich ihm zu und sie lachten gemeinsam auf dem Weg nach unten. Die Türen glitten auf und die beiden traten hinaus in einen wogenden Tumult. Leute schwirrten herum und redeten und lachten auf ihrem Weg zum Haupt-Atrium des Schiffes. Manche der Läden an der Promenade veranstalteten Schlussverkäufe und es gab Pulks von Leuten, die alle drängelten, um einen Blick hineinzuwerfen.

„Ich habe schon Schulen von Piranhas gesehen, die weniger gefräßig waren", kommentierte Knight, als sie einen Bogen um einen Tisch machten, an dem sich Leute durch Haufen von Zehndollarschals wühlten. „Man sollte meinen, es wäre das Geschäft ihres Lebens, aber diese Schals werden wahrscheinlich auf jeder Kreuzfahrt angeboten und sie haben noch haufenweise davon irgendwo auf Lager", flüsterte er. „Sie kaufen sie wahrscheinlich für einen Dollar das Stück in einem ihrer Häfen ein."

Day nahm an, dass er damit recht hatte und sie gingen an dem Trubel vorbei, nur um auf einen weiteren zu stoßen. Hier gab es Zwanzigdollar-Uhren mit Markennamen, von denen er noch nie etwas gehört hatte. Menschen versuchten, sich dazwischen zu quetschen, um das vermeintliche Schnäppchen zu ergattern. Ein Kerl hatte acht davon und verkündete jedem, der es hören wollte, dass er seine Weihnachtseinkäufe erledigt hätte. „Ho, ho, ho", flüsterte Day Knight leise zu, und sie lächelten einvernehmlich.

Sie gingen in die Läden, um dem Tumult zu entkommen und sahen sich an, was zum Verkauf stand: Schmuck, Klamotten, Alkohol, Zigaretten – alles normale Duty-free Artikel.

Es gab nichts, was einer von ihnen brauchte, aber sie bummelten weiter, und irgendwann hakte Knight sich bei Day unter und sie gingen zusammen weiter, bis es Zeit zum Essen war.

Das Essen war gut, genau wie die Unterhaltung. Doch sobald das Essen beendet war, gingen sie zurück in ihre Kabine, zogen sich um und machten sich an die Arbeit.

„Sie sind still", ließ Day Knight wissen, als er nach neuen Nachrichten Ausschau hielt. „Ich habe sogar die anderen Frequenzen in der Gegend überprüft, um zu sehen, ob sie ihre vielleicht gewechselt haben. Da ist nichts."

„Also schön. Wir warten den letzten Satellitenüberflug morgen früh ab, passen unseren Plan, falls nötig, an und machen uns dann an die Arbeit. Ich muss alle sensiblen Daten von meinem Computer löschen. Ich habe eine Sicherungskopie gemacht, damit keine Daten verloren gehen, aber ich will hier nichts davon zurücklassen."

Day griff sich sein Equipment und installierte ein Programm auf Knights Computer. „Du hast alles gelöscht?"

„Ja, aber gelöscht heißt nicht verschwunden."

„Jetzt schon." Day startete das Programm. „Das hier wird alles durchgehen und die gelöschten Datenspeicher auf ihren fabrikneuen Zustand zurücksetzten. Es wird nichts anrühren, was darauf gespeichert ist, aber hundertprozentig die geleerten Datenspeicher säubern. Falls irgendjemand versuchen sollte, die Daten wiederherzustellen, wird er null Komma nichts finden." Day gab ihm seinen Laptop zurück. „Es wird eine Weile laufen, also lass ihn einfach in Ruhe, und anschließend kannst du ihn dann in deinem Gepäck verstauen."

Sie hatten vor, alles andere zurückzulassen. Die Kabine musste aussehen, als hätten sie ihr Schiff verpasst, und nicht, als ob sie ihr Verschwinden geplant hätten. Also waren ihre Sachen im Bad verteilt und in den Schränken hing Kleidung. Day packte seinen Smoking wieder in den Kleidersack, ließ den aber im Schrank hängen. Er hasste es, das tun zu müssen, aber dazu hatte er sich schließlich verpflichtet.

„Ich dreh' noch mal 'ne Runde", sagte Knight und griff sich seine Schlüsselkarte. „Ich muss den Kopf freikriegen, damit ich sicher sein kann, dass wir nichts vergessen haben. Ich werde nicht lange weg sein."

Day arbeitete weiter. „Okay." Er dachte kurz daran, ihm seine Gesellschaft anzubieten, hielt sich aber zurück. Wenn Knight Zeit zum Nachdenken brauchte, dann wollte er sie wahrscheinlich für sich allein verbringen. Day fuhr fort, sein Equipment reisefertig zu machen und sicherzustellen, dass er alles hatte, was er möglicherweise brauchen könnte. Nun, da sich die Gruppe in Schweigen hüllte, fragte er sich, ob ihnen das Satellitenkommunikationsgerät von Nutzen sein würde, entschied sich dann aber doch, dass die Möglichkeit der Kommunikation mit der Außenwelt im Notfall genauso wichtig sein konnte, wie jemanden abzuhören.

Als er seine Vorbereitungen beendet hatte, war Knight immer noch nicht wieder da. Es wurde langsam spät, also legte er alles beiseite, schloss die Schranktür, räumte die Kabine auf und machte sich bettfertig. Er dachte kurz daran, Unterwäsche anzuziehen, entschied sich dann aber dagegen, machte das

Licht aus und legte sich auf dem Bauch ins Bett. Die Kabine war dunkel und ein bisschen warm. Day schob seinen Arm unter das Kissen, bettete seinen Kopf darauf und schloss die Augen. Er wusste, dass er nicht einschlafen würde, dafür war er viel zu angespannt und machte sich Sorgen wegen morgen. Knight und er standen unter Druck. Irgendetwas würde definitiv passieren und sie mussten erfolgreich sein.

Die Kabinentür öffnete sich, Licht fiel in den Raum, und dann schloss sie sich wieder. „Day?"

„Hmmm", antwortete er, ohne den Kopf zu heben. „Geht's dir gut?"

„Hab nur ein bisschen nachgedacht und bin die Dinge noch mal durchgegangen."

Day hörte, wie Knight sich auszog und dann ins Bad ging. Day machte die Augen wieder zu und wartete darauf, dass er herauskam. Der Raum wurde kurz erleuchtet, dann hörte er ein leises Klicken und die Kabine wurde dunkel. Knight näherte sich ihm und setzte sich auf die Bettkante, während Day blieb, wo er war.

Knight berührte seinen Rücken. Day brummte leise und Knight bewegte seine Hand. Er streichelte langsam abwärts und dann über die Kurve seines Pos. Day verstummte, als Knight ihn weiter streichelte. „Du bist unglaublich", sagte Knight aus der Dunkelheit heraus.

„Du kannst mich doch gar nicht sehen."

„Das muss ich auch nicht." Er rückte näher heran, und Day spürte, dass er sich rittlings auf seine Beine setzte, wobei Knights nackter Hintern auf seinen Oberschenkeln ruhte. „Ich kann dich fühlen."

Day hielt die Augen geschlossen, ergab sich und genoss Knights Aufmerksamkeiten. Gerade jetzt brauchte er das. Seine Gedanken waren in eine Million verschiedene Richtungen gewandert, aber mit einer einzigen Berührung hatte Knight ihn wieder geerdet. Day brummte leise vor Vergnügen. Die letzten intimen Begegnungen waren hektisch und energetisch verlaufen, beinahe wie ein Kampf. Das wollte Day dieses Mal nicht. Morgen würde noch genug gekämpft werden. Es könnte eine Art von Gefecht geben. Er würde vielleicht sogar vor die Entscheidung gestellt werden, ob er jemanden erschießen konnte oder nicht.

„Entspann dich einfach und hör auf, dir Sorgen über irgendetwas zu machen", flüsterte Knight. „Ich kann beinahe hören, wie deine Gedanken um all deine Sorgen kreisen. Hör auf damit. Ich werde dir den Rücken decken. Zweifele nie daran. So, wie ich sicher bin, dass du meinen deckst." Knight packte seine Schultern und bearbeitete die Muskeln an Days Nackenansatz mit seinen Daumen.

„Verdammt, tut das gut", stöhnte Day leise. Er konnte in der Dunkelheit nichts sehen, also hielt er die Augen geschlossen und gab sich selbst in Knights Hände. Da waren so viele Fragen, die er gerne stellen würde, aber jetzt war nicht der richtige Zeitpunkt dafür, und ... Er musste es sehen, wie es war: Knight und er waren in einer Situation zusammengekommen, in der keiner von ihnen dem anderen lange hätte widerstehen können, jedenfalls nicht unter den gegebenen Umständen. Sobald ihr Auftrag erledigt war, würden sie höchstwahrscheinlich beide in ihr eigenes Leben zurückkehren und dieses Intermezzo zu einer glücklichen Erinnerung verblassen lassen.

Im Augenblick beabsichtigte er allerdings, noch ein paar Erinnerungen hinzuzufügen.

Ihm war klar, dass er sich wie ein Schulmädchen aufführte. Knight und er hatten Sex gehabt und lernten sich ein bisschen besser kennen, das war alles. Er bezweifelte sehr, dass es dabei um mehr ging. Ein paar Mal hatte Day, wenn Knight seine Deckung gesenkt hatte, und sei es auch nur für wenige Sekunden, tief sitzenden Kummer erkannt. Diese Art von Schmerz würde nicht binnen weniger Tage heilen oder vergehen. Er war von Dauer.

„Gefällt dir das?" Knight massierte mit ausholenden Bewegungen an seiner Wirbelsäule entlang. Wenn er sich vorbeugte, spürte Day, wie sich Knights Schwanz gegen seinen Hintern drückte und sich manchmal zwischen seine Pobacken schob. Dann richtete er sich wieder auf und der Druck verschwand, nur um sich bald darauf wieder bemerkbar zu machen.

„Ja", flüsterte Day. „Nachdem mein Dad ... von uns gegangen war", begann er, „wollte ich mir nie wieder von jemandem vorschreiben lassen, was ich zu tun hatte oder jemanden Kontrolle über mich ausüben lassen. Stephen war immer sehr gut darin. Er leitete mich, ohne dass es nach Anordnungen klang. Aber ich will ..."

„Ich weiß. Männer wie wir sind nicht gerade gut darin, die Kontrolle abzugeben." Knight beugte sich vor und küsste sein Ohr. „Nach ..." Knight verstummte. „Na ja, lass uns einfach sagen, dass ich schon immer gerne alles kontrollieren wollte. Es gibt mir das Gefühl, dass ich nicht verletzt werden kann. Nach allem, was du mir erzählt hast, sehe ich dasselbe in dir." Knight hielt still.

„Ja, aber es gibt Zeiten, wenn jemand anderem die Kontrolle zu übergeben –" Day war nicht in der Lage, den Satz zu beenden. Er war nicht sicher, was er damit meinte oder wohin dieser Gedanke führen würde, also ließ er ihn ausklingen.

„Wirst du sie mir jetzt überlassen?" Knight saugte an seinem Ohr und Day knurrte zustimmend. Knight schlang seinen Arm um seine Brust und hielt ihn, während er gleichzeitig leicht über seine Brustmuskeln strich und dabei im Vorbeigleiten mit den Fingern seine Brustwarzen streifte.

„Ja."

Knight ließ von ihm ab und Day hörte ihn im Nachttisch herumkramen. Knight musste gefunden haben, wonach er suchte, denn er legte seinen Arm erneut um ihn und presste seine Brust gegen Days Rücken. Sie teilten ihre Körperwärme und Day drehte seinen Kopf zur Seite. Knight küsste ihn. Es war nicht elegant oder anmutig, aber es war schön und Day fand heraus, dass es ihm gefiel, gehalten zu werden. Knight umgab ihn und nichts konnte ihnen etwas anhaben. Sie waren alleine und sicher. Er konnte die Kontrolle, seine Nervosität, seine Sorgen und alles andere, an was er sich seit so langer Zeit geklammert hatte, abgeben und einfach nur sein. Wenigstens für eine kleine Weile.

Knight zog sich zurück und küsste seine Schulter und dann weiter, an seinem Hals entlang. Er glitt an Days Rücken hinab und sein Gewicht verringerte sich, als er dabei Küsse an Days Wirbelsäule entlang verteilte. Als er seine untere Rückenpartie erreichte, zog Knight mit seiner Zunge eine Spur an seiner Seite entlang. Day wand sich und versuchte, ein Kichern zu unterdrücken. Glücklicherweise machte Knight das nur ein Mal und Day kam wieder zur Ruhe, als Knight langsam seine Beine ergriff und seine Hände über seine Waden und dann hinauf zu seinen Oberschenkeln gleiten ließ. Verdammt, wenn das nicht gut genug war, um einem die Knie weich werden zu lassen. Day hielt die Kante der Matratze umklammert. Er wollte seine Beine noch weiter spreizen, aber Knight war im Weg, und so war alles, was er tun konnte, stillzuhalten und verzweifelt darauf zu hoffen, dass Knight weitermachen würde. „Was? Willst du mich quälen?"

„Nein", antwortete Knight.

Er spürte, wie Knight sein Gewicht verlagerte und beide Hände weiter nach oben zu seinen Gesäßbacken glitten und sie spreizten. „Verdammt, Grundgütiger", fluchte Day, als feuchte Hitze durch seine Poritze strich. Er packte die Matratze noch fester und zischte durch seine Zähne.

„Du bist doch der Porno-Fan. Ich bin sicher, du hast so was schon gesehen", sagte Knight mit einem tiefen Brummen.

„Ja, aber ich hätte nie von dir erwartet, dass du … dass irgendjemand …" Day keuchte erneut auf, als Knight ihn unterbrach, indem er ihn fest leckte. Day machte einen Buckel, drückte sich mit den Händen hoch und sein Kopf fiel nach hinten. Nichts, was er sich in seinen kühnsten Träumen hätte vorstellen können, fühlte sich so gut an, wie Knights Zunge auf seiner bloßen, ungeschützten Haut. Er wollte mehr davon, und er wollte es so sehr, dass er es beinahe schmecken konnte, und als Knight seine Pobacken spreizte und ihn mit seiner festen Zunge erforschte, bekam er es auch. Er bebte vom Kopf bis in die Zehenspitzen und die kleinste Hüftbewegung ließ seinen Penis über die Laken schrammen und jagte zusätzliche Empfindungen durch seinen Körper. Er war noch nicht so weit, zu kommen, aber das Kribbeln hatte bereits begonnen. Er hielt still und tat sein Bestes, um sich nicht zu bewegen, während Knight sein Bestes tat, ihm die Schädeldecke wegzupusten.

Day wusste kaum, welcher Tag heute war oder wo er sich gerade befand. Als Knight schließlich aufhörte, konnte er keinen klaren Gedanken mehr fassen. Er bebte, schnappte nach Luft und versuchte, zu erahnen, was zur Hölle wohl als Nächstes kommen würde. Knight verlagerte sein Gewicht auf dem Bett und seine Wärme verschwand. Day hörte ein leises Reißen und wartete dann ein paar Sekunden. „Ich brauche dich", flüsterte Knight und Day nickte in der Dunkelheit. Worte zu formen, war ausgeschlossen, also stöhnte er stattdessen und klammerte sich weiterhin an die Matratze.

Seine Arme zitterten erwartungsvoll. Knight schob zwei Finger in ihn hinein und zog sie wieder zurück. Dann drückte er sich gegen seinen Anus und versenkte sich in ihm. Day zischte und bemühte sich, zu atmen, während er verdammt nah an sein Limit gedehnt wurde. Knight war groß. Das hatte er bereits herausgefunden, aber es schien, als sei der Mistkerl noch gewachsen. Ihm kam eine witzige Bemerkung in den Sinn. Dort blieb sie allerdings nicht lange. Knight schob sich tiefer und Day konnte sich den Strom von Obszönitäten nicht verkneifen, der ihm über die Lippen kam. „Verdammter Scheißkerl." Knight hielt inne. „Wage es ja nicht."

Knight schob sich weiter vorwärts, bis er seine Hüften gegen Days Arsch presste. Dann streckte er sich auf ihm aus und klemmte Day zwischen der Matratze und Knights intensiver Hitze ein. Sie rührten sich nicht. Knight hielt ihn an sich gedrückt, leckte sein Ohr und pochte in ihm. Verdammt, fühlte sich das gut an.

Day drückte sich gegen ihn, nur um Knight wissen zu lassen, dass es ihm gefiel. Knight blieb, wo er war, aber als Day sich um ihn herum anspannte, hörte und fühlte er Knight seufzten. So nahe, wie sie sich waren, waren Worte überflüssig. Er konnte Knights Erregung spüren und hören, in der Art und Weise, wie sein Atem stockte, als er sein Innerstes um ihn herum anspannte so fest er nur konnte.

„Oh Gott", stöhnte Knight leise in Days Ohr.

Day lächelte und wiederholte die Bewegung. Knight bewegte leicht seine Hüften und Day zog sich erneut um ihn zusammen, während er sich bewegte. Das Beben, das Knight durchlief, begann in seiner Brust und breitete sich in seinem gesamten Körper aus. Dann zog Knight sich aus ihm zurück und schob sich wieder in ihn und jetzt war es an Day, zu erbeben.

127

„Das ist es", flüsterte Knight und Day spürte, wie er seine Schulter küsste, während er sich langsam zurückzog und dann von neuem in seinen Körper eindrang. Day streckte seine Arme aus und überließ sich Knight. Es fühlte sich komisch und gleichzeitig richtig an. Komisch, weil es einen Teil von ihm wurmte, so vollkommen unter der Kontrolle eines anderen zu stehen, und richtig, weil er tief in seinem Herzen wusste, dass Knight dasselbe auch für ihn tun würde, sollte er ihn darum bitten.

Als Knight von ihm abließ, schreckte Day vor Überraschung hoch. Knight tätschelte leicht seine Seite und Day drehte sich auf den Rücken. Knight wartete, bis er es sich bequem gemacht hatte, und drang dann wieder in ihn ein. Day konnte Knights Gesicht in der Dunkelheit nicht sehen, aber Knights Atem nach zu urteilen, wusste er genau, wo es war und er hielt seinen Blick auf den Ursprung dieses Geräusches gerichtet. Er war überrascht davon, wie vollkommen dunkel es an Bord des Schiffes wurde und wie wunderbar befreiend der Schutz der Dunkelheit sein konnte. In der Dunkelheit konnte Day seine Hemmungen loslassen und sich selbst öffnen, ohne das Gefühl zu haben, irgendetwas aufzugeben.

Die beiden bewegten sich im Einklang und Day atmete zusammen mit Knight, während er Schockwellen der Lust durch seinen Körper jagte. Es war nichts Zögerliches an Knight. Er bewegte sich kraftvoll – fordernd, nehmend und gleichzeitig gebend. Sie hatten sanft begonnen, aber schon nach wenigen Sekunden verwandelte die Leidenschaft ihre gemeinsame Zeit in Hitze, Feuer und Energie. Knight zog sich vollständig aus ihm zurück und drang erneut in seinen Körper ein, unterbrach den Kontakt und stellte ihn nach wenigen Sekunden wieder her.

„Knight", flüsterte Day wieder und wieder. Er fragte sich, wie Knight wohl mit Vornamen hieß. In Momenten wie diesen wünschte er sich, er würde ihn kennen, damit er ihn benutzen und dem Mann einfach nur sagen konnte, wie tief er ihn berührte. Alle nannten ihn Knight. Er wollte etwas Besonderes, das er verwenden konnte, aber er hatte nichts. „Gib mir alles, was du hast."

Knight zögerte und legte dann einen Zahn zu, stieß mit jedem Atemzug tiefer in ihn. Day wichste sich im Gleichklang mit Knights Stößen. Der Druck, der sich in ihm aufbaute, war nahezu überwältigend und er brauchte die Erlösung mehr, als er je zuvor etwas in seinem Leben gebraucht hatte. Knight verlagerte über ihm leicht sein Gewicht und Day heulte die Decke an, als ihn ein Blitz aus purer Lust durchzuckte. Er bewegte seine Hand noch zweimal auf und ab und kam dann zitternd, schreiend und wimmernd und stöhnte so laut, dass er beinahe Knights Stöhnen übertönte, als sie sich in einem gemeinsamen Höhepunkt vereinten.

6

KNIGHT SCHLIEF wie ein Baby, mit Day an sich gedrückt, und wachte die ganze Nacht über nicht einmal auf. Sie frühstückten zusammen und verließen dann überraschend mühelos das Schiff und begaben sich in die Hafengegend von Costa Maya. Dort warteten ein paar alte Autos, die als Taxi fungierten. Knight führte sie zu einem davon, und Day und er stiegen ein. Knight gab dem Fahrer Miguels Adresse und nahm auf dem Rücksitz Platz, in der stillen Hoffnung, dass das Auto lange genug ganz bleiben würde, um sie an ihren Zielort zu bringen.

Die Fahrt dauerte nur wenige, schreckliche Minuten, und dank der unberechenbaren Fahrweise ihres Chauffeurs, zogen sie sich beide fast ein Schleudertrauma zu, ehe der Fahrer schließlich anhielt. Knight bezahlte ihn in US-Dollar und stieg aus dem Wagen, dankbar wieder festen Boden unter den Füßen zu haben. „Sie rufen mich an, wenn Sie wieder zurück wollen?", fragte der Fahrer und reichte Knight eine Karte, auf der eine Telefonnummer stand. Knight nahm sie lächelnd entgegen und steckte die Karte in seine Hosentasche, nachdem der Mann davongefahren war.

„Wohl eher nicht", murmelte er. Das Haus, vor dem sie standen, sah genauso aus wie die anderen Häuser, an denen sie vorbeigefahren waren: grob, verwittert und zehn Jahre von seinem letzten Anstrich entfernt. Er schob das Türchen in dem Metallzaun auf. Es protestierte lautstark, als er es ganz aufschob und den einst hübschen Garten durchquerte, der jetzt aussah, als ob der Dschungel versuchen würde, ihn zurückzuerobern. Knight klopfte an die Vordertür und öffnete sie.

„Què quieres?", fragte ein Mann in schnell gesprochenem Spanisch.

Day flüsterte die Übersetzung in Knights Ohr.

„Knighton", sagte er und wartete. Einige Augenblicke später erschien Miguel hinter dem Mann.

„Komm rein, mein Freund", sagte er fröhlich, schob den anderen Mann zur Seite und machte die Tür weiter auf. „Das ist mein nutzloser Schwager Josè", sagte Miguel mit einem Lächeln. „Er spricht kein Englisch."

„Das hier ist mein Partner, Dayton."

„Freut mich, Sie kennenzulernen." Miguel schloss die Tür zu einem sehr schönen Zuhause, dessen komfortables Inneres von außen nicht einmal zu erahnen war. „Ich weiß, warum du hier bist, und es steht alles für dich bereit."

Miguel ging durchs Haus und sie folgten ihm. Sein Schwager wollte sich ihnen anschließen, aber Miguel raunzte ihn an und er blieb zurück. „Ich halte ihn so gut wie möglich aus meinen Angelegenheiten heraus. Er kommt hauptsächlich hierher, um meiner Schwester und ihren sechs Kindern zu entkommen." Miguel lachte. „Er beschwert sich über die Kinder, kann seine Finger aber nicht von meiner Schwester lassen. Ich glaube, er will einen neuen Weltrekord im Ficken aufstellen. Das sagt jedenfalls Ana. Wenn sie sich zoffen, kommt er her, um mein Bier zu trinken und geht anschließend heim, um sich zu versöhnen und noch ein Kind zu machen." Er lachte und zeigte dabei seine strahlenden Zähne. „Sie sind beide verrückt und passen so perfekt zusammen."

Sie durchquerten das Haus und gingen hinaus und über den Hof in ein weiteres Gebäude. Drinnen war das, worauf Knight gehofft hatte.

„Ich habe C4 und Zünder", sagte Miguel.

„Hervorragend. Wir haben Kommunikationsequipment, das wir gerne hierlassen würden. Falls jemand hinter uns her sein sollte, zerstöre es."

„Sì, Knight. Ich verstehe. So, wie wir es in Panama gemacht haben?"

„Ja, genau. Wir werden zurückkommen und es abholen." Knight nahm an, dass es hier sicherer sein würde als irgendwo versteckt am Hafen. „Sollten wir in zwei Tagen nicht wieder hier sein, um es zu holen, dann zerstöre es und ruf diese Nummer an." Knight gab ihm eine Karte, auf der nur eine Telefonnummer stand. „Das wird die richtigen Leute auf den Plan rufen. Bring dich nicht selbst in Gefahr und errege keine Aufmerksamkeit."

„Sì, ich verstehe. Braucht ihr auch Waffen? Ich habe Raketenwerfer und Granaten."

Knight nahm sich, was er für nötig hielt, wies aber den Raketenwerfer zurück. Er bezahlte Miguel in Dollar und packte ihre Einkäufe zusammen. Dann erleichterte er Days Rucksack um alle überflüssigen Ausrüstungsgegenstände.

„Wohin geht ihr?"

Knight nannte ihm die grobe Richtung, in die sie gehen würden, mehr aber auch nicht. Es war besser, wenn er es nicht wusste.

„Die Ruinen, was?", sagte Miguel. „Das dachte ich mir. Es hat Berichte über Leichen und Geister gegeben. Leute sind dort hinausgegangen und nicht mehr wiedergekommen, was Gerüchte in Umlauf gebracht hat. Ich dachte mir schon, dass dort jemand irgendetwas vorhat und Furcht benutzt, um die Menschen fernzuhalten. Ihr müsst vorsichtig sein."

„Das werden wir."

Knight schulterte seinen Rucksack und Day tat dasselbe. „Wie kommt man am besten dort hin?"

„Ihr lauft?"

„Wenn wir müssen."

„Ich sage meinem Schwager, dass ihr Professoren seid, die die Ruinen studieren wollen. Er wird euch hinbringen, ohne Fragen zu stellen. Bezahlt ihn einfach, und er wird den Mund halten, wenn ich es ihm sage. Es wird Ana glücklich machen." Miguel lächelte. „Es wird ihn auch von meinem Haus und meinem Kühlschrank fernhalten."

„Also zwei Fliegen mit einer Klappe geschlagen?", fragte Knight.

Miguel grinste. „Sì, zwei mit einer Klappe. Vielleicht könnt ihr ihn mitnehmen und sie benutzen ihn als Zielscheibe?", scherzte Miguel und Knight lachte. „Nein, dann hätte Ana keinen mehr zum Anschreien und würde auf mich zurückgreifen." Miguel schüttelte den Kopf. „Lass sie ihn anschreien. Dafür ist er gut."

„Sì", sagte Knight und erwiderte das Lächeln. Miguel und er lachten zusammen. Knight war Ana begegnet und er wollte sich bei ihr nicht unbeliebt machen. Wenn sie wütend wurde, und das hatte er bisher erst einmal erlebt als er Miguel, nach Panama, verwundet zurückgebracht hatte, dann war sie eine Einmannarmee. Nie wieder.

„Kommt, wir bringen euch auf den Weg. Seid vorsichtig."

„Ich bin immer vorsichtig", erwiderte Knight.

„Nicht in Panama", neckte Miguel ihn und sie lachten wieder. Knight warf einen Blick auf Day und erkannte, dass er ihn irgendwann wohl würde einweihen müssen, nur nicht gerade jetzt. Es würde noch Zeit genug zum Geschichtenerzählen bleiben, wenn sie das hier heil überstanden hatten. „Josè", rief Miguel und sprach dann schnell mit ihm, während sie wieder zurück auf den Hof gingen. Knight musste definitiv an seinem Spanisch arbeiten.

Miguel führte sie zur Vorderseite des Hauses. „Danke."

„Nicht der Rede wert. Sieh nur zu, dass er nicht umgebracht wird, sonst ziehen wir uns beide Anas Zorn zu. Er bringt euch bis auf ungefähr eine Meile an die Ruinen heran, von da an seid ihr auf euch gestellt. Es gibt Pfade, die dorthin führen. Wir haben sie als Kinder immer erkundet. Es gab sie bis vor ein paar Jahren. Die Dinge wachsen dort schneller, aber sie sollten noch passierbar sein. Ich habe Josè gebeten, euch am Ende von einem davon abzusetzen."

„Was glaubt er?"

„Dass ihr Archäologen seid wie Indiana Jones. Er liebt diese Filme." Miguel lachte und sie warteten, bis Josè mit einem Auto vorfuhr, das noch älter war als das verfluchte Taxi. Sie stiegen ein und Josè begann zu reden wie ein Wasserfall. Knight drehte sich zu Day um, der lächelnd nickte.

„Er redet über Filme. Grinse einfach und nicke dazu, bis wir da sind, wo wir hin müssen."

Knight folgte Days Beispiel und Josè fuhr los. Wieso zum Teufel musste hier jeder fahren wie ein durchgeknallter Rennwagenfahrer? Wenigstens würden sie so keinen Verdacht erregen, falls sie jemand bemerken sollte. Das Auto, in dem sie saßen, sah genauso aus wie all die anderen, die sie bisher gesehen hatten. Josè plauderte weiter und Day warf alle paar Minuten eine Antwort ein. Sie schienen auf einer Wellenlänge zu liegen, und Knight war froh darüber.

Sie verließen rasch die Stadt und fuhren eine fast leere Straße entlang. Josè fuhr langsamer und hielt schließlich an. Er sagte etwas zu Day, der ihm daraufhin etwas Bargeld gab und Knight dann bedeutete, auszusteigen. Josè und Day unterhielten sich weiter, und Josè lachte, ehe er davonfuhr. „Was hat er gesagt?"

„Wir sollen keine goldenen Statuen aufheben. Es bezieht sich auf die Indiana-Jones- Filme. Er hat auch gefragt, wo deine Peitsche wäre. Er sagte, du siehst aus wie Indiana Jones."

Knight sah hoch und Josè winkte ihnen zu, als er, nachdem er gewendet hatte, wieder an ihnen vorbeifuhr. „Miguel hat gesagt, es gäbe einen Pfad."

„Ich glaube, das ist er", sagte Day und deutete ins Unterholz.

Es war nicht wirklich ein Pfad, aber Knight konnte erkennen, dass Menschen dort gegangen waren. Sie betraten ihn und schoben das Unterholz beiseite. Glücklicherweise war es nach wenigen Metern nicht mehr ganz so schlimm und sie begannen ihren Marsch. Der Pfad war an manchen Stellen von Blättern und Ästen bedeckt, hauptsächlich aber frei begehbar. Knight konnte in der Ferne ansteigendes Terrain ausmachen. Es war nicht viel, aber das musste das Ziel ihres Marsches sein. Er ignorierte die Insekten, die um ihn herumschwirrten, und drehte sich zu Day um.

„Es ist alles gut. Du musst sie einfach ignorieren und weiterlaufen", flüsterte er Day zu. „Denk an die Mission und an nichts anderes. Momentan geht es einzig und allein darum. Das wird es leichter machen."

Day nickte und Knight musste ihm Anerkennung zollen. Day tat sein Bestes. Er wusste, dass er nicht für das hier ausgebildet worden war so wie er. Aber Day hörte auf, mit den Händen vor seinem Gesicht herumzuwedeln und hielt mit ihm in der brennenden Sonne Schritt. Nach ein paar Minuten blieb Knight stehen und öffnete seinen Rucksack. Dann reichte er Day einen Poncho. „Wir werden die hier anziehen müssen." Er schaute zum Himmel hoch. Wolken türmten sich auf und er war sicher, dass es in ein paar Minuten anfangen würde zu regnen. „Wenn es anfängt zu regnen, wird der Regen hart und heftig fallen. Versuch dein Bestes, damit alles trocken bleibt."

„Ich werd's versuchen."

„Wir haben die wirklich empfindlichen Sachen bei Miguel gelassen, aber für den Rest wäre es besser, wenn sie trocken blieben."

„In Ordnung." Day schlüpfte in den Poncho und zog ihn auch über seinen Rucksack. Es sah aus, als hätte er einen Buckel, aber es würde reichen. Knight tat es ihm gleich, und sie gingen weiter, gerade als es anfing zu regnen. Das Gute daran war, dass die Insekten sie in Ruhe ließen.

Sie stapften im Regen weiter und Knight ignorierte seine nasse Hose und verschärfte das Tempo. Glücklicherweise schienen die Wolken über ihnen zu verharren, was es ihnen leichter machen würde, unentdeckt zu bleiben. Als sie näherkamen, wurde der Hügel größer und Knight wurde langsamer, bis sie sich nahezu lautlos fortbewegten. Das Unterholz wurde dichter, je näher sie kamen und das Summen des Generators vermischte sich mit dem Regen. Knight musst beim Laufen vorsichtig sein und um Bäume herumgehen oder über sie hinwegklettern und sie beiseiteschieben, damit er ihre potenzielle Deckung nicht zerstörte. Schließlich erreichten sie den Rand einer künstlich geschaffenen Lichtung und folgten dem Geräusch des Generators. Da hörten sie plötzlich Stimmen. Er duckte sich, bedeutete Day, es ihm gleichzutun, und lauschte angestrengt den zwei Männern, die unter einer schmalen Markise standen. „Was sagen sie?"

„Sie reden hauptsächlich über Frauen", sagte Day. „Vulgär." Knight sah die beiden Männer an, die neben einem grob behauenen Türrahmen im Stein standen. „Mayapyramiden sind nicht hohl."

„Das ist keine Pyramide", sagte Knight. „Es sieht eher wie die Überreste von irgendeinem Gebäude aus." Er deutete auf frisches Holz. „Sie haben es verstärkt und abgestützt und benutzen es als Tarnung. Es sollte leicht zu Fall zu bringen sein."

„Wieso hier?", fragte Day. „Sie könnten das hier überall tun."

„Sie brauchten ein Versteck und Nachbarn, die nicht herumschnüffeln würden. Hier draußen können sie machen, was sie wollen." Knight legte einen Finger an die Lippen, als sich ihnen einer der Männer näherte.

Ein anderer Mann kam aus dem Gebäude und sagte etwas, das Knight nicht verstand. Er drehte sich zu Day um, der blass geworden war.

„Er sagt, dass die Gringos in fünf Minuten bezahlen werden."

Knight nickte und sah sich um.

„Du musst den Generator ausschalten", erklärte Day. „Und das schnell."

Knight öffnete seinen Rucksack und holte etwas C4 heraus. Er bereitete es vor und schob es unter den Generator. Die Explosion würde himmelhoch emporsteigen und eine ganz schöne Show bieten. Es wäre besser gewesen, es nach einer Fehlfunktion des Generators aussehen zu lassen, aber ihm blieb keine Zeit, und die Bedienungskonsole befand sich auf der anderen, der Lichtung zugewandten Seite. Es musste auch so gehen. „Er wird in drei Minuten hochgehen. Wir müssen machen, dass wir hier wegkommen." Knight fing an, zusammenzupacken und Day half ihm dabei. „Lass uns versuchen, die Lichtung zu umrunden und auf die andere Seite zu gelangen. Auf diese Weise können wir sie überraschen, wenn alle herausgerannt kommen, um nachzusehen, was los ist." Er deutete auf eine Baumgruppe, die etwas abseits von den anderen lag. „Lass uns dort in Deckung gehen."

Knight setzte sich in Bewegung, weg vom Generator. Das Unterholz war dicht, aber er schaffte es hindurch. Er war in beinahe jeder Art von Kriegsführung ausgebildet worden und kam mit so gut wie jedem Gelände zurecht. Das Problem war, dass Day das nicht konnte. Das wurde Knight bewusst, als er sich umdrehte und Day nicht mehr zu sehen war. Er blieb stehen, wartete ein paar Minuten und lauschte auf irgendwelche Hinweise, wo er sich befand, hörte aber nichts. Knight dachte daran, zurückzugehen und nach ihm zu suchen, aber die Zeit lief ihnen davon. Sie hatten einen Treffpunkt vereinbart und es war für sie beide am Besten, wenn sie dorthin gelangten, ohne blindlings durchs Unterholz zu stolpern. Er ging weiter, umging die unpassierbaren Bereiche und bewegte sich so schnell es ging vorwärts.

Er musste Day finden und sichergehen, dass es ihm gut ging. Jeden Moment würde die Hölle losbrechen und sie mussten zusammen sein, um möglichst effektiv vorgehen zu können. Knight fluchte leise über Day und sich selbst. Er hätte ihn besser im Auge behalten sollen. Day hatte sich so verdammt gut geschlagen, dass Knight ganz vergessen hatte, wie unerfahren er eigentlich war.

Ein Knacken in unmittelbarer Nähe erregte seine Aufmerksamkeit. Knight duckte sich tief und wartete. Er hoffte inständig, es wäre Day, aber falls es einer der Terroristen war, dann wollte er um keinen Preis entdeckt werden. Er nahm Bewegungen war und ein Aufblitzen von honigfarbener Haut. Knight setzte sich rasch in Bewegung und wäre beinahe über Day gestolpert, ehe er ihn nach unten zog. „Bleib unten." Knight sah auf die Uhr. „Wir haben keine Zeit mehr. Du nimmst eine der Wachen und ich schalte die andere aus." Day nickte.

Die Explosion sandte Schockwellen aus und warf sie zu Boden. Der Generator schoss wie eine Rakete in die Luft und fiel dann ungefähr zwanzig Meter von der Stelle zu Boden, an der er ursprünglich gestanden hatte.

Knight erholte sich und schaltete seine Wache aus. Day tastete immer noch nach seiner Waffe, die er während der Explosion hatte fallen lassen. Knight zielte auf die zweite Wache, aber die schrie schon aus vollem Hals, gerade als Knight den Schuss abgab, der ihn zum Schweigen brachte.

Weitere Männer kamen, mit Waffen im Anschlag, aus dem Türbogen gerannt. Knight warf sich auf den Boden und verhielt sich still. Er wusste, dass sie höchstwahrscheinlich nicht zu entdecken waren, solange sie sich ruhig verhielten. Einer der Männer fing an, mit einer automatischen Waffe in die

Büsche zu feuern, aber er war weit entfernt und die Kugeln zerfetzten das Unterholz in der Nähe der Stelle, an der der Generator ursprünglich gestanden hatte. Die andern schlossen sich ihm an.

„Stopp", brüllte jemand und sie hörten auf. Knight konnte nicht sehen, wer es war. Der Mann blieb gerade hinter dem Türdurchgang stehen, aber dann nickten die Männer und nahmen Deckung. Knight sah, wie einige von ihnen sich daran machten, das Unterholz zu durchkämmen und ihm war klar, dass Day und er sich in Bewegung setzen mussten oder bald umzingelt sein würden. Knight warf eine Granate nach ihnen und sie explodierte am Rand des Dschungels. Männer schrien. Er warf eine zweite und ein rascher Blick verriet ihm, dass Day seine Waffe gefunden hatte. Knight schaltete noch einen der Männer aus.

„Das reicht, Gringos." Ein Klicken hinter ihnen ließ Knight erstarren. Er drehte sich um und starrte auf den Mann im Tarnanzug, der eine Waffe auf Days Kopf richtete. Day ließ seine Waffe fallen und Knight ließ die Granate los, die er gerade durch die Türöffnung hatte werfen wollen. Sie rollte in die Büsche. „Langsam aufstehen und keine hastigen Bewegungen."

Knight stand auf und die Blätter um ihn herum glitten in ihre ursprüngliche Position zurück. „Ich habe sie", rief der Mann auf Englisch mit schwerem Akzent. „Tut genau, was ich sage oder ich blase ihm das Gehirn raus." Vorsichtig hob er Days Rucksack auf und schlang ihn sich über die Schulter.

Knight nickte.

Der Mann ließ Day aufstehen und bedeutete ihnen mit dem Kopf, in Richtung Türöffnung zu gehen.

„Mach, was er sagt", sagte Knight zu Day.

„Ein weiser Rat, Mister Knighton", sagte der Mann mit der Kanone. Knight blieb überrascht stehen. „Ich weiß, wer Sie sind. Sie kennen mich nicht, aber ich kenne Sie." Er drehte den Kopf zur Seite und offenbarte eine hässliche Narbe auf seiner Wange. „Das war ein Geschenk von Ihnen, in Panama."

Scheiße. Wieso verfolgte dieser Auftrag ihn ständig? Er ging in Richtung Lichtung, die Hände ausgestreckt an seinen Seiten. Day ging neben und der Mann hinter ihm, die Waffe noch immer auf seinen Kopf gerichtet. Knight schaute sich um. Er erkannte nur wenig Bewegung.

„Sie sind sehr gut", sagte der Mann. „Meine Männer hatten keine Ahnung, wie ihnen geschah, aber andererseits sind die meisten davon auch nur dämliche Dorfbewohner, die ein bisschen Extrageld verdienen wollten. Entbehrlich." Er lächelte und rief laut ein paar Befehle auf Spanisch. Ein paar Männer traten aus dem Unterholz, die Waffen auf sie gerichtet. Knight wappnete sich gegen den Einschlag von Kugeln. Aber dieser Mann rief weitere Befehle. Knight wünschte wirklich, er wüsste, was da gesagt wurde. Er warf Day einen Blick zu. Der verstand und seine Lippen formten die Worte: „Suchen nach anderen."

Gut. Wenn sie glaubten, es gäbe noch mehr von ihnen, würde sie das für kurze Zeit beschäftigen und Day und ihn vielleicht noch ein bisschen länger am Leben halten. Es war besser, am Leben und gefangen zu sein, um dazu benutzt zu werden, alle anderen zu neutralisieren, die sie noch zu finden glaubten.

„Keine hastigen Bewegungen." Er drückte seine Waffe direkt an Days Kopf. Knight nickte. Er wünschte, er könnte Day eine Nachricht übermitteln. Sie wurden in Richtung Eingang dirigiert, und wenn sie erst mal drinnen waren, blieben ihnen viel weniger Möglichkeiten. Er fing erneut Days Blick auf und formte lautlos das Wort „stolpern". Er hoffte, dass Day verstand. Knight könnte vielleicht einen Vorteil erlangen, wenn Day auch nur eine Sekunde lang aus dem Schussfeld war.

Als sie den Eingang erreichten, verfing sich Days Fuß in etwas am Boden. Er fiel schnell hin und kam hart auf. Knight wirbelte herum und riss dem Mann die Waffe aus der Hand. Er hatte sie ihm gerade entwunden, als ein einzelner Schuss fiel. Knight erstarrte und ließ los. Die Waffe fiel zu Boden.

„Das reicht, Vasquez", sagte ein anderer Mann. „Bring ihn rein und leg ihn um, wenn er auch nur mit der Wimper zuckt."

Knight drehte sich zu Day um, in der Erwartung, ihn langsam aufstehen zu sehen. Das tat er nicht. Knight bemerkte Rot auf dem Boden um Day herum und er rührte sich nicht. Einer der Männer ging auf ihn zu. „Lass ihn", sagte der neu hinzugekommene Mann mit dem dichten schwarzen Bart. „Seht zu, dass ihr den Reservegenerator zum Laufen bringt und anschließt!", schnauzte er und wartete dann am Eingang auf Knight.

Knight warf einen letzten Blick auf Day und hoffte inständig, dass er noch lebte. Er konnte keinerlei Bewegung erkennen und fürchtete das Schlimmste. Scheiße, er hatte wieder eine Person umgebracht, die er –

„Na ja", sagte der Mann, sobald Knight in die fast völlige Finsternis des Gebäudes trat. „Es ist nicht viel, aber es ist ein Heim." Er lachte. „Zumindest ist es unser Heim für die nächsten paar Stunden. Dann werden wir weg sein, und alles, was jemand finden kann, werden die Überreste von dir und deinem Freund sein."

„Wir sollten ihn töten", sagte der Mann mit der Narbe. *Vasquez,* erinnerte sich Knight. „Ich kenne diesen Mann. Er ist gefährlich und hat nichts, wofür es sich zu leben lohnt." Vasquez linste in Days Rucksack und warf ihn dann beiseite.

„Woher zum Teufel weißt du das?", fragte der andere Mann, der offensichtlich der Anführer war.

„Ich habe ihm genommen, wofür er gelebt hat, so, wie er es mir genommen hat, und ich wurde auch noch dafür bezahlt." Vasquez lachte, wobei die Waffe in seiner Hand sich keinen Deut bewegte. Knight sah rot und bebte vor Wut, ehe er sich wieder unter Kontrolle hatte. Er wollte Vasquez in Stücke reißen, aber er musste seine fünf Sinne beisammen haben, wenn er das hier lebend überstehen wollte.

Ein Motor lief an und der Mann, der das Sagen hatte, begann langsam im Raum hin und her zu gehen, der jetzt durch Batterielampen erleuchtet wurde. Einer der Männer brachte ein Kabel, zog ein Stromkabel aus einem Stecker und stöpselte ihn in die Verlängerungsschnur.

„Euer kleiner Stunt war nur eine minimale Verzögerung", sagte der bärtige Mann. Er schaltete ein Licht ein und der Mann, der das Kommando führte, starrte ihn mit fast schwarzen Augen an. „Allah sorgt für die Seinen." Er grinste, als ein paar Computerbildschirme hochfuhren. „Die sind alles, was ich brauche, um die Sache abzuschließen."

„Wer zum Teufel sind Sie?", fragte Knight, während er sich ganz genau im Raum umsah. Die schwarzen Steinwände schienen alt, sehr alt zu sein, aber die Balkendecke war von heller Farbe, so, als wäre sie noch nicht allzu lange dort. Grobe Möbel standen an den Wänden, inklusive kleiner Tische, Stühle und einiger Betten, die direkt auf dem Boden ausgebreitet waren.

„Ein Freiheitskämpfer", antwortete er. „Ich kämpfe, um euer imperialistisches Land aus meinem Heimatland zu vertreiben. In wenigen Stunden werden sie genug damit zu tun haben, ihre eigenen Geschäfte zu retten, und sie werden wissen, dass wir sie jederzeit und überall erreichen können." Sein Akzent war fehlerfrei und Knight fragte sich, ob dieser Kerl ein hausgemachter Terrorist war. Seinem Aussehen nach war er eindeutig aus dem Mittleren Osten, aber seine Redeweise passte auf keinen Fall dazu. Tatsächlich meinte Knight, einen leichten Akzent herauszuhören, möglicherweise Boston.

Der Strom ging erneut aus und der Mann zog ihn hinüber zu einem Stuhl. „Binde ihn fest und dann geh nachsehen, was diese Idioten da treiben. Ich brauche für zwanzig Minuten Strom und dann sind wir hier fertig und weg. Danach brauchen wir keinen von ihnen mehr." Die Andeutung war klar herauszuhören. Keiner von ihnen würde noch sehr viel länger leben, einschließlich der Männer, die diesem Bastard halfen.

Knight wurde auf den Stuhl geschoben und rasch an Händen und Knöcheln festgebunden. Er versuchte alle Tricks, die er kannte, aber die Seile waren fest angezogen und er konnte von Glück sagen, dass er immer noch Blutzirkulation in den Beinen hatte. Dann trat Vasquez – der Kerl, der seine Familie getötet hatte – von ihm weg. Knight kochte vor Wut. Er versuchte, einen kühlen Kopf zu bewahren, aber das fiel ihm verdammt schwer. Der

Mann, der seine Frau und seinen Sohn umgebracht hatte, war direkt neben ihm, und das Arschloch hatte gesagt, er wäre dafür bezahlt worden. Knight wäre am liebsten aus dem Stuhl gesprungen und hätte ihn mit bloßen Händen gewürgt, bis er ihm sagte, wer ihn bezahlt hatte. Seine Fäuste öffneten und schlossen sich und er sah rot.

„Ich weiß, dass es dich umbringt. Du willst alles wissen. Wenn du brav bist, erzähle ich es dir vielleicht, bevor ich dir eine Kugel in den Kopf jage."

„Hör auf damit, Vasquez. Kümmere dich nur um den Generator, damit wir das hier zu Ende bringen und von hier verschwinden können. Wir wollen nicht, dass wir hier noch mehr Besuch bekommen, also beweg dich." Der Anführer wandte sich wieder seinen Computern zu und beobachtete ihn mit einem halben Auge. „Ich brauche Strom."

Vazquez ging und Knight versuchte, einen Weg aus dieser Misere zu finden. Er musste das hier aufhalten. Er war so verdammt nah dran, und er musste herausfinden, ob Day am Leben war. Und wenn, dann wie lange noch? Er könnte angeschossen sein und verbluten. Knights Verstand ging ein Problem nach dem anderen durch. Das Licht ging wieder an und die Computer durchliefen ihre Startprozesse. Der Mann platzierte sein Handy auf dem Tisch neben sich. Als dann die Monitore angingen, waren von draußen Schüsse zu hören. „Das ist Vasquez, der gerade ein paar offene Probleme löst."

„Vertrauen Sie ihm wirklich, dass er Sie nicht auch tötet?", fragte Knight.

Der Mann schnaubte verächtlich, ohne sich von seiner Tastatur abzuwenden. „Er wurde noch nicht bezahlt, und er wird mir nichts tun, bis er es ist. Und bis dahin werde ich weg sein, genau wie all das hier. Du kannst nichts sagen, was mich irgendwie manipulieren könnte, also sei einfach still und sieh zu."

Mehr Schüsse waren zu hören und dann kehrte Vasquez zurück. „Alles wurde erledigt. Keiner mehr übrig, der irgendjemandem irgendetwas erzählen könnte. Alles, was wir noch tun müssen ist, uns um ihn zu kümmern." Ganz offensichtlich genoss Vasquez diesen Gedanken.

„Gut. In ein paar Minuten sind wir hier fertig und dann kannst du ihm eine Kugel in den Kopf jagen. Dann blasen wir diesen Ort hier in die Luft. Diese Archäologen werden zu nichts weiter als zu Trümmern und Geröll zurückkehren. Sie können diesen Ort Stück für Stück wieder zusammensetzen, wenn sie wollen. Zum Teufel, wenn sie lange genug warten, dann halten sie ihn vielleicht sogar für eine Art von Opfer." Er verstummte und murmelte etwas auf Arabisch vor sich hin, gerade laut genug für Knight, um die Sprache zu erkennen. „Nur noch ein paar Minuten."

Scheiße, hier hatte er aber mal ganze Arbeit geleistet. Die Chancen standen schlecht, dass einer von ihnen lebend hier rauskommen würde, und der

Angriff, den sie hatten vereiteln wollen, lief weiter, unbeeinflusst von dem, was sie getan hatten. Knight versuchte, einen Ansatzpunkt zu finden, aber es gab keinen. Er war ihrer Gnade ausgeliefert ... und sie schienen keine zu haben.

Dann fiel ein Schuss und Vasquez ging zu Boden. Ein zweiter Schuss folgte und dann sackte der Mann an der Computertastatur vornüber und Blut und Hirnmasse spritzten auf die Monitore.

Knight drehte sich zum Eingang um und sah Day, der sich gegen die Steine lehnte. „Kannst du mich losbinden?"

„Ich bin nicht sicher, ob ich soweit laufen kann", sagte Day schwer atmend. Er benutzte weiterhin den Türrahmen, um sich aufrecht zu halten. Knight ruckelte hin und her, um näher an ihn heranzukommen, was ihm zentimeterweise gelang. Als er dicht dran war, ließ Day den Türrahmen los und sackte halbwegs auf ihm zusammen.

„Binde nur eine Hand los, den Rest schaffe ich allein", sagte Knight.

Day war höllisch schwach, aber es gelang ihm, Knights rechte Hand zu befreien. Knight band auch seine linke Hand los und löste dann die Fesseln an seinen Knöcheln. Er stand auf und half Day hoch. Dann richtete er den alten Stuhl auf und setzte Day hinein. Knight hatte keine Ahnung, wie weit der Angriff schon fortgeschritten war, wenn er überhaupt schon begonnen hatte, also riss er die Stecker der Computer heraus und alle Gerätschaften wurden dunkel. Er ließ die Lampen eingesteckt, damit er etwas sehen konnte, und kehrte zu Day zurück, der ziemlich blass aussah. „Wo hat er dich erwischt?"

„Linke Schulter."

Knight sah sich nach etwas um, was er als Verband benutzen konnte. Er fand einen Rucksack auf einem der Betten, öffnete ihn und zog etwas heraus, das wie ein sauberes T-Shirt aussah. Das musste genügen. „Danke, Arschloch", sagte Knight zu dem toten Kerl, der immer noch auf der Tastatur lag.

Er eilte zurück zu Day, riss den Poncho entzwei und öffnete sein Hemd. Er fand sowohl eine Eintritts- als auch eine Austrittswunde. Knight riss das T-Shirt in zwei große Teile und einen langen Streifen. Er deckte beide Wunden so sanft er nur konnte mit Stoff ab und benutzte den Streifen dazu, die beiden Bandagen an Ort und Stelle zu halten. Es war primitiv, würde aber hoffentlich helfen, die Blutung zu stillen.

Knight suchte nach Days Rucksack, den Vasquez hatte fallen lassen, und fand ihn auf dem Boden an einer der Wände. Er nahm eine Flasche Wasser heraus, öffnete sie auf dem Weg zurück zu Day und half ihm dabei, etwas Wasser zu trinken.

„Ich sehe euch beide in der Hölle", sagte Vasquez. Er hielt eine kleine Waffe auf sie gerichtet, während er umständlich aufstand. Blut bedeckte die Vorderseite seines Hemdes. Knight war so sehr damit beschäftigt gewesen, freizukommen und Day zu helfen, dass er eine der Grundregeln vergessen hatte: sicherzustellen, dass der Feind entwaffnet war, selbst wenn er bereits am Boden lag.

Knight richtete sich auf und stellte sich zwischen Day und den Bewaffneten. Er musste Day aus der möglichen Schusslinie halten. Vasquez war wackelig auf den Beinen, und Knight sah Blut an einem seiner Hosenbeine heruntertropfen. Bei diesem Blutverlust würde ihm nicht mehr viel Zeit bleiben. Er musste verbluten. „Wieso hast du meine Familie umgebracht?", verlangte Knight zu wissen.

„Aus Rache für meine Familie", antwortete Vasquez mit schmerzverzerrtem Gesicht. Knight wollte ihn zur Eile treiben, fand aber nicht die richtigen Worte. „Du hast meinen Vater getötet und ich tötete deine Frau und deinen Sohn."

Knight hörte Day aufkeuchen und tat sein Bestes, um es zu ignorieren und sich weiterhin auf Vasquez und die Waffe zu konzentrieren. „Wer hat dich dafür bezahlt, das zu tun?"

Vasquez taumelte und Knight schlug zu. Er ging in die Hocke und trat Vasquez mit einem Halbkreistritt die Beine weg. Vasquez ging zu Boden und die Waffe flog davon. Ein Schuss löste sich und das Geräusch wurde von den Steinwänden zurückgeworfen und schallte in Knights Ohren. Er war nicht getroffen und warf sich auf Vasquez, der auf dem Boden lag. Knight rollte ihn herum. „Wer hat dich dafür bezahlt, meine Familie zu töten?", schrie er aus vollem Hals. Knight griff nach dem Messer an Vasquez' Gürtel und zog es heraus. „Sag es mir oder ich schicke dich unter mehr Schmerzen zur Hölle, als du dir vorstellen kannst." Vasquez' Augen waren geöffnet und Knight legte das Messer an eines davon, wohl wissend, dass der es sehen konnte. „Sag's mir und du wirst schnell sterben, ansonsten schneide ich dich nach und nach in kleine Stückchen." Er drückte das Messer gegen Vasquez' Gesicht, als der die Augen schloss und ausatmete, während ihm Blut aus dem Mundwinkel tropfte.

„*Fuck*!", schrie Knight und warf das Messer gegen die Wand. Er zitterte am ganzen Körper. Er war so verflucht dicht dran gewesen, ein paar Antworten zu bekommen. Zwei Jahre hatte er danach gesucht, und das hier war die einzige Spur gewesen, die er je gehabt hatte. Er stand auf, trat den toten Mann in die Seite und durchsuchte seine Taschen. Er fand ein Handy und schob es in seine eigene Tasche.

„Knight", flüsterte Day hinter ihm. „Er ist tot und wir müssen hier weg. Ich brauche Hilfe. Ich weiß nicht, wie lange ich noch durchhalte."

Knight zitterte immer noch, als er aufstand und Day hoch half. Gemeinsam traten sie nach draußen in den spät-nachmittäglichen Sonnenschein. „Woher hattest du die Waffe?", fragte Knight.

„Sie hielten mich für tot, nachdem Vasquez fertig war." Day deutete auf die Leichen neben der Tür. „Die armen Schweine wussten nicht, wie ihnen geschah und dann waren sie alle tot. Sobald er wieder drinnen war, habe ich mir eine ihrer Waffen geholt. Dann habe ich mich wieder auf den Boden gelegt. Du weißt, dass ich ein guter Schütze bin."

„Du bist der Beste, den ich je gesehen habe." Knight seufzte. „Ich muss das hier beenden. Bleib hier." Knight ließ ihn vorsichtig zu Boden gleiten. „Da sind Wasser und was zu essen. Du brauchst beides." Knight reichte ihm den Rucksack und eilte davon. Er schaltete den Generator aus und trug ihn nach drinnen. Dort schraubte er den Deckel vom Treibstofftank und drehte das Gerät auf die Seite. Benzin floss auf den Boden, sammelte sich und benetzte die Steine. Er ging wieder nach draußen und fand einen halb vollen Benzinkanister. Den trug er ebenfalls nach drinnen und ließ den Verschluss offen. Als das getan war, sammelte er die Waffen ein und warf sie nach drinnen zum Rest.

Der Anzahl der Betten nach zu urteilen, musste es in der Nähe ein Camp geben. Knight wünschte, er hätte die Zeit, um danach zu suchen, aber Day wurde immer schwächer. Er verfolgte seine Schritte zurück und fand seinen Rucksack, verborgen im Dickicht. Er holte das letzte C4 heraus, stellte den Zünder auf zehn Minuten ein und platzierte das explosive Paket neben dem Benzinkanister.

„Lass uns zusehen, dass wir von hier verschwinden." Knight nahm den Rucksack und half Day auf die Beine. „Mist. Kannst du für einen Moment alleine stehen?"

Day nickte und Knight rannte wieder rein. Er schnappte sich das blutbespritzte Handy vom Tisch und eilte wieder hinaus. Day so gut wie möglich stützend, liefen sie los, die staubige Straße entlang. Sie kamen an einem Truck vorbei und Knight warf einen Blick hinein. Er war leer, und die Tür auf der Beifahrerseite war unverschlossen. Da war aber jemand achtlos gewesen, was ein Segen für sie war. Knight zog die Tür auf und half Day hinein. Dann spurtete er um das Fahrzeug herum zur Fahrerseite.

„Was machst du da?"

„Den Wagen anlassen", antwortete Knight. Es war ein altes Fahrzeug und die Zündkabel waren ganz leicht zu erreichen. Er rieb sie aneinander und der Motor startete. Dann legte er den ersten Gang ein, gab Gas und jagte wie eine gesengte Sau davon. Knight reichte Day das Handy, das er vom Tisch geholt hatte. „Kannst du Miguel anrufen?"

Day fummelte an dem Handy herum. „Es ist gesperrt."

„Scheiße", fluchte Knight. „Behalte es trotzdem bei dir. Es hat diesem Wichser gehört, der hinter allem steckt. Wenn wir wieder zurück sind, können die Technikfuzzies vielleicht etwas damit anfangen." Er hoffte dasselbe in

Bezug auf das andere Handy. „Wozu würden sie ein Satellitentelefon brauchen, wenn sie doch Handys hatten?"

„Keine Sendemasten, um das Signal weiterzuleiten, und ich nehme mal an, der Empfang hier draußen war eher sporadisch. Warum?"

„Als er im Begriff war, dieses Programm abzuschicken, hat er die ganze Zeit an seinem Handy herumgefummelt. Ich dachte, er würde Bluetooth und eine Internetverbindung benutzen, um es zu senden. Aber wieso sich die Mühe machen, wenn es keine gute Verbindung gab?"

„Wer weiß? Vielleicht können die Technikfreaks es herausfinden, wenn wir alles mit zurückgebracht haben." Day seufzte. „Vielleicht hatte er eine spezielle Anwendung für das Handy entwickelt. Ich weiß auch nicht. Mir ist schwindelig und ich kann nicht wirklich klar denken."

„Ich weiß." Knight kramte in seinem Rucksack herum und zog sein Handy heraus. „Nimm das hier. Der Entsperrungscode lautet 5793. Wenn du es geöffnet hast, sage ich dir die Nummer."

„Okay", erwiderte Day und Knight rasselte die Nummer aus dem Gedächtnis herunter. Er speicherte niemals irgendwelche Telefonnummern oder Historie auf seinem Handy. Das würde es ihm sehr schwer machen, alles zu löschen, sollte er gefangen genommen werden. Day reichte ihm das Handy.

„Wir sind auf dem Rückweg", sagte Knight, als Miguel den Anruf entgegennahm. „Wir sind gleich da. Halt dir die Ohren zu, es wird einen ganz schönen Bumms geben." Er sah auf die Uhr und legte auf.

Es gelang ihm, den Laster auf der Straße zu halten, als ihnen der Knall in die Ohren fuhr. Knight fuhr rechts ran, um sich den Feuerball anzusehen, der in den Himmel stieg, gefolgt von einer Wolke aus schwarzem Rauch. Er fuhr wieder los und wurde erst langsamer, als sie die Vororte der Stadt erreichten. Dort angekommen, fuhr er zu Miguels Haus und parkte den Truck vor dem Nebenhaus. Miguel kam sofort heraus und sah die Straße hinauf und hinunter. „Kommt rein. Die Polizei hat sich bewaffnet und ist auf dem Weg, um die Scherben aufzusammeln, die ihr hinterlassen habt. Habt ihr getan, was ihr tun musstet?"

„Ja. Aber es war nicht einfach." Knight half Day aus dem Truck und ins Haus. Sie mussten vorsichtig sein, um keine Aufmerksamkeit zu erregen, und sobald Miguel die Tür geschlossen hatte, brach Day auf dem Sofa zusammen. „Ihm wurde in die Schulter geschossen. Die Kugel ist glatt durchgegangen, aber er hat viel Blut verloren." Knight kniete neben dem Sofa. „Kannst du mit mir sprechen?"

„Tut weh", murmelte Day.

Miguel überprüfte den Verband, die Blutung schien aufgehört zu haben. „Er braucht bessere Hilfe, als du oder ich ihm geben können." Miguel eilte davon und kam mit frischen Hemden zurück. „Du musst die hier anziehen, damit du nicht aussiehst, als wärst du durch den Dschungel gelaufen. Dann bringe ich euch zurück in die Stadt und aufs Schiff. Es legt in zwei Stunden ab und dort ist der nächste Arzt."

Knight half Day aus seinem blutverschmierten Hemd und in ein frisches. Er wusste, dass es wehtat, aber dagegen konnte man nichts machen. Das Wunder dabei war, dass ihm das gelang, ohne seinen Arm groß zu bewegen. „Was soll ich mit den Waffen machen?"

„Überlass sie mir. Ich sorge dafür, dass sie verschwinden." Miguel ging aus dem Zimmer und kam mit einer Flasche Tequila zurück. „Nimm einen Schluck davon", forderte er Day auf. Der tat wie ihm geheißen. „Gut. Und jetzt spül deinen Mund damit aus." Miguel goss sich ein wenig Tequila über die Finger und besprenkelte sie beide damit. „Jetzt werden sie glauben, er hätte ein bisschen zu viel Spaß gehabt, wenn er bei seiner Rückkehr auf das Schiff wie ausgekotzt aussieht."

„Danke", sagte Knight und eilte nach draußen. Er holte ihre Rucksäcke aus dem Fahrzeug und folgte Miguel anschließend wieder nach draußen. Dort übergab er ihm die Waffen und Miguel wischte sie ab. Dann nahm er sich einen Schneidbrenner und erhitzte sie, ehe er die Läufe mit einem Hammer zertrümmerte.

„Jetzt können damit keine Testschüsse mehr abgefeuert werden." Miguel machte kurzen Prozess mit den restlichen Waffen. Knight händigte ihm den verbliebenen Sprengstoff aus, und alles, was er sonst noch loswerden musste. „Ihr müsst diese Rucksäcke loswerden und die Klamotten, die ihr getragen habt."

„Ich weiß. Bevor wir wieder in die USA zurückkehren, müssen wir dafür sorgen, dass wir keinerlei Überbleibsel bei oder an uns haben." Sie würden nach Hause fliegen müssen und das Letzte, was sie gebrauchen konnten, war, so weit gekommen zu sein, nur um dann die Aufmerksamkeit auf sich zu lenken. Knight umarmte Miguel. „Danke für alles."

„Nein. Ich danke dir. Ich schulde dir was und das werde ich immer. Du hast mich aus Panama rausgebracht, als ich den sicheren Tod vor Augen hatte." Miguel erwiderte die Umarmung und dann trennten sie sich voneinander. „Geh und bringe ihn zurück aufs Schiff, und dann ruf deine Leute an, damit sie ihm Hilfe besorgen. Ich denke nicht, dass er sterben wird, aber er braucht medizinische Hilfe, sonst wird sein Arm nicht verheilen." Miguel übergab ihm das Equipment, das sie bei ihm zurückgelassen hatten. Sie gingen zurück ins Haupthaus, wo Knight alles zusammenpackte. Miguel nahm alles, was sie nicht brauchten. „Ich werde euch zurück zum Hafen bringen. Lass den Truck einfach hier. Mein Schwager wird alles verändern, was verändert werden muss und dankbar für das neue Fahrzeug sein."

„Kannst du stehen?", fragte Knight Day. Er stand auf, war aber sehr wackelig auf den Beinen.

„Ich habe etwas gegessen und fühle mich ein bisschen besser."

„In Ordnung. Dann lass uns zum Schiff zurückkehren, damit wir uns auf den Heimweg machen können." Knight half Day aus dem Haus und zu Miguels Truck. Sie stiegen ein und er fuhr sie zum Hafen. Miguel reichte Day eine Flasche Saft. Der Zucker würde ihm guttun und lange genug vorhalten, damit sie an Bord gelangen konnten.

„Ich kann euch nicht bis ganz an den Hafen bringen. Ich könnte überwacht werden, also will ich keinen von uns in Gefahr bringen." Miguel hielt dicht neben dem Eingang zum Hafengebiet an und Knight half Day aus dem Truck. Dann legte er ihm einen Arm um die Hüften, und sie gingen zusammen zum Schiff. Sie zeigten ihre Bordpässe vor und durften weitergehen.

„Wirst du es schaffen?", flüsterte Knight, als Day anfing zu stolpern. Knight trug beide Rucksäcke und versuchte, so auszusehen, als wäre nicht er es, der Day aufrecht hielt. Wenn er zu krank aussah, würden sie ihn nicht auf das Schiff lassen, und dann wären sie genau da, wo sie angefangen hatten und kein Stück näher an der Hilfe, die Day dringend benötigte.

„Ja. Ich werde es schaffen", sagte Day und die Anspannung in seinem Körper verstärkte sich noch, obwohl er sich redlich Mühe gab, sich das nicht ansehen zu lassen. „Bringen wir es einfach nur hinter uns." Sie erreichten die Gangway und Knight ließ Day vorgehen. Der musste etwas innere Stärke gefunden haben, denn er schritt hinauf auf das Schiff zu und reichte dem Crewmitglied seinen Bordpass. Er wurde gescannt und ging durch den Metalldetektor, ohne stehenzubleiben. Knight stellte die beiden Rucksäcke aufs Band und hoffte inständig, dass er das Kommunikationsgerät aufrecht hingestellt hatte, damit es getarnt war. Die Taschen gingen durch und keiner versuchte, ihn aufzuhalten, als er durch die Detektoren schritt, die wie verrückt piepten.

„Haben Sie Ihre Taschen geleert?", fragte eines der Crewmitglieder und Knight griff in seine Hosentasche und erfühlte einen der Sprengzünder. Er musste ihn eingesteckt haben, als er die letzten Sprengsätze gelegt hatte. Jetzt musste er das verdammte Ding loswerden, aber alle starrten ihn an. Eher würde die Hölle zufrieren, als dass er sie sehen ließ, was er da hatte.

„Es muss der Gürtel sein", sagte Knight und zog ihn aus. Er hoffte, dass diese Reduzierung von Metall genug sein würde, um ihn durchzulassen. Knight legte den Gürtel aufs Band und ging erneut durch die Detektoren. Sie schwiegen und er sammelte auf der anderen Seite seine Sachen wieder ein.

„Sir."

Knight erstarrte. Was konnten sie jetzt noch wollen? Er war so nah dran. Langsam drehte Knight sich um und der Kreuzfahrtmitarbeiter reichte ihm seinen Gürtel. „Danke." Knight legte ihn wieder an, schnappte sich ihre Taschen und ging zum wartenden Day hinüber. Er half ihm zum Fahrstuhl, und als sich die Türen öffneten, stiegen sie ein und Day lehnte sich gegen die Wand. Er sah aus, als würde er jeden Moment zusammenbrechen, während sie in dem Mammut-Schiff weiter nach oben fuhren. Leute stiegen ein und aus, bis sie schließlich ihr Deck erreichten. Knight half Day den Gang entlang und benutzte seine Schlüsselkarte, um ihre Kabinentür zu öffnen. Sobald sie wieder geschlossen war, half er Day, sich aufs Bett zu legen. „Lass mich deine Schulter ansehen."

„Nein. Ruf Dimato an und lass ihn wissen, dass wir erfolgreich waren und die Bedrohung neutralisiert haben. Dann frag ihn, ob er uns helfen kann. Der Arzt auf diesem Schiff wird keine Schusswunde behandeln, ohne jede Menge Fragen zu stellen … Also." Day atmete schwer. „Ruf ihn einfach an."

Knight packte die Geräte aus und stellte sie auf, so gut er konnte. Er hatte Day zugesehen, wenn er es gemacht hatte und hoffte, dass er alles richtig machte. Als er seinen Anruf tätigte, ging der glatt durch und er war ziemlich zufrieden mit sich. Das hier war kein Anruf, den er über die Schiffsverbindung machen wollte.

„Das Licht ist grün, du hast eine Verbindung", erklärte ihm Day.

„Ja", sagte Dimato, als er den Anruf entgegennahm.

„Wir sind draußen und die Bedrohung wurde neutralisiert. Sobald das Schiff ablegt, sind wir außerhalb der Reichweite der Behörden."

„Sehr gut."

„Wir haben ein Problem. Day wurde verletzt und braucht einen Arzt. Auf dem Schiff gibt es einen, aber …" Knights Kehle schnürte sich zu. „Day hat eine Kugel in die linke Schulter abbekommen, und er hat außerdem mein Leben gerettet." Knight riskierte einen Blick hinüber zu Day, der mit geschlossenen Augen auf dem Bett lag. „Die Kugel ist glatt durchgegangen und wir konnten die Blutung stoppen, aber jemand muss sich die Wunde ansehen."

„Ich werde ein paar Anrufe machen. Sie beide entspannen sich und kommen wieder her. Sehen Sie zu, dass Sie Ihren Bericht über die Operation fertig geschrieben haben, sobald Sie wieder zurückkommen. Das ist kein Urlaub."

„Na ja, eigentlich ist es das doch. Er wird sich entspannen und man muss sich um ihn kümmern." Die Schiffssirene ertönte. „Und während der nächsten paar Tage werden wir auf See sein. Also werden wir erledigen, was wir erledigen können. Der Rest wird warten müssen, bis wir wieder zu Hause sind."

„Knighton", sagte Dimato warnend.

„Legen Sie sich nicht gerade jetzt mit mir an", schnappte Knight. „Ich bin verflucht noch mal nicht in der Stimmung dafür. Kümmern Sie sich einfach um Days medizinische Versorgung." Er unterbrach die Verbindung.

„Hältst du es für klug, ausgerechnet den Kerl zu verärgern, der uns helfen kann?", fragte Day. „Du weißt schon, dass du früher oder später jeden verärgerst. Hast du Miguel auch so behandelt?" Ein Knurren entstieg Knights Kehle. „Ich nehme das als ein Ja. Also, was hast du getan, um seine Meinung zu ändern?" Day hatte die Augen geschlossen.

„Ich habe ihrer beider Leben gerettet, seines und Anas."

„Warst du es, der sie überhaupt erst in Gefahr gebracht hat?", fragte Day.

„Wir haben zusammengearbeitet", protestierte Knight.

„Also ja." Day lächelte und rutschte leicht stöhnend auf dem Bett hin und her. „Tut höllisch weh."

„Ich weiß. Ich wurde schon diverse Male angeschossen."

„Wahrscheinlich von deinen Freunden", scherzte Day und der Knoten in Knights Brust- und Bauchbereich lockerte sich.

„So schlecht kann's dir nicht gehen, wenn du noch auf mir rumhacken kannst", erklärte Knight. Day machte die Augen noch immer nicht auf. „Ich weiß, du bist müde und brauchst Ruhe. Aber wir müssen uns diese Schulter ansehen." Knight war versucht, einfach nach unten zum Arzt zu gehen und ihn unter Androhung des sicheren Todes dazu zu bringen, zu tun, was Knight wollte. Es war nicht unter seiner Würde, alles einzusetzen, was ihm zur Verfügung stand, um zu bekommen, was er wollte, einschließlich der Androhung körperlicher Gewalt. „Ich kann dir etwas gegen die Schmerzen geben", bot Knight an.

„Wieso hast du das nicht gleich gesagt?", motzte Day, öffnete die Augen und funkelte ihn zornig an.

„Wer ist jetzt hier angepisst?", fragte Knight.

„Ich habe ein Recht darauf, angepisst zu sein. Ich wurde schließlich bei dieser kleinen Party angeschossen."

„Und du hast mein Leben gerettet." Knight öffnete seinen Kulturbeutel. „Es ist bloß Ibuprofen, aber hoch dosiert." Er füllte ein Glas mit Wasser, reichte Day die Tablette und half ihm dann dabei, sie mit dem Wasser einzunehmen. Dann stellte er das Glas auf den Nachttisch neben dem Bett und setzte sich. Day machte die Augen wieder zu und bald ging sein Atem regelmäßig und ein paar der Linien in seinem Gesicht verschwanden. Das Medikament musste wohl gewirkt haben. Jetzt musste er nur noch von jemandem hören.

Das Kabinentelefon klingelte und Knight griff nach dem Hörer. „Ja?" Er hatte keine Zeit für Nettigkeiten.

„Hier ist Dr. Forester, der Schiffsarzt. Ich habe einen ungewöhnlichen Anruf erhalten, und … ich bin nicht sicher, ob … na ja, ich werde versuchen, Mr. Ingram zu helfen. Könnten Sie ihn bitte aufs Krankenrevier bringen?"

„Solange wir dort alleine sind."

„Ähm – ja. Ich denke, ich werde wohl zu Ihnen kommen müssen", sagte Dr. Forester verlegen.

„Wir erwarten Sie." Knight legte auf und drehte sich zu Day um. „Der Arzt ist auf dem Weg. Ich habe ehrlich gesagt keine Ahnung, was er für dich tun kann, solange wir auf See sind, aber wenigstens kann er dafür sorgen, dass die Wunde sauber ist und sich nicht entzündet. Wahrscheinlich kann er dir auch etwas Besseres gegen die Schmerzen geben."

„Und Verbandszeug benutzen, das aus etwas anderem, als einem ausrangierten T-Shirt besteht." Day zwang sich zu einem kurzen Lächeln.

Das war's dann wohl. Er hatte das Beste aus dem gemacht, was ihm zur Verfügung stand. „Entspann dich einfach, so gut du kannst." Als es an der Tür klopfte, erhob sich Knight, öffnete sie und ließ den Doktor herein. Er versicherte sich ebenfalls, dass der Gang draußen leer war.

„So einen Anruf habe ich noch nie gekriegt", sagte der Arzt, sobald sich die Tür hinter ihm geschlossen hatte.

„Sie wurden instruiert, es niemandem zu erzählen", sagte Knight ernst.

„Der Mann, mit dem ich gesprochen habe, klang, als könnte er die Welt über mir zusammenstürzen lassen, falls ich auch nur ein Sterbenswörtchen zu irgendjemandem sagen sollte, und ich weiß überhaupt nichts … also." Er schien ziemlich aus der Fassung zu sein.

„Alles, was Sie tun müssen ist, Day zu behandeln und nichts zu sagen, und alles wird gut. Wir werden für alles bezahlen, was Sie brauchen werden, also sollte niemand allzu viele Fragen stellen. Hat man Ihnen irgendetwas erzählt?", fragte Knight und hielt den Arzt im Eingangsbereich fest, damit er Day nicht sehen konnte.

„Nur, dass jemand Hilfe braucht und dass ich ihn behandeln soll, ohne irgendwelche Fragen zu stellen." Dr. Forester hatte blondes Haar, blaue Augen und hätte an einem Pool eher wie zu Hause gewirkt als in einem Krankenhaus. Möglicherweise war er deshalb an Bord. „Kann ich jetzt einen Blick auf den Patienten werfen?"

„Ja." Knight trat beiseite und ließ den Arzt weiter in die Kabine hinein. Knight blieb ihm aus dem Weg, beobachtete den Doktor aber, als der eine Unterlage auf dem Bett ausbreitete und Day dann half, sich daraufzulegen. Er schnitt Days Hemd auf und fing an, den selbst gemachten Verband zu öffnen.

Als Dr. Forester die Wunde sah, drehte er sich zu Knight um und sah ihn mit hochgezogenen Augenbrauen an.

„Wir werden Ihnen keine Einzelheiten verraten, nur so viel: Die Kugel ist glatt durchgegangen. Sie scheint auf ihrem Weg keinerlei Verunreinigungen oder Splitter hinterlassen zu haben." Gott sei Dank. Eine andere Sorte Kugel hätte Day sehr schweren Schaden zufügen können.

„Ich werde nicht fragen, wie oder wo das hier passiert ist, weil … ich es gar nicht wissen will."

„Das ist wohl für alle das Beste", erwiderte Knight mit leiser Stimme. Sie hatten in den anderen Kabinen niemanden gehört, aber es wäre eine Untertreibung, zu behaupten, dass es ziemlich problematisch werden könnte, falls sie belauscht werden sollten.

„Es gibt da nicht viel, was ich tun kann." Dr. Forester sah zu Day auf. „Sie hatten wirklich großes Glück, und es muss höllisch wehtun, aber ich werde die Wunden reinigen, verbinden und Ihnen eine Schlinge anlegen, um den Arm ruhig zu halten. Sie werden eine Zeit lang Schmerzen haben, aber ich glaube nicht, dass etwas Lebenswichtiges verletzt wurde. Sie haben nur eine Menge Blut verloren." Er machte sich wortlos an die Arbeit. „Ich werde Ihnen etwas gegen die Schmerzen geben und ich schlage vor, sie nutzen den Zimmerservice und bleiben so lange wie möglich hier in der Kabine. Sie werden alle Erholung brauchen, die Sie kriegen können, und wenn Sie wieder in den Staaten sind, sollten Sie vielleicht einen Chirurgen aufsuchen, um den Muskel wieder völlig herstellen zu lassen. In dieser Hinsicht kann ich nichts für Sie tun."

„Danke sehr, Doktor", flüsterte Day leise. „Ich weiß, das hier ist verwirrend und schwierig. Aber wir sind die guten Jungs. Sie müssen sich keine Sorgen machen, ob Sie das Richtige tun. Es ist einfach nur sicherer für Sie, wenn Sie Stillschweigen bewahren." Day zuckte zusammen, als der Arzt seine Schulter reinigte und dann die Wunden auf beiden Seiten verband, bis seine Haut gänzlich mit Gaze und Klebeband bedeckt war. Als der Arzt schließlich fertig war, machte Day es sich auf dem Bett bequem und schloss die Augen.

Knight erklärte dem Arzt, welche Schmerzmittel er Day gegeben hatte, und der Doktor nickte und gab ihm ein kleines Pillenfläschchen. „Gut. Ich lasse Ihnen die hier da. Sie sind stärker und sollten sparsamer benutzt werden. Ich nehme an, dass der Schmerz ab morgen oder übermorgen nachlassen wird. Am Allerwichtigsten ist jetzt, dass er sich ausruht." Dr. Forester sammelte seine Sachen ein. „Ich werde morgen wiederkommen und nach ihm sehen. Bei der Art seiner Verletzung will ich sichergehen, dass sich keine Infektion bilden kann." Er reichte Knight noch ein zweites Fläschchen. „Das sind Antibiotika. Geben Sie ihm eine jetzt und dann alle acht Stunden eine." Der Arzt ging zur Tür, ganz offensichtlich begierig darauf, von hier wegzukommen.

„Danke für alles", sagte Day, aber Knight glaubte nicht, dass der Arzt ihn gehört hatte, so eilig, wie der es hatte. Er hatte schon derartige Reaktionen beobachtet, und es überraschte ihn nicht. Wer auch immer mit dem guten Doktor gesprochen hatte, hatte ihm eine Heidenangst eingejagt und er wollte so weit weg sein, wie nur irgend möglich. Knight wusste, dass das dabei helfen würde, sicherzustellen, dass er mit keiner Menschenseele über diesen Vorfall sprechen würde, und das war schließlich das Alleswichtigste.

„Sag mir, was mit deiner Familie passiert ist", sagte Day. „Ich habe gehört, was Vasquez zu dir gesagt hat, darüber, dass er sie umgebracht hat."

„Verpiss dich", sagte Knight lahm und Day lächelte. „Du musst dich ausruhen."

„Okay." Day war ohnehin schon am Eindösen. „Aber ich werde dich nicht vom Haken lassen. Entweder du erzählst es mir oder ich werde in jedem System und jedem Archiv nachsehen, bis ich es herausgefunden habe, und dann werde ich sauer auf dich sein, weil du mich hast danach suchen lassen." Day rutschte ganz leicht hin und her, zuckte zusammen und legte sich schlafen.

Knight seufzte und holte seinen Computer hervor. Er schloss ihn an, stellte eine sichere Verbindung her und machte sich daran, Vasquez und seine Familie bis nach Panama und noch weiter zurückzuverfolgen. Es war klar, dass Knight auf irgendeine Art und Weise seiner Familie geschadet hatte und dass das der Grund für seinen persönlichen Hass auf ihn war. Vielleicht lag dort der Schlüssel, um herauszufinden, wer bereit gewesen war, für die Zerstörung seiner Familie – und damit letztendlich auch für seine Zerstörung – zu bezahlen.

7

DAY VERSCHLIEF fast den ganzen restlichen Abend. Seine Schulter tat höllisch weh und er nahm die Tabletten, die Knight ihm anbot, und aß etwas, obwohl er keinen großen Hunger hatte. In dieser Nacht schaffte er es bis ins Badezimmer und wusch sich, so gut es eben ging, mit einer Hand. Er hatte das dringende Bedürfnis, sich sauber zu fühlen und größtenteils gelang ihm das auch.

„Brauchst du Hilfe?", fragte Knight, als Day wieder aus dem Bad kam. Er schaute nicht von seinem Computerbildschirm auf, hatte es seit Stunden nicht getan. Neben ihm standen die Teller, die er vom Buffet mit zurückgebracht hatte, mit den Überresten ihres Abendessens darauf.

„Das hätte ich, aber ich habe es auch so geschafft", erwiderte Day ohne Nachdruck. Es war ja nicht so, als hätte Knight ihm überhaupt zugehört oder ihn auch nur beachtet. Hinter was auch immer er da her war, es toppte alles andere auf der Welt. Und das war in Ordnung. Day hatte immer gewusst oder zumindest mit Bestimmtheit angenommen, dass das, was da zwischen ihnen beiden passiert war, nicht viel mehr als eine Affäre gewesen war, zumindest was Knight anging. Und abgesehen davon, war sein erster Außeneinsatz im Großen und Ganzen ein Erfolg gewesen. Sicher, er war angeschossen worden, aber Knight und er waren rechtzeitig vor Ort gewesen und hatten die Bedrohung neutralisiert. Es war nicht schön gewesen und es würde Fragen geben, aber nach gängigen Maßstäben war es ein Erfolg. Die Welt war sicherer, und es war ihnen gelungen, Equipment mit zurückzubringen, das vielleicht dabei helfen konnte, den Hintergründen dieser Sache auf die Spur zu kommen. Dieser Erfolg würde weitere Außeneinsätze nach sich ziehen, und das war schließlich das, was er gewollt hatte.

„Ich hätte helfen können."

„Du kannst deine Augen gerade mal lange genug vom Computerbildschirm abwenden, um dir Essen in den Mund zu schieben. Also wieso solltest du mir helfen?" Day ging zum Schrank und holte eine Unterhose heraus. Er schaffte es, sie sich einhändig anzuziehen, ohne dabei umzufallen, und ging dann wieder zurück ins Bett. Er schlüpfte unter die Decken und schaltete das Licht aus. Damit leuchtete einzig noch der Computerbildschirm in der Dunkelheit. „Ich würde vorschlagen, du gehst duschen – du stinkst. Und wenn du anschließend ins Bett kommen möchtest, kannst du dich mir gerne anschließen." Day machte die Augen zu.

Knight grunzte und sein Stuhl knarrte leise, als er aufstand. Day hörte ihn leise vor sich hin grummeln, als er seinen Laptop zuklappte.

„Ich schlage ebenfalls vor, dass du die Teller loswirst. Morgen früh wird das Essen müffeln."

Knight grummelte wieder, aber die Teller klirrten, als er sich das Geschirr schnappte und anschließend die Kabine verließ. Day wartete auf seine Rückkehr. Er hörte, wie die Schlüsselkarte ins Schloss glitt und die Tür Klick machte. Sie öffnete sich langsam und das Licht aus dem Gang schien in den dunklen Raum. Augenblicklich alarmiert, öffnete Day die Augen. Irgendetwas stimmte hier nicht. Knight wäre gleich hereingekommen. Die Tür begann sich zu schließen und der Raum wurde wieder dunkel. Days Herz raste und er fragte sich, was er wohl als Waffe benützen könnte.

Die Tür flog auf und erneut wurde der Raum von Licht geflutet. „Beweg dich und ich breche dir dein verdammtes Genick und werfe deinen Arsch über Bord", knurrte Knight. Day schaltete das Licht ein und stieg aus dem Bett, während sich die Kabinentür mit einem lauten Knall schloss.

Er zog sich gerade seine Shorts an, als Knight ihren Besucher in den Raum führte. „Was, zum Teufel, machst du hier?", fragte Day. Der Mann rührte sich nicht und sagte kein Wort. Knight drehte sich um und Day erkannte Blain in Knights Griff. „Was zur Hölle, Blain?"

„Du?", fragte Blain höhnisch.

Day ging hinüber zu Knight, der Blain festhielt. „Was zur Hölle machst du hier? Wieso kommst du in mein Zimmer und wieso hast du einen Schlüssel dafür?"

„Mir wurde gesagt, dass ich Kontakt zu den Leuten in dieser Kabine aufnehmen soll. Wenn du in meiner Tasche nachsiehst –" Blains normalerweise affektierte Sprechweise war verschwunden. Er klang jetzt sehr selbstsicher und autoritär.

Knight ließ ihn nicht los, also griff Day in seine Tasche und holte ein Etui heraus. Er klappte es auf und zeigte Knight die Marke.

„Sie können mich jetzt loslassen", sagte Blain.

„Das denke ich eher nicht. Ich will eine Erklärung", sagte Knight.

„Ich frage dich noch einmal", sagte Day, „was zur Hölle machst du hier?"

„Wie du sehen kannst, gehöre ich zum AFT. Ich wurde auf diese Kreuzfahrt geschickt, weil wir Berichte darüber erhalten haben, dass dieser spezielle Weg genutzt wird, um Leute nach Mexiko einzuschleusen. Wir dachten, der Grund wäre, Drogen und Waffen ins und aus dem Land zu schmuggeln. Diese Gegend von Mexiko ist die Schlüsselposition des Drogenhandels. Nachdem wir die Nachricht erhalten hatten, dass ein Kollege Hilfe benötigt, wurde ich geschickt, um den Kontakt herzustellen." Blain betrachtete Day von oben bis unten und

Day fühlte sich plötzlich entblößt. Außerdem überkam ihn ein Schwindelgefühl, und so setzte er sich auf die Bettkante und zog die Decke bis zu den Hüften hoch. „Ich gehe davon aus, dass du der Kollege bist, der medizinische Hilfe benötigt."

„Ja, und möglicherweise ist euer Problem auch unser Problem, aber es geht dabei nicht um Waffen oder Drogen. Es war eine Cyberattacke", sagte Day. „Obgleich sie vielleicht auch andere Sachen gemacht haben, um ihre Operation zu finanzieren. Wir sind nicht wirklich lange dort geblieben und sie haben nicht geredet."

„Also die Explosion?", fragte Blain, „das wart ihr?" Er schien beeindruckt. „Ich werde es niemandem sagen, damit, sollte es darauf ankommen, jeder sagen kann, er hätte nichts davon gewusst. Die Machthaber werden behaupten, es wäre ein lokales Problem. Falls die Mexikaner es überhaupt zur Sprache bringen, was ich allerdings bezweifle."

„Nur ein paar Probleme gelöst", sagte Knight. Day bemerkte, dass er nicht viele Informationen preisgab, also beschloss er, zukünftig vorsichtiger zu sein. Day sah, wie Knights Blick sich in Blain bohrte. Er sagte ihm nichts, was er ihm nicht unbedingt sagen musste. „Brauchen Sie sonst noch was?"

„Nein. Mir wurde nur befohlen, Kontakt aufzunehmen und sicherzustellen, dass ihr die Hilfe bekommt, die ihr benötigt."

„Ihr Timing war perfekt ... nachdem die ganze Aufregung vorbei ist."

„Ich konnte meine Tarnung genauso wenig auffliegen lassen wie Sie", sagte Blain unfreundlich zu Knight und drehte sich anschließend zu ihm um. „Ich bin froh, dass hier alles in Ordnung kommt. Ich wurde darüber informiert, dass Sie keiner bestimmten Behörde unterstehen, aber falls etwas über die offiziellen Kanäle laufen soll, kann ich behilflich sein."

„Wir lassen es Sie wissen." Knight brachte Blain zur Tür. „Danke", hörte Day Knight sagen, und dann wurde erneut die Tür geschlossen. „Der Sack kann froh sein, dass ich ihm nicht das Genick gebrochen habe. Fragst du dich auch, wieso er sich hier hereingeschlichen hat? Hat er angeklopft?"

„Nein, er hatte eine Schlüsselkarte", antwortete Day. „Scheiße."

Knight rief Dimato an und erklärte ihm, was vorgefallen war. „Überprüfen Sie einfach nur, ob dieser Kerl echt ist. Während wir auf See sind, kann er eh nirgendwo hin." Knight machte eine Pause. „Ich muss wissen, ob er eine Bedrohung, ein Verbündeter oder einfach nur ein Bürokrat ist, der versucht, Karriere zu machen." Eine weitere Pause entstand. „Danke. Ich weiß das zu schätzen. ... Nein, ich wurde nicht am Kopf getroffen ...vielleicht färbt der Babyagent, den Sie mir aufgehalst haben, auf mich ab ... man kann nur hoffen." Nachdem er aufgelegt hatte, ging Knight hinüber zum Bett. „Die Kabinentür ist verschlossen. Wegen der Balkontür kann ich nicht viel machen. Aber man kann sie nicht lautlos öffnen, und die Veränderung im Luftdruck würde mich wecken."

Er zog die Decken zurück und Day schob ihn mit seiner gesunden Hand weg. „Ich habe dein Leben gerettet, du Arsch. Du kannst auf der Couch schlafen, alter Mann."

Knight hielt inne. „Was habe ich denn gemacht?"

„Babyagent", sagte Day leise und verächtlich. Er war echt zu müde, um zu streiten, aber er hatte genug von diesem Scheiß.

„Ich war nur ..."

Day rutschte auf die andere Seite des Bettes und schloss die Augen. Er hatte sich in vielerlei Hinsicht bewiesen. Was ihn bestürzte, war, wie sehr ihn dieser Name ärgerte. „Ich bin, Gottlob, ein verflucht besserer Schütze, als du es bist. Andernfalls wärst du jetzt tot. Zum Teufel, wir wären beide tot, weil sie mir eine Kugel in den Kopf gejagt hätten, wäre ich entdeckt worden." Er war innerlich total aufgewühlt, hatte die Kontrolle verloren und er hasste es, sich so zu fühlen. Vielleicht war es der ganze Mist der letzten Nacht. Er hatte sich Knight hingegeben, wie eine schamlose Schlampe und ... verdammt, es war nur ein Fick. Es war immer nur ums Ficken gegangen. Day musste alles andere vergessen und die Tatsachen so akzeptieren, wie sie nun einmal waren. Ein Fick war ein Fick und das war's.

„Ich habe nie was anderes behauptet", sagte Knight scharf. Dann riss er das Kissen vom Bett.

„Halt", sagte Day. „Du kannst hier schlafen." Er wusste, dass er sich wie ein Arsch benahm, rutschte aber trotzdem noch ein Stück weiter von Knights Seite des Bettes weg. Er wollte in Ruhe gelassen werden. Die Mission war zu Ende, abgesehen davon, dass sie noch in einem Stück wieder zurück in den Hafen und dann nach Hause gelangen mussten. Dann würden Knight und er getrennte Wege gehen. Zum Teufel, er würde wahrscheinlich nie wieder mit ihm zusammenarbeiten, was für ihn völlig in Ordnung war. Diese Reise hatte Gefühle und anderen Kram hochgebracht, mit dem er sich nun befassen musste, und das tat er am besten weit weg von Knight.

„Danke", sagte Knight emotionslos und stieg vorsichtig ins Bett.

Days Arm und seine Schulter schmerzten höllisch. Die Tabletten wirkten nur für ein paar Stunden, und dann steigerten sich die Schmerzen von dem dumpfen Wummern, das selbst in den besten Zeiten ständig vorhanden war, zu einer echten Qual. Er stand auf und fand das Pillenfläschchen am Rand des Schreibtisches. Gottlob schwankte das Schiff nicht hin und her, er war auch so schon wackelig genug auf den Beinen. Wenn es sich ernsthaft bewegt hätte, dann wäre Day auf seinem Hintern gelandet, so viel war ihm klar. Er öffnete das Fläschchen und holte sich ein Glas Wasser. „Wie viele soll ich davon nehmen?"

Knight stöhnte. „Was?"

„Wie viele von diesen Schmerztabletten soll ich einnehmen?"

„Bis zu zwei Stück", antwortete Knight und Day nahm zwei von den verdammten Dingern aus dem Fläschchen und schluckte sie mit etwas Wasser. Er trank noch mehr, weil er sich wie ausgetrocknet fühlte, kletterte anschließend wieder ins Bett und hoffte inständig, dass die Medikamente den Schmerz lindern und es ihm ermöglichen würden, zu schlafen.

Sie schenkten ihm für einige Stunden süßes Vergessen. Die Betäubung seiner Schmerzen ließ ihn eine Weile schlafen. Er wachte auf, sein Mund war staubtrocken, Sonnenlicht stahl sich an den Kanten der Vorhänge ins Zimmer und Knights Arm war um ihn gelegt. Day wollte wegrutschen, aber es fühlte sich gut an, so gehalten zu werden, also blieb er, wo er war und machte die Augen wieder zu. Knight würde höchstwahrscheinlich bald aufwachen und seinen Arm von selbst zurückziehen. Day fühlte sich zu behaglich, und wenn er auch nur einen Muskel rühren würde, würden die Schmerzen wieder losgehen und er würde es nie wieder so verdammt bequem haben.

Er musste wieder eingeschlafen sein, denn als er wach wurde, pochte seine Schulter. Außerdem musste er dringend pinkeln, also schob er vorsichtig Knights Arm beiseite und stieg aus dem Bett. Dann ging er ins Badezimmer, benutzte die Toilette und trank noch etwas Wasser. Er dachte kurz daran, noch mehr Schmerztabletten zu nehmen, aber die würden ihm die Lichter ausschießen und er musste etwas essen und sich ein wenig bewegen, ehe er das zulassen würde.

„Was machst du?"

„Versuchen, mich anzuziehen, damit ich mir was zu essen besorgen kann." Er zog die Schranktür auf und fand ein Paar Shorts. Damit ging er zurück ins Badezimmer und schaffte es, sie anzuziehen, aber das verdammte Ding zuzumachen, war unmöglich, und seinen Arm überhaupt zu bewegen, brachte den Schmerz dazu, ihn anzukreischen wie eine Operndiva auf Hochtouren.

Knight schob die Decken zurück. „Geh wieder ins Bett. Du kannst aufräumen, wenn du willst. Ich werde ans Buffet gehen und uns was zu essen schnappen. Auf diese Weise kannst du still liegen, und es wird besser sein, als zu versuchen, dich anzuziehen. Vielleicht geht es dir morgen schon besser." Knight moserte vor sich hin, während er sich anzog und die Kabine verließ.

Day war zu müde und litt zu große Schmerzen, um sich darum zu scheren. Scheinbar waren sie beide gereizt und es gab nicht viel, was er dagegen machen konnte. Er schloss die Augen und ließ sich von den sanften Bewegungen des Schiffes in einen leichten Schlummer wiegen. Bei seinen Schmerzen konnte er nicht viel mehr tun, aber wenigstens waren sie nicht mehr ganz so stechend wie gestern. Als es an der Tür klopfte, stand Day stöhnend auf und öffnete sie. Draußen stand ihr Steward.

„Es tut mir leid", sagte er sofort, „ich dachte, Sie wären gegangen."

„Ist schon in Ordnung. Könnten Sie in zehn Minuten noch mal wiederkommen?" Der Steward bejahte und Day schloss die Tür. Dann sah er sich um und tat sein Bestes, um ihre Kommunikationsausrüstung unter dem Bett zu verstauen. Er fand ein weites Shirt und schaffte es, es sich über seinen Kopf und den einen Arm zu streifen. Dann zog er die Balkontür auf und ließ sich in einem der Liegestühle nieder.

Knight kehrte mit dem Essen zurück. „Was ist hier los?"

„Das Zimmer muss sauber gemacht werden. Es riecht wie in einem Krankenhaus und ich habe mir gedacht, wir könnten hier draußen essen." Day hatte nicht vor, sich vom Fleck zu rühren. „Ich habe mir auch gedacht, dass ich etwas gegen die Schmerzen nehmen und mich wieder schlafen legen könnte, sobald der Steward wieder weg ist. Du kannst ins Fitnessstudio gehen oder dich sonst irgendwo amüsieren." Day hatte keinerlei Interesse daran, dass Knight in der Kabine herumlungerte, während er schlief. „Du musst nicht hierbleiben, um mir beim Schlafen zuzusehen."

Er nahm den Teller, den Knight ihm anbot, und stellte ihn auf den kleinen Tisch neben sich. Dann setzte er sich aufrecht hin und fing langsam an, die Eier, den Schinken und die Bratkartoffeln zu essen.

„Ich habe das genommen, was ich dich habe essen sehen. Ich hoffe, das ist in Ordnung?"

„Es ist gut. Danke."

Knight war aufgefallen, was er aß – das war eine kleine Überraschung. Wenigstens einiges davon konnte man als Fingerfood essen, was von Vorteil war.

Day aß weiter, als Knight auf das Klopfen des Stewards hin aufstand und ihn ins Zimmer ließ. Anschließend ließ er sich bei geschlossener Tür wieder auf dem Balkon nieder. Day genoss die Meeresluft. Sie war wohltuend und frisch. Nachdem er mit dem Essen fertig war, lehnte er sich zurück und Knight ging wieder hinein und kam einige Minuten später mit zwei Tabletten und einem Glas Saft zurück.

„Der Steward ist gleich fertig, dann kannst du dich wieder hinlegen", sagte Knight.

Day steckte sich die Tabletten in den Mund, nahm das Glas Saft und trank das Meiste davon. Dann lehnte er sich wieder zurück und schloss die Augen. Sie waren auf der Schattenseite des Schiffes, und soweit es nach ihm ging, brauchte er sich den Rest des Tages nicht mehr von der Stelle zu rühren.

Ein Kissen wurde ihm unter den Kopf geschoben und Day ließ sich zurück in die Weichheit sinken und verabschiedete sich ohne Bedenken von seinem Bewusstsein. Er hatte es bequem und die Tabletten ließen ihn auf Wolken der Zufriedenheit schweben. Das war das wahre Leben – keine Sorgen, nur Schweben und eine warme Brise.

Das Licht wechselte und er versuchte, aus der Sonne zu kommen. Sie schien im falschen Winkel, aber vielleicht würde er trotzdem wieder einschlafen können, wenn er nur etwas zur Seite rutschen könnte. Es funktionierte nicht. Day öffnete seine Augen einen spaltbreit. Er war alleine auf dem Balkon. Er drehte seinen Kopf von der Sonne weg, aber ihm war zu warm und er fühlte sich nicht wohl. Seufzend erhob er sich vorsichtig und ging in die Kabine.

Sie war leer. Knight war offensichtlich irgendwo hingegangen. Day schaute auf die Uhr. Es war schon nach Mittag. Er hatte Stunden geschlafen. Seine Schulter tat weh, aber er konnte noch keine weiteren Medikamente einnehmen und er hatte Hunger. Der Gedanke daran, sich etwas zu essen zu holen, war mit zu viel Arbeit verbunden, also ließ er sich auf dem Bett nieder und schaltete den Fernseher ein. Die Speisekarte des Zimmerservice lag gleich neben dem Bett, und er schlug sie auf und tätigte einen Anruf. Er bestellte sich etwas, das er einfach mit den Fingern essen konnte und als er schließlich auflegte, atmete er ziemlich schnell. Wie konnte er hoffen, überhaupt irgendetwas tun zu können, wenn ihn schon so wenig Aktivität dermaßen erschöpfte? Vielleicht würde es helfen, wenn er etwas aß.

Wenige Minuten später öffnete sich die Kabinentür und Knight kam in seiner Badehose herein. Day tat sein Bestes, um den Anblick von all der gebräunten Haut, betont durch das dunkle Haar, zu ignorieren. „Fühlst du dich besser?"

„Ein bisschen. Immer noch sehr müde." Er konzentrierte sich aufs Fernsehen. „Ich habe beim Zimmerservice Mittagessen bestellt. Hätte ich gewusst, dass du zurückkommst, hätte ich dir was mitbestellt. Ich kann sie noch mal anrufen und der Bestellung etwas hinzufügen." Day ergriff das Telefon und rief an, während er Knight die Speisekarte reichte. Er orderte zusätzlich Knights Wünsche und legte auf. „Ich hoffe, es kommt bald."

„Verdammt, bist du ungeduldig", kommentierte Knight.

„Ich bin hungrig und verletzt. Ich darf ungeduldig sein." Day gähnte. Er versuchte, es sich zu verkneifen, schaffte es aber nicht. „Hast du es dir gut gehen lassen?"

„Ja. Ich habe mich einweichen lassen und mir ein paar meiner eigenen Schmerzen und Wehwehchen aus dem Körper geschwemmt." Knight sah in der Tat entspannt aus. „Ich denke, dass ich dir, wenn sich das Pooldeck heute Abend geleert hat, in deine Badehose helfen werde, damit du dich in einen der Whirlpools legen kannst. Hoffentlich wird dir das helfen, dich besser zu fühlen, und solange du dafür sorgst, dass dein Verband trocken bleibt und du wach genug bist, sollte alles in Ordnung sein."

„Das wäre schön." Day schaltete den Fernseher wieder ein und tat sein Bestes, um sich zu entspannen. „Morgen sind wir im Hafen, stimmt's?"

„Ja. Morgen Jamaika und dann machen wir uns auf den Rückweg nach Canaveral. Von mir aus kann's nach Hause gehen. Ich hatte für morgen nichts geplant, weil ich nicht damit gerechnet hatte, hier an Bord zu sein."

„Ich weiß, und ich gehe nirgendwo hin. Vielleicht mal nach oben und dort setze ich mich aufs Deck, wenn mir danach ist, aber abgesehen davon habe ich vor, mich auszuruhen. Du kannst natürlich tun, was immer du möchtest."

Knight nahm sich ein paar Sachen und verschwand im Bad. Als er wieder herauskam, ließ er sich in dem blau gepolsterten Stuhl neben der Balkontür nieder und schien es sich dort gemütlich zu machen.

„Es ist wirklich nicht nötig, dass du die ganze Zeit über auf mich aufpasst", sagte Day. „Ich weiß, dass du dich bloß langweilen wirst."

„Werde ich nicht. Ich warte aufs Mittagessen." Er blätterte in einem der Kreuzfahrt Magazine, die zur Kabine gehörten. Day wandte seine Aufmerksamkeit dem Fernseher zu, bis ein Klopfen an der Kabinentür ihr Essen ankündigte. Knight ging es holen und Day wanderte auf das kleine Sofa.

Sie aßen am Wohnzimmertisch. Day hatte Kohldampf und aß seine Chickenwings und Pommes, als wäre er halb verhungert.

„Verdammt, iss deine Finger nicht gleich mit", witzelte Knight und legte seinen Burger hin.

„Ich hatte Hunger."

„Das ist ein gutes Zeichen. Ich erinnere mich, als ich das letzte Mal angeschossen wurde – ich glaube, ich habe tagelang nichts gegessen." Knight schien erschrocken zu sein und wandte sich ab. Er sah elend aus. Dann seufzte er und der Ausdruck in seinem Gesicht war verschwunden. Aber er lehnte sich zurück und schien nicht länger an seinem Mittagessen interessiert zu sein.

„Ist es wegen dem, was deiner Familie passiert ist?", fragte Day.

„Verpiss dich", sagte Knight.

„Es könnte helfen, darüber zu reden", schlug Day vor.

„Verpiss dich!"

„Du weißt, dass du nicht die ganze Zeit alles in dich reinfressen kannst", setzte Day nach.

„Ich sagte, verpiss dich. Aus. Und das meine ich auch so. Du weißt einen Scheißdreck, also hör auf damit!" Knight nahm seinen Teller und trug ihn hinüber zum Tablett des Zimmerservice. Er stellte ihn nicht gerade sanft darauf ab und schritt anschließend in Richtung Tür. Sie knallte hinter ihm zu und Day starrte auf seinen Teller in der nun leeren Kabine. Tja, das hatte er ganz sicher versaut.

Er trank seine Limonade aus und brachte das Geschirr zum Tablett. Eigentlich sollte er es nach draußen auf den Gang stellen. Er versuchte, es mit einer Hand hochzuheben, merkte aber ziemlich schnell, dass er bloß eine Riesensauerei anrichten würde, also ließ er es stehen, wo es war und ging ins Badezimmer. Dort wusch er sich, nahm noch ein paar Tabletten und ging zurück ins Zimmer, stieg in das leere Bett und sah sich an, was auch immer da im Fernsehen lief. Es gab nichts anderes zu tun. Er dachte daran, den Arzt anzurufen, damit der sich seine Schulter ansah, aber Schlaf schien eindeutig die bessere Idee zu sein. Schließlich trat die Wirkung der Medikamente ein und er schaltete den Fernseher aus, machte es sich gemütlich und schloss seine Augen.

Das Nächste, was er wusste, war, dass das Licht draußen schwächer geworden war. Er war immer noch allein, musste aufs Klo und seine Schulter war erneut dabei, ihn umzubringen. Er stand auf, erledigte seine Geschäfte und entschied, dass er unbedingt aus dieser Kabine raus musste. Er war es so verflucht leid, alleine in diesem Raum zu hocken. Er sollte versuchen, etwas zu arbeiten, aber dazu fehlte ihm einfach die Energie. Alles, was er wollte, war etwas zum Abendessen und vielleicht für eine kleine Weile in einer heißen Wanne einweichen.

Day sah in den Spiegel, um sicherzugehen, dass er nicht allzu unordentlich aussah, und bemerkte, dass er furchtbar aussah. Also rasierte er sich und putzte sich die Zähne, weil sein Mund schmeckte, als wäre etwas darin gestorben. Anschließend zog er sich um und schlüpfte in eine angemessene Hose. Er zog seinen Bauch weit genug ein, um sie mit einer Hand zumachen zu können. Day verzichtete auf schöne Schuhe und blieb bei welchen, in die er hineinschlüpfen konnte. Dann schnappte er sich seine Schlüsselkarte und verließ die Kabine. Er hatte genug vom Buffetessen und wollte bedient werden, also ging er zu den Fahrstühlen und fuhr hinunter in den Speisesaal. Dort würden Leute sein – Leute, die redeten und auch tatsächlich etwas sagten. Tief drinnen hoffte er darauf, dass Knight auftauchen würde, aber ihm war klar, dass das nicht sehr wahrscheinlich war. Sicher, Day hatte ihn bedrängt, aber Himmel noch mal, das rechtfertigte doch nicht so eine Reaktion.

Die Türen zum Speiseraum öffneten sich für die nächste Gruppe. Gottlob hatte er nicht herumstehen und warten müssen und es war keiner der eleganten Abende. Das hätte er auf keinen Fall geschafft. Er erreichte den Tisch und setzte sich.

„Na sieh mal einer an, wen haben wir denn da?", kommentierte Willy, als er und Bobby ihre Stühle zurückzogen, um Platz zu nehmen. „Wir hatten schon angefangen zu glauben, dass Sie uns gänzlich im Stich gelassen hätten."

Bobby keuchte auf. „Was ist denn mit Ihnen passiert? War dieses riesige, griesgrämige Ding, mit dem Sie neulich Abend hier waren, etwa etwas zu enthusiastisch?"

Willy versetzte Billys Schulter einen Klaps. „Sei nicht so gehässig."

„Ich hatte einen kleinen Unfall in Costa Maya. Es ist nichts Ernstes, aber der Arzt hielt es für besser, meinen Arm ruhigzustellen." Er fand, dass es das Beste war, die Schwere seiner Verletzung herunterzuspielen, ganz besonders beim Abendessen. Auch wenn er keinen Zweifel daran hegte, dass alle von der wirklichen Geschichte begeistert sein würden, nur war das eine Story, die er nicht erzählen konnte.

„Wo ist Ihre bessere Hälfte?", fragte Kevin, der Wasserstoffblonde, als er auf seinem Stuhl Platz nahm.

„Das weiß ich momentan nicht so genau."

„Hatten Sie einen Streit?", fragte Willy und Day nickte. Es war die einfachste Erklärung. „Dann suchen Sie ihn nach dem Essen." Er rückte näher an Bobby heran. „Versöhnungssex ist der beste Sex. Manchmal könnte ich schwören, dass Bobby einen Streit vom Zaun bricht, damit wir den guten Stoff kriegen." Sie lachten beide und die anderen am Tisch fielen mit ein. Der einzige, unübersehbar leere Platz am Tisch, war Knights und Day bezweifelte, dass Versöhnungssex auf der Liste stand. Zum Teufel, was ihn betraf, so war Sex jedweder Art vom Tisch. Ja, es war toll gewesen, aber es war ganz offensichtlich nur um Sex gegangen, und er kam langsam zu der Überzeugung, dass er das fast überall bekommen konnte, und zwar ohne Knights Drama und seine Kratzbürstigkeit, die ihm so auf den Sack gingen.

„Entschuldigt die Verspätung", sagte Knight, als er seinen Stuhl zurückzog und sich hinsetzte. Er beugte sich zu Day und fügte flüsternd hinzu: „Du hättest eine Nachricht hinterlassen können. Ich habe dich gesucht, als du nicht im Zimmer warst."

„Du hättest dich vorhin etwas weniger wie ein Arsch aufführen können", erwiderte Day und wandte sich anschließend mit einem gezwungenen Lächeln wieder ihren Tischnachbarn zu, Knight dabei ignorierend. Ja, das war unfair und sogar ein bisschen kindisch, aber Knight hatte angeboten, zuzuhören und zu versuchen, ihm zu helfen, und alles, was er getan hatte, war, ihn zu beschimpfen.

„Also, Day hier sagt, dass er in Costa Maya einen Unfall hatte", sagte Willy zu Knight. „Was ist passiert?"

„Er stieg gerade in einen der Reisebusse ein und ist nach vorne gefallen. Hat sich die Schulter beim Hinfallen eingeklemmt und sie sich ausgekugelt. Ich konnte sie wieder einrenken und als wir wieder auf dem Schiff waren, hat der Arzt sie sich angesehen und sie dann verbunden. Ich weiß, dass es höllisch wehtut und er ist seit unserer Rückkehr nur in der Kabine gewesen und hat Schmerzmittel geschluckt. Gott sei Dank hat er sich gut genug gefühlt, um mit mir zum Abendessen zu gehen." Knight trug ein bisschen dick auf, aber Day zog mit. Die Erklärung machte Sinn, auch wenn sie ihn tollpatschig wirken ließ.

Der tüchtige Kellner brachte die Speisekarten und Day studierte seine und legte sie dann beiseite. Es gab nur wenige Sachen, die er mit einer Hand essen konnte. Getränke wurden bestellt und gebracht und dann wurden die Bestellungen für das Abendessen aufgenommen. Als der Kellner zu ihm kam, klapperte er leise mit den Zähnen. „Ich brauche etwas, das ich nicht klein schneiden muss, aber ich habe Hunger auf Fleisch."

„Kein Problem", sagte der Ober und fing an zu schreiben. „Ich sorge schon für Sie."

Am Ende bekam Day Obst als Vorspeise und einen Caesars Salat zu seinem „kein Problem" Fleisch. Er unterdrückte ein Gähnen und tat sein Bestes, um den Schmerz in seiner Schulter zu ignorieren. Die Bestellungen der anderen wurden aufgenommen. Gottlob wandte sich die Unterhaltung anderen Themen zu und Day lehnte sich zurück und hörte zu.

„Diese Explosion vor ein paar Tagen?", begann Kevin. „Ich habe auf dem Pooldeck gehört, dass das Militär wohl irgendwelche Waffenlager von Terroristen in die Luft gejagt hat." Er wandte sich ihnen zu. „Haben Sie es gesehen? Wir waren auf dem Rückweg zum Schiff von unserem Ausflug zu den Ruinen, hatten gerade diese Gegend durchquert und waren ungefähr eine Meile weit weg, als wir die Explosion hörten und spürten. Das war vielleicht ein Ding. Der ganze Bus hat gewackelt, und der Feuerball muss eine Meile weit in den Himmel gestiegen sein."

„Wir haben es auch gesehen", sagte Knight und ließ die Übertreibung so stehen. „Wir haben uns gefragt, ob es danach vielleicht Probleme beim Auslaufen geben könnte."

„Es war weit genug weg, also hatte es keinen Einfluss auf irgendetwas. Gott sei Dank", sagte Kevin. Ihre Salate kamen, und Kevin hörte gerade mal mit dem Reden auf, um zu essen. „Ein paar der Jungs veranstalten heute Abend eine Tanzparty auf dem Pooldeck. Anscheinend ist es eine improvisierte Sache und es wird dort ziemlich hoch hergehen." Er neigte sich näher heran. „Ich habe auch gehört, dass heute früh ein paar Kerle im Whirlpool herumgemacht haben. Sie haben allen dort oben eine Show geboten."

„Zu schade, dass du es verpasst hast", sagte einer der anderen Männer. Day wollte sein Name nicht einfallen, aber seine Haare waren so feurig wie seine scharfe Zunge. „Offenbar hat sich der echte Spaß heute Nachmittag in der Sauna abgespielt. Da drinnen hat sich eine regelrechte Orgie abgespielt."

„Bist du dort gewesen?", fragte Kevin scharf.

„Nein, verdammt. Ich kam ein paar Minuten zu spät. Du weißt, wie diese Sachen laufen. Wenn du zu spät dazukommst, ist jeder schon gekommen und gegangen, aber der Raum hat gerochen wie die effektivste Samenbank der Welt. Und die Kerle, die rauskamen, hatten alle diesen glücklichen ‚hab' gerade abgespritzt' Ausdruck im Gesicht. Ich hoffe doch, dass sie den Raum heute über Nacht mit dem Schlauch abspritzen."

Day lächelte bei diesem Kommentar. Es war ein lustiges Bild, ob es nun der Wahrheit entsprach oder nicht. Er konzentrierte sich hauptsächlich darauf, seine Melone in den Mund zu kriegen, ohne daran zu nagen wie ein Tier. „Komm her", sagte Knight leise und schnitt sie ihm klein. Day dankte ihm und aß seine kühle, süße Portion auf. Genau das, was er brauchte.

Der Caesars Salat war einfacher zu handhaben. Als der Hauptgang serviert wurde, war er nicht sicher, was er bekommen würde, aber sein Steak war in kleine Stückchen geschnitten worden und mit einer hübschen Portion Soße übergossen. Es sah toll aus und schmeckte unglaublich gut. „Danke", sagte Day zu dem Kellner.

„Gern geschehen", erwiderte dieser leise und ging weiter um den Tisch herum, um sicherzustellen, dass alle glücklich und zufrieden waren und alles hatten, was sie wollten. Sobald er mit seinem Hauptgang fertig war, entschuldigte sich Day. Er fühlte sich bereits sehr müde und seine Schulter tat wieder fürchterlich weh.

Er verließ den Speisesaal und ging in Richtung der Fahrstühle. Day hatte gerade den Aufwärtsknopf gedrückt, als er spürte, wie eine Hand sanft seinen Rücken berührte. „Du musst nicht mitkommen", sagte Day, als er sich zu Knight umdrehte. Er war nicht sicher, wie er sich dabei fühlte, auf diese Art berührt zu werden.

„Ich war fertig, und ich wollte sichergehen, dass du zurück in die Kabine kommst. Du hast ausgesehen, als würdest du gleich zusammenklappen."

„Ich bin müde und meine Schulter tut höllisch weh", nörgelte Day, als sich die Fahrstuhltüren öffneten. Sie betraten den Aufzug und schwiegen, während sie in der voll besetzten Kabine nach oben fuhren. Nachdem sie so ziemlich auf jedem Deck gehalten hatten, erreichten sie schließlich ihr eigenes und verließen den Fahrstuhl. Day schaffte es zurück in die Kabine, und als er erst einmal drinnen war, warf er sich aufs Bett, zu müde, um sich auszuziehen.

„Ich werde dir etwas gegen die Schmerzen geben, und dann sehen, ob der Doktor sich deinen Verband ansehen kann, bevor du einschläfst." Knight gab ihm ein paar Tabletten und Day warf sie sich in den Mund und schluckte sie. Dann machte er die Augen zu und ließ Knight machen, was er wollte. „Er ist gleich da."

Day brummte, dass er es gehört hätte. Knight öffnete die Tür, als es klopfte und der Arzt kam herein. Er wechselte den Verband und reinigte noch einmal die Wunde.

„Sieht soweit ganz gut aus. Nehmen Sie die Antibiotika?"

„Ja", antwortete Day. Der Arzt verband die Wunde neu, und anschließend kümmerte Knight sich um die Bezahlung, nachdem der Doktor erklärt hatte, dass alle medizinischen Behandlungen an Bord des Schiffes voll bezahlt werden mussten. „Ich danke Ihnen", fügte Day hinzu, als der Doktor sich anschickte, zu gehen. Nachdem er fort war, zog Day sich aus und machte sich bettfertig, ehe er unter die Decken schlüpfte. Da er normalerweise am liebsten auf der Seite mit der verletzten Schulter schlief, war es schwierig, eine bequeme Position zu finden. Schließlich gelang es ihm aber doch und er schloss die Augen.

Knight machte das Licht aus und der Raum war still. Day fragte sich, wo Knight sich befand. Dann senkte sich die Matratze neben ihm.

„Ich war verheiratet. Ihr Name war Cheryl, und wir hatten einen Sohn, Zachary. Ich war den Marines beigetreten und habe sie während eines Urlaubs kennengelernt. Cheryl war freundlich und fürsorglich, wunderschön, und sie verstand den ganzen Militärkram. Ihr Vater war Berufssoldat. Zu Anfang waren wir Freunde, und ich nahm an, dass das alles war, was wir je sein würden, aber wir … haben herumexperimentiert und sie wurde schwanger."

Day drehte sich auf den Rücken. Knights dunkle Silhouette verharrte bewegungslos. Er schwieg und ließ Knight sagen, was er zu sagen hatte.

„Zuerst wusste ich nicht, was ich tun sollte. Ich mochte Cheryl. Sie war ein toller Freund, und sie würde mein Kind zur Welt bringen." Die Worte kamen schnell. „Ich würde sie das nicht allein durchstehen lassen. Wir standen uns nahe, also tat ich das Richtige und hab sie geheiratet. Mit der Zeit habe ich sie sehr geliebt." Knight drehte sich leicht zur Seite, aber Day konnte in der dunklen Kabine nur sehr wenig erkennen. „Unsere beiden Familien waren begeistert und mein Vater feierte die Trauung in seiner Kirche und ließ einen Freund die Trauung vollziehen. Dass Cheryl schwanger war, wurde nicht erwähnt, aber das war auch nicht wichtig."

„Warst du glücklich?", fragte Day.

„Ja. Sie war nicht die große Liebe meines Lebens, aber ich nahm sowieso an, dass ich nie eine haben würde. Und dann wurde Zachary geboren und ich erkannte, dass er meine große Liebe war. Er war mein Sohn, und wir haben fast alles zusammen gemacht. Ich bin mit ihm in den Park gegangen, wir gingen zu Spielen, waren Campen – all diese Sachen, die Väter und Söhne eben so machen." Knight wischte sich die Augen. „Wie schon gesagt, wir waren glücklich. Cheryl bekam einen Job an Zacharys Schule und ich beendete meinen Militärdienst. Ich dachte daran, mich weiter zu verpflichten, aber beim

162

Militär kannst du nie sagen, wo sie dich hinschicken, und als Scorpion mir einen Job anbot, nahm ich ihn an. Ich besaß das Training und hatte die Fähigkeiten, die sie wollten und meine Familie konnte sich an einem Ort niederlassen. Ich wurde gut bezahlt und konnte es mir leisten, gut für sie zu sorgen und ihnen das Leben zu bieten, das sie verdienten. Alles lief gut. Ich war oft weg, aber das war ich immer schon gewesen und sie hatten ein Zuhause, auf das sie bauen konnten."

Day schob die Decke zurück. Die medikamentenbedingte Schläfrigkeit verflog. „Was ist mit ihnen passiert? Ich habe gehört, was Vasquez gesagt hat."

„Eines Abends bin ich nach Hause gekommen. Ich hatte einen Auftrag in Europa und hatte versucht, einen Flüchtigen zu fangen, der entschieden hatte, dass sein Leben außerhalb des Landes sicherer wäre. Es war mein Job, ihn zur Rückkehr zu bewegen. Und ich bin gut in meinem Job, oder war es mal. Na jedenfalls kam ich nach Hause und fand beide tot auf. Sie waren im Schlaf erschossen worden." Knights Stimme brach. „Zuerst fand ich Cheryl. Ich war spät nach Hause gekommen und ging zuerst in unser Schlafzimmer. Sobald ich näherkam, wusste ich, dass etwas nicht stimmte. Ich konnte es riechen und Panik stieg in mir hoch. Ich zog sogar meine Waffe, aber alles, was ich vorfand, war ihr bewegungsloser Körper auf dem Bett. Ich warf einen Blick auf sie und rannte in Zacharys Zimmer. Ich fand auch ihn, er trug immer noch den Dinosaurier-Schlafanzug, den ich ihm gekauft hatte, als ich das letzte Mal zu Hause war. Sie wurden beide in den Kopf geschossen."

Knight holte tief Luft. „Ich rannte ins Badezimmer und übergab mich. Ich, ein Marine, der gesehen hatte, wie Körper in Stücke gerissen wurden, und alles, was ich tun konnte, war, zu kotzen und anschließend auf dem Badezimmerboden zu einem Häufchen Elend zusammenzusacken. Ich weiß nicht, wie lange ich dort gesessen habe, ehe ich das Büro anrief. Zu der Zeit habe ich direkt für Mark Cale gearbeitet und er trat in Aktion. Die ortsansässige Polizei wurde zugunsten der Bundespolizei übergangen, aber so sehr sie es auch versuchten, sie kamen nur zu dem einen Schluss: Wer auch immer das getan hatte, war ein Profi und hatte keine Spuren hinterlassen. Mark hat meine zurückliegenden Fälle durchgearbeitet, und abgesehen von einigen Leuten, denen ich auf die Füße getreten bin, fanden sie absolut gar nichts. Sie haben noch nicht mal herausbekommen, wie er ins Haus gelangt ist. Ich wusste, es war ein Fehdehandschuh. Wer auch immer das getan hatte, forderte mich heraus und verspottete mich."

„Also ist nichts passiert?"

„Nein. Aber ich bin abgestürzt. Wochenlang war ich zu überhaupt nichts fähig. Schließlich kam Mark vorbei und hat mich wieder zur Vernunft gebracht. Ich sagte ihm, ich könne nicht wieder zurück in den Außendienst gehen. Ich konnte mir selbst nicht vertrauen, dass ich nicht absichtlich in eine Kugel laufen würde. Also kam ich zur Abteilung Recherche und Archiv. Ich hoffte immer noch, dass mir etwas auf den Schreibtisch flattern würde, das mir einen Hinweis darauf geben könnte, wer mir das angetan hatte, damit ich sie verfolgen und zur Strecke bringen, und sie so leiden lassen konnte, wie ich gelitten habe." Knights Atem stockte kurz. „Und bitte versteh mich nicht falsch, ich werde sie zur Strecke bringen und sie werden durch meine Hände leiden."

Seine Stimme jagte Day einen Schauer über den Rücken.

„Und dann kriege ich den ersten Hinweis und der Bastard, der sie umgebracht hat, ist tot. Du hast ihn erschossen. Aber er hat gesagt, dass da noch jemand involviert gewesen ist. Er hat seine eigene Rache bekommen, aber er hat gesagt, dass er außerdem auch noch bezahlt worden ist. Also bin ich einen Schritt weitergekommen, und ich habe jetzt eine ganze Latte von Ermittlungsmöglichkeiten, aber der große Fisch ist mir entwischt. Das Arschloch ist gestorben, bevor er mir verraten konnte, wer ihn engagiert hatte."

Day verbesserte ihn nicht. Er bezweifelte, dass Knight irgendetwas von ihm erfahren hätte. Day hatte einen gut gezielten Schuss abgegeben, und den hätte der Drecksack nicht besonders lange überleben können. Und selbst wenn er das hätte, der Hass, den Day in Vasquez' Augen gesehen hatte, hatte klar gemacht, dass er sein Geheimnis mit ins Grab genommen hätte. Er entschied, es auf eine andere Weise zu versuchen. „Denkst du nicht, dass er dich möglicherweise angelogen haben könnte, um dich zu treffen?"

„Ich nehme an, das wäre eine Möglichkeit. Aber zu dem Zeitpunkt hatte er die Kontrolle über mich und er hatte allen Grund anzunehmen, dass ich durch seine Hand sterben würde." Knight schüttelte den Kopf. „Er wollte, dass ich wusste, dass er es getan hatte und dass ich nicht alle Antworten erhalten würde."

Das konnte Day verstehen. „Das alles ist vor ungefähr zwei Jahren geschehen, richtig?"

„Ja. Die meisten Leute wissen, dass ich für eine Weile völlig ausgeflippt bin und mich dann zurückgezogen habe. Ich konnte für eine lange Zeit nichts auf die Reihe kriegen. Ich habe mich in einer Flasche verkrochen und bin dort geblieben, wenn ich nicht gerade gearbeitet habe. Es hatte eine herrlich betäubende Wirkung und ich konnte vergessen, was passiert war, jedenfalls solange der Suff anhielt."

„Wie lange hast du das so gemacht?"

„Bis vor ungefähr einer Woche? Ich habe mich nicht besonders gut geschlagen. Mein guter Vorsatz hielt ungefähr fünf Tage, und dann habe ich mir wieder die Kante gegeben." Seine Selbstgeißelung war deutlich in seiner Stimme zu hören.

„Ich nehme an, du hast getrunken, um diese Nacht zu vergessen." Day berührte Knights Schulter. „Ich bin auch an diesem Punkt gewesen. Nach dem Tod meines Vaters wollte ich mich oft betrinken. Einmal habe ich das auch getan. Habe Stephen eine Flasche geklaut und mich im Schuppen hinterm Haus versteckt. Dad war seit einer Woche tot und Stephen fand mich, nachdem ich ungefähr drei Schlucke getrunken hatte."

„Was hat er getan?"

„Sich mir angeschlossen. Es ging uns beiden beschissen. Danach habe ich das Zeug nicht mehr angerührt, bis ich volljährig war. Mir war so kotzübel und Stephen hat sich nur über mich lustig gemacht, weil ich nichts vertrug. So war Stephen – er hat mich meine eigenen Erfahrungen machen lassen und anschließend dafür gesorgt, dass ich in Sicherheit war und nicht zu Schaden kam. Ich denke, das war das letzte Mal, dass ich betrunken gewesen bin, bis zu der Nacht mit dir. Und das will ich nie wieder machen. Als Miguel mir diesen Schluck Tequila gegeben hat, war ich erstaunt darüber, dass ich ihn bei mir behalten habe." Day schloss die Augen und beratschlagte mit sich, ob er noch mehr sagen sollte, aber dann ging ihm auf, dass, zum Teufel noch mal, Knight nicht mehr als sauer auf ihn werden konnte.

„Ich habe immer geglaubt, dass mir das Leben so übel mitgespielt hätte. Ich hatte meine Mutter und meinen Vater verloren, also kam ich zu dem Schluss, dass alle Welt nett zu mir sein und Nachsicht mit mir üben müsste. Manche Menschen taten das auch, andere wiederum nicht. Aber … es gibt Leute, denen es noch schlechter geht als uns. Wie diese Menschen, die in Miguels Nachbarschaft leben. Ich wette, ihre Häuser sind nicht mit seinem zu vergleichen."

„Nein, die sehen innen genauso aus wie außen, und sie kratzen Geld zusammen, um das Essen auf den Tisch zu bringen. Ich weiß, dass wir nicht dort waren, aber ein paar Meilen weiter die Straße zu den Ruinen rauf liegt diese kleine Stadt. Es ist nicht viel mehr als ein großer Platz mit vielleicht sechs oder sieben Häusern. Die Stadt lebt von den Durchreisenden. Die Frauen schneiden Ananas und Papaya klein und verkaufen sie beutelweise für einen Dollar das Stück an Touristen. Davon leben sie. Ein paar Dollar am Tag pro Familie ist alles, was sie haben, wenn sie Glück haben." Knight drehte sich, auf der Bettkante sitzend, zu ihm um. „Ich weiß, dass ich Glück habe. Ich lebe in einem Land, wo ich alles, was ich will, in greifbarer Nähe habe. Ich weiß, dass ich manchmal meine Gefühle einfach loslassen sollte. Aber das Einzige, was mich in diesen dunklen Stunden vom Selbstmord abgehalten hat, war der Gedanke an Rache. Ich werde die Leute finden, die für den Tod meiner Frau und meines Sohnes verantwortlich sind. Danach werde ich herausfinden, was ich mit dem Rest meines Lebens anfangen will."

„Das ist ein leeres Dasein. Du weißt, dass du dich noch genauso leer fühlen wirst, nachdem du den Verantwortlichen geschnappt hast. Es wird sie nicht zurückbringen." Das wusste er nur zu gut. „Ich habe monatelang mit Gott gehandelt, damit er meine Mutter gesund macht. Ich versprach ihm, immer brav zu sein und Mädchen zu mögen. Ich versprach ihm einfach alles, aber sie ist trotzdem gestorben."

„Es ist alles, was ich habe", sagte Knight. „Sie verdienen Gerechtigkeit für das, was ihnen angetan wurde."

Day war zu müde zum Streiten und ihm war klar, dass Knight seine Meinung nicht ändern würde. Nicht, wenn er schon so lange so verzweifelt daran festhielt. Er konnte Knights Wunsch nach Vergeltung verstehen. Zum Teufel, Days Hände ballten sich zu Fäusten, wenn er nur daran dachte, und sein eigener Gerechtigkeitssinn lief auf Hochtouren. „Das tun sie." Day tippte Knight auf die Schulter. „Aber in den nächsten zwei Tagen wird das nicht passieren."

„Ja, ich weiß", gab Knight zu.

„Und der Kerl, der den Abzug tatsächlich gedrückt hat, ist tot."

„Ja."

„Also gibt es hier so etwas wie Gerechtigkeit. Und außerdem weiß der Typ, der dafür bezahlt hat, nicht, dass du weißt, was passiert ist. Er glaubt, dass er davongekommen ist. Nichts ist passiert und der Mörder ist nicht aufgetaucht. Jetzt, da er tot ist, werden sie sich noch sicherer fühlen."

„Worauf willst du hinaus?"

Day schnaubte. „Ich bin müde und vollgepumpt mit Drogen. Ich weiß nicht genau, ob ich überhaupt auf irgendetwas hinaus will." Er machte sich wieder lang. „Entschuldige, ich denke gerade nicht besonders klar. Lass uns schlafen gehen und dann können wir am Morgen anfangen, daran zu arbeiten. Ich schließe das Satellitenkommunikationsgerät an, und anstatt nach Montego Bay zu gehen, werden wir sehen, was für Informationen wir ausgraben können."

Knight erhob sich und schnaubte. „Nein. Du hast recht. Ich muss damit für eine Weile hinterm Berg halten. Abgesehen davon möchte ich nicht, dass irgendjemand zuhört oder mir dabei über die Schulter sieht. Ich kümmere mich darum, wenn wir wieder zurück sind. Hier gibt es zu viele potenzielle Augen und Ohren." Er ging davon und die Badezimmertür öffnete und schloss sich. Day zog die Decken um sich herum, denn er zitterte, als Knights Schmerz und Verlust auf ihn einstürmten. Day hatte schon einmal versprochen, dass er weder Mitleid noch Anteilnahme bekunden würde. Er wusste, Knight hatte sie damals nicht gewollt, und wollte sie jetzt auch nicht. Also sagte er lediglich Gute Nacht, als Knight wieder herauskam, und machte dann die Augen zu.

Höchstwahrscheinlich hätte Day noch stundenlang wach gelegen, wären da nicht die Schmerzmittel gewesen, und bald war er eingeschlafen, eingelullt vom sanften Wiegen des Schiffes, das irgendwann weniger wurde, hauptsächlich wohl, weil sie in den Hafen einliefen. Er versuchte, wieder einzuschlafen, war aber hellwach, als die Sonne die Ränder der Vorhänge erleuchtete. Es war noch früh am Morgen, aber ihm war klar, dass er nicht wieder einschlafen konnte, also stand er auf, zog sich an und verließ die Kabine.

Er fuhr in einem leeren Fahrstuhl durch ein größtenteils verwaistes Schiff nach oben aufs Pooldeck und wanderte in der Morgenluft umher. Ein paar Leute saßen in den Whirlpools, aber er hatte das Deck fast ganz für sich allein. Die Stille, kombiniert mit dem Ausblick auf die umgebenden Inseln, gab ihm die Möglichkeit, seine Gedanken zu ordnen. Er beugte sich über die Reling und sah zu, wie das Schiff am Kai anlegte. Falls er geglaubt hatte, dass ihm die Antworten auf seine Probleme einfach so zufliegen würden, dann hatte er sich geirrt. Am Ende beobachtete er den Andockvorgang und danach, als mehr und mehr Leute nach oben an Deck kamen, um ihre Morgenrunde zu joggen oder kurz in einen der Pools zu springen, verließ er den Poolbereich und nahm die Treppe nach unten zu ihrem Deck.

Er ging den Gang entlang und bog gerade um die leichte Kurve, als er jemanden in die Kabine vor sich gehen sah. Er hätte schwören können, dass das ihre Tür war. Er war diesen Weg oft genug gegangen, um zu wissen, dass genau dort ihre Kabine lag. Seine erste Reaktion war Zorn. Falls Blain schon wieder diesen kleinen Trick abzog, würde Day ihm die Scheiße aus dem Leib prügeln.

Er war gerade im Begriff, seine Karte ins Schloss zu stecken, hielt dann aber inne, weil er von drinnen gedämpfte Stimmen hörte. Wegen der besonderen Art ihrer Kabine stand die Tür in einem leichten Winkel zum Gang. Day drückte sich in die Schräge und presste sein Ohr an die Tür.

„Wo ist dein Freund? Der mit der verletzten Flosse?"

„Was wollen Sie?", hörte er in Knights tiefer Stimme. Die Erwiderung klang gedämpft. „Es wäre besser für dich gewesen, wenn du fortgeblieben und einfach nur vom Schiff verschwunden wärst."

„Familie ist Familie", war die Antwort. Jedenfalls glaubte Day, das gehört zu haben. Gütiger Himmel, was für ein Schlamassel. Was war nur los mit diesen Leuten? „Dein Freund ist besser bald wieder hier."

Herrgott noch mal. Daran hätten sie denken müssen. Dimato hatte ihnen berichtet, dass eine ungewöhnlich große Anzahl von Leuten in Costa Maya nicht auf ihr Schiff zurückgekehrt war. Knight und er hätten in Betracht ziehen müssen, dass die Terrorgruppe jemanden auf dem Schiff hatte. Day fiel der Türspion ein und er duckte sich außer Sicht, in der Hoffnung, nicht bereits bemerkt worden zu sein. Er musste sich entscheiden, was zu tun war und zwar rasch. Er konnte nicht einfach reingehen oder Knight im Stich lassen.

Day schaute den Gang hinauf und hinunter. Ein paar Türen weiter stand ein Tablett auf dem Fußboden. Day eilte dort hin, räumte den Müll runter und ließ ihn auf dem Boden liegen. Dann nahm er den schmutzigen Teller, stülpte den Deckel darüber und fügte alles hinzu, was übrig geblieben war und nicht nach Abfall aussah. Vorsichtig hob er es auf und schaffte es, es auf seinem gesunden Arm zu balancieren. Dann näherte er sich der Tür und stellte sich direkt daneben. Er klopfte leise an, was alles war, das er mit seinem verletzten Arm zustande brachte. „Zimmerservice." Day hoffte inständig, dass Knight erkennen würde, dass er es war.

„Was gibt's?" Das war definitiv nicht Knights Stimme.

„Zimmerservice. Ich habe Ihr Frühstück, Sir", fügte Day mit leichtem Akzent hinzu und hoffte, dass er nicht zu dick auftrug. Day klopfte erneut, um die Dringlichkeit seiner Mission zu unterstreichen, und wartete.

„Lassen Sie es draußen stehen."

„Das darf ich nicht tun, Sir. Es muss jemand dafür unterschreiben." Day hatte nicht vor, nachzugeben. Das war alles, was er tun konnte. Er hörte Geschlurfe und den metallischen Klang der Türverriegelung. Sie öffnete sich ein wenig, und sobald er Knight etwas weiter hinten stehen sah, stieß er die Tür auf und setzte dabei sein ganzes Gewicht ein. Das Tablett kippte nach vorn und Day versuchte, es gegen den Fremden zu drücken, der es instinktiv aufzufangen versuchte.

Knight stürmte los, packte den Eindringling am Arm und schleuderte ihn in den Raum. Eine Pistole schlidderte über den Teppich und sie hatten verdammtes Glück, dass das Ding nicht losging. Knight konnte den Eindringling nicht länger festhalten, und er drehte sich von ihm weg, unglücklicherweise in Richtung der Waffe. Knight setzte ihm nach, aber es war klar, dass der Fremde sie zuerst erreichen würde.

„Pass auf!", rief Day und schnappte sich den Teller vom Fußboden. Er warf ihn wie ein Frisbee und traf den Mann damit an der Schulter. Hätte er daneben geworfen, dann hätte der Teller wahrscheinlich die Balkontür zertrümmert, so fest hatte er ihn geschleudert. Stattdessen schrie der Eindringling auf, als die Kabinentür zuschlug. Knight hechtete los, brachte den Mann zu Fall und drückte ihn zu Boden.

Day atmete heftig, während Knight den Mann überwältigte. „Schnapp dir einen Waschlappen und ein paar Handtücher aus dem Badezimmer", sagte Knight, ehe er sich wieder dem Eindringling zuwandte. „Beweg dich nicht und gib keinen Laut von dir oder ich breche dir das Genick wie einen morschen Zweig." Der Mann rührte sich nicht mehr und verstummte. „Du hast dich mit den falschen Leuten angelegt, Arschloch." Knight holte tief Luft und Day drehte sich um, um zu tun, worum Knight ihn gebeten hatte. Als er zurückkam, hielt er Knight den Waschlappen und die Handtücher hin. „Steck ihm den Waschlappen in den Mund." Day tat, was Knight verlangte. Dann zog Knight dem Kerl die Handtücher über den Kopf und drückte ihn auf den Boden. „Was zur Hölle hast du dir dabei gedacht?", flüsterte Knight dem Mann ins Ohr. „Oder lass mich raten, das hast du nicht."

Er erhielt eine gedämpfte Erwiderung. „Hast du geglaubt, dass Leute, die diese Stückchen Scheiße ausgeschaltet haben, die du deine Freunde nennst, nicht in der Lage wären, sich vor deinesgleichen zu schützen?" Knight beugte sich noch näher. „Du hättest es auch ebenso gut dabei belassen, fortgehen und wieder in die dunkle Jauchegrube zurückkriechen können, aus der du gekommen bist. Aber nein, du hast entschieden, dass deine beste Option wäre, dich mit uns anzulegen. Was für ein Idiot!" Der Mann fing an, sich zu rühren und Knight platzierte seine Hände rechts und links von dessen Kopf. „Neunzehn Kilo Druck." Knight zwang den Kopf des Eindringlings auf die Seite. „Das ist alles, was ich brauche, um dir das Genick zu brechen, und ich könnte es im Schlaf tun. Wenn du also noch mal versuchst, dich zu bewegen, mache ich Haifutter aus dir. Ja genau. Ich breche dir dein verdammtes Genick und werfe deinen Körper anschließend über Bord. Die Familie, die du so hoch in Ehren zu halten scheinst, wird nie erfahren, was zum Teufel mit dir passiert ist. Na wenigstens wirst du als Fischfutter noch zu etwas nütze sein."

Knights kleine Ansprache schien die gewünschte Wirkung zu erzielen. Der Mann bewegte sich nicht mehr und Day eilte durch den Raum. Er hob die Waffe auf, vorsichtig darauf bedacht, sie nicht mit seinen bloßen Händen anzufassen, warf das Magazin aus und legte beides beiseite. „Was soll ich jetzt machen?" Days Arm pochte.

„Ich hoffe, du hast die Wunden nicht wieder aufgerissen."

Das glaubte er nicht. Er hatte seine gesunde Schulter benutzt und jetzt taten ihm beide weh.

„Ruf Blain an und bring ihn hier her. Er hat gesagt, wir sollen uns melden, falls wir offizielle Hilfe brauchen sollten, und die brauchen wir definitiv, es sei denn, du willst diesen nutzlosen Müllhaufen hier über Bord werfen." Knight fing an zu lachen. „Wir wollen allerdings das Meer nicht mit Abfall verschmutzen."

Day fand die Karte, die Blain ihnen gegeben hatte, und rief an. „Blain? Hier ist Day, ich glaube, wir könnten etwas Unterstützung von dir gebrauchen. Kannst du in unsere Kabine kommen?"

„Wie spät ist es?"

„Früh. Komm bitte her." Day legte auf und grinste Knight an. „Er ist auf dem Weg."

Knight nickte und keiner von ihnen rührte sich, bis sie ein Klopfen hörten. Day sah durch den Türspion und öffnete Blain die Tür. „Ich bin aufs Pooldeck gegangen, um ein bisschen spazieren zu gehen, und als ich wieder zurückkam, sah ich, wie er sich in unsere Kabine schlich. Scheinbar ist er ein Verwandter von den Kerlen, die wir vor ein paar Tagen aufgemischt haben."

„Aufgemischt haben?", fragte Blain.

„Das gefällt dir nicht? Wie wär's mit über die Klinge springen lassen?" Day fühlte sich schlagfertig. „Ich höre jetzt damit auf. Ich denke, ich habe für eine Weile genug davon." Himmel, er hatte definitiv mehr, als er heute Morgen beim Aufstehen erwartet hatte.

„Ja, ich glaube, das hast du", kommentierte Blain und wandte sich wieder an Knight. „Lassen Sie mich einen Anruf machen und sehen, ob ich etwas arrangieren kann. Anschließend nehme ich ihn in Gewahrsam und wir bringen ihn vom Schiff in die Stadt zu ein paar Verbündeten. Die wissen, was sie mit ihm machen sollen und wie sie ihn zum Sprechen bringen. In den Staaten will man ihn sicher nicht haben. Auf diese Weise können sie ihn ein bisschen härter anpacken, besonders, da er von ausländischer Nationalität ist." Blain hatte Spaß daran, dass ihr Gast sich wand. Er trat zur Seite und sprach leise in sein Handy. Blain tätigte mehrere Anrufe und wenig später klopfte es an der Tür und ein weiterer Mann kam, zusammen mit einem Vertreter der Schifffahrtslinie, ins Zimmer. Ihr ungebetener Gast wurde in Handschellen gelegt und abgeführt. „Ich nehme an, die Schiffsleitung wird Fragen haben. Verweist sie einfach an mich und ich kümmere mich um alles." Blain blieb kurz an der Tür stehen. „Ich werde dafür sorgen, dass ihr beide eine Kopie des Berichts erhaltet, genauso wie alle Informationen, die er uns möglicherweise geben wird."

„Danke", sagte Knight. „Ich habe ein … persönliches Interesse an allem, was er sagt."

Blain machte eine Pause. „In Ordnung. Benutzen Sie die Karte und rufen Sie mich in ein paar Tagen an. Ich bringe Sie über alles, was wir bis dahin herausgefunden haben, auf den neusten Stand." Es war offensichtlich für Day, dass Knight nicht gerade froh darüber war, von dem hier ausgeschlossen zu werden, aber es gab nichts, was einer von ihnen dagegen machen konnte, ohne dabei ihre Tarnung aufs Spiel zu setzen und sich als Resultat davon mit zusätzlichen Untersuchungen konfrontiert zu sehen, die keiner von ihnen gebrauchen konnte.

„Ich hoffe, dass das jetzt für eine Weile das Ende von dem Ganzen hier ist", sagte Day, nachdem alle gegangen waren.

„Du hast ziemlich schnell geschaltet. Ich hatte mir schon gedacht, dass du keinen Zimmerservice bestellt hast."

„Ich hatte gehofft, dass du es verstehen würdest. Der Kerl ist auch darauf hereingefallen." Day setzte sich auf die Bettkante. „Da ist nur eine Sache, die mir Kopfzerbrechen verursacht." Knight legte fragend den Kopf schief. „Wie viele Leute gibt es noch, die dich umbringen wollen? Du weißt wirklich, wie man Freunde gewinnt und Leute beeinflusst. Ich meine, Menschenskind, hast du jemals jemanden getroffen, der nicht hin und wieder das Bedürfnis hatte, dich umzubringen?" Day war erschöpft, fiel rücklings aufs Bett und schloss seine Augen. „Der Himmel weiß, dass ich es wenigstens einmal am Tag tun möchte."

„Wer ist jetzt hier der Arsch?"

„Das wärst dann du", schoss Day zurück. „Du bist der König der Ärsche, weißt du noch? Wenn ich könnte, würde ich dir eine Krone aufsetzen, aber das wäre nicht angenehm." Er lächelte und hielt die Augen geschlossen. Es wurde still im Raum. Day wartete weiterhin auf irgendeine Erwiderung, hörte aber nichts, nicht einmal Schritte. „Was machst du?" Day öffnete die Augen einen Spaltbreit und sah, dass Knight ihn ansah.

„Nachdenken."

„Worüber?"

Knight seufzte. „Darüber, wie ich meine Familie betrogen habe."

Day riss die Augen auf, fuhr hoch und zuckte zusammen, weil er seine verletzte Schulter zu sehr belastete. „Und wie hast du das getan? Du hast zwei Jahre lang versucht, herauszufinden, wer ihnen wehgetan hat. Dein Leben war zum Stillstand gekommen. Ich würde sagen, das ist keine Art von Betrug, denn ich bezweifele, dass einer von ihnen, deine Frau oder dein Sohn, dich so unglücklich sehen möchte." Day bewegte sich auf gefährlichem Terrain und er wusste es in dem Moment, als Knights Lippen schmal und sein Blick hart wie Stein wurde.

„Du verstehst es nicht. Du wirst es niemals verstehen können." Knight ging zur Tür.

„Stopp!", sagte Day mit Nachdruck. „Hör auf, ein Arsch zu sein. Himmel, du bist so ein verschlossener Mistkerl. Du redest nie über irgendetwas, und es ist, als würde man einen Zahn ziehen, wenn man versucht, dir etwas anderes als Kratzbürstigkeiten zu entlocken. Es gibt Momente, ungefähr drei bis vier Mal am Tag, da möchte ich dich am Liebsten erschießen. Wie soll ich es denn jemals verstehen, wenn du es mir nicht sagst? Ich kann keine Gedanken lesen. Niemand kann das."

„Cheryl konnte es manchmal", konterte Knight.

171

„Cheryl hatte dich gern, genauso, wie du sie gern gehabt hast. Ich bin sicher, es gab Zeiten, da wusstest du, was sie wollte." Der verwirrte Ausdruck auf Knights Gesicht sagte ihm alles, was er wissen wollte. „Ich verstehe." Wie er sich bereits gedacht hatte, war Cheryl die Fürsorgliche gewesen und sie hatte sich um ihn gekümmert. „Niemand kann die Gedanken eines anderen Menschen lesen." Day streckte sich wieder lang auf dem Bett aus. Er war müde und hatte genug davon, sich mit Knight zu zanken. Es war ermüdend. „Mach, was du willst. Ich werde mich jetzt hinlegen, weil es mich ausgelaugt hat, dir schon wieder den Arsch zu retten. Jetzt tun mir beide Schultern weh."

Knight machte „hm" und verließ wortlos den Raum. Day schloss die Augen. Er hätte etwas gegen die Schmerzen nehmen sollen, aber so schlimm waren sie auch wieder nicht und er war es leid, von Schmerzmitteln gedopt zu werden. Das erschwerte sein Denken, und der Himmel wusste, dass er seine fünf Sinne beisammen haben musste, wenn er mit Knight klarkommen wollte. Der Mann war selbst in seinen besten Zeiten noch anstrengend. Er ging im Geist das Chaos durch, das Knight war. Der Mann war clever; er konnte witzig sein und leidenschaftlich, fürsorglich und sogar aufmerksam. Das alles hatte er unter Beweis gestellt, als er ihn zurück aufs Schiff gebracht, und sich um ihn gekümmert hatte. Aber der Kerl konnte auch ein echter Affenarsch sein. Soviel stand verdammt noch mal fest. Wieso war er dann so fasziniert von diesem Mann? Er wünschte, er wüsste es, damit er ihn aus seinen Gedanken vertreiben konnte.

Nach ein paar Minuten konzentrierten sich Days Grübeleien auf die Frage, wieso Knight glaubte, seine Familie betrogen zu haben. Sie waren fort, und er hatte versucht, herauszufinden, wieso sie ermordet worden waren. Vielleicht war es, weil er dabei versagt hatte? Day versuchte, sich an Knights Marine-Stelle zu versetzen. Pflicht. Ehre. Kameradschaft. Knight verkörperte all diese Dinge, ohne jeden Zweifel, und vielleicht glaubte er, seine Pflicht gegenüber Cheryl und seinem Sohn nicht erfüllt zu haben, und, schlimmer noch, es wahrscheinlich auch nie zu tun. Ja, ihr Mörder war tot, aber die Person, die dahinter steckte, war es nicht. Das musste es sein … Sobald er glaubte, die Antwort gefunden zu haben, flackerte ein weiterer Gedanke am Rande seines Bewusstseins auf, weigerte sich aber, Gestalt anzunehmen.

Als Knight zurückkam, hatte er zwei Teller mit Frühstück dabei. Day stand auf und sie aßen in dem kleinen Wohnbereich ihrer Kabine, ohne dass ein Wort fiel. Hauptsächlich beschäftigte Day sich weiterhin mit der Frage, was mit Knight los war. Mit der Schroffheit konnte er umgehen, denn der Himmel wusste, dass er manchmal genauso schroff und schweigsam sein konnte. Aber dann drehte Knight sich gewöhnlich um hundertachtzig Grad und war nett zu ihm, brachte ihm Essen und kümmerte sich um ihn. „Du weißt schon, dass du das nicht machen musst, nur weil du dich …" Er war nicht sicher, was er meinte und suchte nach Worten. „Du musst mich nicht aus einem Gefühl von Dankbarkeit heraus bedienen. Ich habe vorhin nur Spaß gemacht. Ich weiß, dass du dasselbe auch für mich tun würdest, wäre ich an deiner Stelle."

„Tust du das? Es scheint so, als wärst nicht du derjenige, der sich ständig in dieser Position befindet", murmelte Knight und schaufelte weiterhin Essen in seinen Mund.

„Bitte. Du musst mir nicht als Macho Marine kommen. Du deckst mir den Rücken und ich decke deinen. So läuft das eben."

„Ja, aber …" Knight schien noch mehr sagen zu wollen und tat es dann doch nicht. Verwirrung stand ihm klar ins Gesicht geschrieben.

„Aber du erwartest nicht, dass der Agent, der noch in den Windeln steckt, derjenige ist, der dir den Rücken deckt. Du hast gedacht, du würdest meinen decken und dass du derjenige sein würdest, der zu meiner Rettung erscheint." Day bot ihm die Antwort an, richtete sich auf, legte seine Gabel beiseite und trank von seinem Wasser. „Ist dir jemals der Gedanke gekommen, dass wir als Team gearbeitet haben? Ich habe an die Tür geklopft und ihn überrascht und du hast ihn ausgeschaltet. Ich konnte nicht kämpfen. Alles, was ich tun konnte, war, dir die Chance zum Handeln zu geben und das hast du getan. Ist das nicht das, was deine Marine Kumpels für dich tun würden?"

„Ja, aber du bist kein Marine."

Das war ein weiterer Moment in dem Day ihn am Liebsten umgebracht und seinen Körper über Bord geworfen hätte. „Nein, bin ich nicht, aber die Marines haben kein Monopol auf Ehre, Mut, Pflichtbewusstsein und all die anderen Eigenschaften, die dir so viel bedeuten. Und sie sind auch nicht der Marktführer im Rückendeckung geben." Day schnaubte und fing wieder an zu essen, denn er ging davon aus, dass ein voller Mund verhindern würde, dass ihm etwas Patziges über die Lippen kam und er Knight wieder wütend machte.

„Du hast recht", sagte Knight und einige Augenblicke später lächelte er. „Und du kannst ruhig den Mund zumachen. Ich möchte nicht sehen, was du isst." Day folgte Knights Vorschlag und verschluckte sich beinahe vor Überraschung. „Ich decke deinen Rücken und du deckst meinen. Du hast getan, was du tun solltest, und du hast es gut gemacht."

Day schluckte eine Erwiderung runter und aß weiter. Als sie fertig waren, lehnte er sich auf dem Sofa zurück und machte die Augen zu. In den vergangenen Tagen hatte er nichts weiter getan, als zu schlafen und langsam hatte er die Schnauze voll davon, obwohl er immer noch müde war.

„Wieso ziehen wir uns nicht unsere Badehosen an und gehen rauf aufs Pooldeck? Dort wird nicht viel los sein, und du kannst dich dort draußen hinlegen und entspannen. Dann hast du etwas anderes zu tun, als diese Wände anzustarren."

„Ich sollte ein wenig arbeiten."

„Während ich draußen war, habe ich Dimato angerufen und ihm erklärt, dass du immer noch auf dem Weg der Besserung bist. Er hat gesagt, dass alles warten kann, bis wir wieder zurück sind und dass er sehr zufrieden mit unserer Arbeit ist. Na ja, er hat es in Dimato Sprache ausgedrückt, was hauptsächlich heißt ‚bei der Ausführung habt ihr Bockmist gebaut, aber ihr habt den Auftrag erledigt'. Dann sagte er, du sollst dich ausruhen, gesund werden und arbeitsbereit sein, wenn du wieder zurückkommst. Anschließend hat er aufgelegt. Also chill mal deine Base und entspanne dich. In zwei Tagen legen wir in Canaveral an und kehren zurück ins wirkliche Leben."

„Okay." Day war zu müde, um sich ernsthaft zu streiten, also stand er auf und suchte seine Badehose. Es gelang ihm, seine Hose aus- und seine Badehose anzuziehen, so dass sie seinen Hintern und seine Kronjuwelen bedeckte. Als er sich umdrehte, warf Knight ihm einen Blick zu und lachte.

„Was für ein Kuddelmuddel." Knight kam zu ihm herüber und richtete seine Badehose. „Wenn du das Ding schon trägst, dann sollte es wenigstens gerade sitzen, damit du nicht alle Männer an Deck blendest."

„Danke. Aber was, wenn ich alle blenden will?" Er meinte, ein Knurren von Knight vernommen zu haben, war sich aber nicht sicher. „Wirst du dich umziehen und mit mir nach oben kommen oder willst du in die Stadt gehen und dich amüsieren?" Es war nicht nötig, dass Knight auf dem Schiff blieb, wenn er es nicht wollte.

Knight schien ihn zu ignorieren. „Ich werde meine Badesachen anziehen und dann gehen wir rauf an Deck." Er holte seine Badehose und zog sich rasch um, wobei er Day einen netten Ausblick auf seinen strammen Hintern gewährte. Der Mann war unglaublich hinreißend – ganz Muskeln und Kraft. Kurz bevor Knight sich umdrehte, wandte Day sich ab, denn seine Badehose würde nichts verbergen.

„Ich habe ein paar Handtücher", sagte Day, während er sie aus dem Bad holte und sich über die Schulter warf.

„Gut." Eine Flasche klapperte und Knight tippte ihm auf die Schulter. „Nimm die hier gegen die Schmerzen, ehe wir gehen, und dann kann's losgehen."

Er hatte die Tabletten satt, schluckte sie aber trotzdem und dann verließen sie die Kabine und machten sich auf den Weg zum Poolbereich.

DAY VERBRACHTE den Rest des Tages mit Nichtstun und ging nach dem Abendessen sofort schlafen. Als er am nächsten Morgen aufwachte, tat seine Schulter weh und fühlte sich warm an. Es wurde nicht besser, also rief Knight den Arzt an, der sich die Wunde ansah und den Verband wechselte. „Es scheint keine Infektion zu sein", sagte der Doktor, nachdem er fertig war. „Das ist Teil des Heilungsprozesses. Am besten ruhen Sie sich aus und versuchen, den Arm so wenig wie möglich zu bewegen."

„Ich weiß", sagte Day. „Danke für Ihre Hilfe."

„Wir waren nur besorgt", kommentierte Knight und sie unterhielten sich leise, bis der Arzt schließlich ging. „Ich bestelle uns Steaks zum Abendessen und lasse sie auf die Kabine bringen."

Knight nahm den Hörer in die Hand und nach allem, was Day mitbekam, bestellte der Mann ein Festessen für später am Abend. Er machte es sich auf dem Bett bequem, weil er davon ausging, dass Knight einen Anfall bekommen würde, falls er versuchen sollte, irgendetwas zu tun.

„Willst du dich ausruhen?", fragte Knight, nachdem er aufgelegt hatte.

„Ich glaube schon." Die Untätigkeit machte ihn wahnsinnig, aber er wusste, dass es im Moment einfach das Beste war, sich auszuruhen und die Schulter zu schonen. Er konnte es kaum erwarten, nach Hause zu kommen und seinen eigenen Arzt einen Blick auf seine Schulter werfen zu lassen oder, um genauer zu sein, einen von Scorpions Ärzten.

„Du könntest wieder nach oben an Deck gehen", schlug Knight vor.

„Ist schon gut. Du gehst. Es ist nicht notwendig, dass du hier herumhängst, während ich mich ausruhe." Er langweilte sich zu Tode, aber deswegen musste es Knight ja nicht genauso ergehen. „Ich nehme ein paar Tabletten und lass sie ihren Zauber entfalten." Während der vergangenen Tage hatten die Schmerzen langsam nachgelassen. „Ich verstehe nur nicht, wieso ich immer noch die ganze Zeit über so müde und schwach bin."

„Du hast viel Blut verloren und der Körper braucht einige Zeit, um sich davon zu erholen. Du ruhst dich aus. Ich gehe eine Weile nach oben an Deck. Das Abendessen ist für sieben Uhr bestellt, und falls du noch was anderes brauchst, ruf den Zimmerservice." Er klang wie eine Glucke. Day wusste nicht, ob er das als echte Fürsorge von Knights Seite bewerten sollte oder als die übliche Sorge um seinen Partner. Diese ganze Situation trieb ihn in den Wahnsinn. In vielerlei Hinsicht hatte Knight sich mehr distanziert. Er blieb länger fort als zuvor, und ihre Unterhaltungen beinhalteten keinerlei persönliche Gespräche mehr. Es war alles oberflächlich. Es hatte einen Zeitpunkt gegeben, an dem er geglaubt hatte, sie würden sich näherkommen – aber jetzt zog Knight sich zurück. Oder vielleicht war die ganze Sache auch nur der Situation und Days Einbildungskraft zuzuschreiben.

Knight ging ins Badezimmer, und als er wieder herauskam, trug er ein Paar Bordshorts, die ihm bis an die Knie reichten. Es sah aus wie etwas aus den Fünfzigern, aber Knight füllte es an genau den richtigen Stellen aus. „Bis nachher", sagte Day, als Knight ein T-Shirt anzog und dann die Kabinentür öffnete. „Lass dich von keinem der Jungs anbaggern."

Knight hielt inne und ihre Blicke trafen sich kurz. Keiner von ihnen unterbrach den unsichtbaren Kontakt, bis Knight sich ein paar Sekunden später umdrehte und die Kabine verließ. Day musste schlucken ob der angestauten Hitze in Knights tiefbraunen Augen. Day hatte bemerkt, wie Knight ihn ansah, er war schließlich nicht blind – aber Knight hatte nichts in dieser Hinsicht unternommen. Und die paar Male, als Day versucht hatte, sich Knight zu nähern, war er ignoriert worden. Um etwas zu tun zu haben, schaltete er den Fernseher ein, beachtete die Comedy, die dort lief, aber kaum. Er machte den Ton leiser, ignorierte die Bilder und machte ein Nickerchen.

ER ERWACHTE schlagartig, als sich die Kabinentür öffnete und wieder schloss. Day öffnete seine Augen einen Spaltbreit, als Knight ins Badezimmer ging. Wenige Augenblicke später erschien er wieder, nur mit einem Handtuch bekleidet. „Wie fühlst du dich?"

„Besser." Day schwang die Beine aus dem Bett und stand langsam auf. Knight hatte die Schranktür geöffnet und stand im Türdurchgang. Day trat zu ihm und strich mit seiner Hand leicht über Knights Rücken. Der versteifte sich, zog sich aber auch nicht von ihm zurück oder sagte ihm, er solle aufhören. „Ich verstehe einfach nicht, was hier läuft", gestand Day, während er damit fortfuhr, seine Hände über Knights weiche Haut gleiten zu lassen.

„Ich erwarte auch nicht, dass du es verstehst", flüsterte Knight heiser. Knight rührte sich nicht und Day schloss die Augen und fuhr mit seiner Hand über Knights Bauch. Die Rillen seines Waschbrettbauchs glitten unter seinen Handflächen vorbei. Er hielt seine Berührung leicht und sanft, so wie Leute es mit nervösen Pferden in Westernfilmen taten.

Knight stand still. Day spürte jeden seiner Atemzüge, schneller und schneller, während er seine Hand abwärts bewegte. Er fand den Knoten, der das Handtuch zusammenhielt, zog daran und das Handtuch fiel zu Boden. Day presste seine mit Shorts bekleideten Hüften gegen Knights Hintern, um ihm zu zeigen, was er im Moment fühlte.

Days Herz raste und er hatte Angst, etwas zu sagen. Zum Teufel, er hatte sogar Angst, zu atmen, aus Furcht, das Geräusch könnte den Zauber zerstören. Er hatte keinen verdammten Schimmer, was in Knights Kopf vorging, seit er angeschossen worden war, und jetzt war nicht der Zeitpunkt, das zu analysieren. Er ließ seine Hand tiefer gleiten und fuhr mit den Fingern über das Nest aus Locken, ehe er sie um die Basis von Knights Schaft legte. Knight hatte sich noch immer nicht bewegt und Day versuchte, sich darüber klar zu werden, ob er weitermachen sollte oder nicht. Ausgehend von der Tatsache, dass Knights Schwanz so hart war, dass er dessen Herzschlag darin fühlen konnte, glaubte Day nicht, dass seine Berührungen unwillkommen waren. Er war fast schon im Begriff, loszulassen und zurückzutreten, als Knight sich langsam zu ihm umdrehte.

Day ließ ihn los und durch Knights Drehung wanderte seine Hand über dessen Bauch und Seite. Dann begegneten sich ihre Blicke und Knight zog ihn in einen glühenden Kuss, der Day die Knie weich werden ließ. „Fuck …", murmelte er, als Knight von ihm abließ.

„Genau mein Gedanke", sagte Knight, ehe er seine Lippen wieder auf Days presste. Knight hielt ihn fest und drängte ihn rückwärts und aufs Bett. Er unterbrach ihren Kuss gerade lange genug, um Days Armschlinge zu entfernen und Day anschließend dabei zu helfen, sich seines Hemdes zu entledigen und seine Hose zu öffnen. Irgendetwas über zu viele Klamotten entstieg knurrend Knights Kehle und dann wurden Days Shorts geöffnet und heruntergezogen. „Ich werde dich ficken, bis du dich nicht mal mehr an deinen Namen erinnern kannst." Knight kniff ihn in eine Brustwarze und Day stöhnte und bog den Rücken durch.

„Solange du dich an deinen eigenen erinnern kannst, damit ich dich in die Senilität vögeln kann, alter Mann", knurrte Day sogleich zurück. Das schien Knight anzustacheln. Die Hitze zwischen ihnen wurde intensiver und Days Schwanz pochte, als Knight sich an ihn drückte. Als Knight diesmal seine Lippen mit den seinen berührte, sprang zwischen ihnen ein elektrischer Funke über. Was war das nur mit diesem Mann, dass seine Berührung sein Herz zum Rasen und seinen Verstand zum Erliegen brachte? Nicht, dass das wichtig gewesen wäre. Er benutzte seine gesunde Hand, um Knight zu erforschen, an ihm hinabzustreichen, eine feste Pobacke zu packen und festzuhalten. Knight mochte ja glauben, er könne die Oberhand gewinnen, aber das würde Day nicht zulassen.

Knight stöhnte und stieg von ihm herunter. Day lag auf dem Rücken, mit über den Bettrand baumelnden Beinen und einem Schwanz, der mit jedem Herzschlag pochte. Er war so erregt, dass er zusammenzuckte, als Knight sich an seinen Oberschenkeln hinaufstreichelte und ein leises Wimmern entstieg seiner Kehle, als Knight seinen Penis fest packte. „Himmel." Day stieß vorwärts, brauchte, wollte, aber Knight gab nicht nach. Jedenfalls nicht in diesem Moment. Stattdessen beugte er sich vor und strich mit der Zunge über die Spitze. Day keuchte und tat alles, außer zu betteln. Er würde Knight um nichts anbetteln, wohl wissend, dass der stoische Mann ihn niemals um etwas anbetteln würde. Aber er war nur noch Augenblicke davon entfernt, genau das zu tun, als Knight ihn tiefer in den Mund nahm.

„Genau so", flüsterte Knight, nachdem er von ihm abgelassen hatte. Dann pustete er über Days feuchte Haut und jagte damit einen Schauder durch dessen gesamten Körper. „Und jetzt heb die Beine hoch." Day schluckte, tat, was Knight wollte und stellte seine Füße auf die Kante der Matratze. „Braver Junge."

Day wollte schon protestieren, aber da nahm Knight ihn ein gutes Stück weit in den Mund und denken wurde zu einem unmöglichen Unterfangen. Die feuchte Hitze und der Druck drohten, ihm den Atem zu nehmen. Seine Hüften zuckten nach oben und rieb sich an Knights Gesicht, in dem verzweifelten Verlangen nach mehr. Er bekam es auf eine Art und Weise, mit der er nicht gerechnet hatte. Knight strich mit den Händen aufwärts über seine Brust, die Berührung wie ein Kitzeln auf seiner Haut, und steckte ihm zwei Finger in den Mund. Day saugte daran, so wie Knight an ihm saugte. Es war geil wie die Hölle und als Knight sie zurückzog, summte er mit Days Schwanz im Mund und jagte Vibrationen durch seinen Körper, die mit nichts zu vergleichen waren, was Day je gefühlt hatte.

Er verlor seinen Verstand, aber Knight hielt ihn still, drückte einen Finger gegen seinen Eingang und dann in seinen Körper. Verdammt, fühlte sich das gut an und er spannte sich um den Finger herum an, stieß nach oben, in Knights Mund und zog sich wieder zurück. „Fuck …", sagte er tonlos, unsicher, was sich besser anfühlte: Knights Mund zu ficken oder von Knights Finger – aus dem rasch zwei wurden – gefickt zu werden.

„Das gefällt dir, nicht wahr?", flüsterte Knight, nahm ihn tief in den Mund und saugte fest an ihm, während er seine dicken Finger in ihn schob. Day packte die Kante der Matratze, um Halt zu finden und nach oben zu stoßen und seinen Schwanz in Knights Mund zu versenken. Und als er sich zurückzog, dehnten ihn Knights Finger und füllten ihn auf köstliche Weise. Er wusste nicht, was ihm besser gefiel, aber es war ihm auch scheißegal.

„Fick mich", keuchte Day und schluckte hart. „Ich weiß immer noch, wie ich heiße." Er musste die Herausforderung aussprechen. Knight hatte versprochen, dass er sich nicht mehr daran erinnern würde, wer er war und Day beabsichtigte, dafür zu sorgen, dass er dieses Versprechen einhielt.

Knight saugte heftiger an ihm und drehte seine Finger. Day keuchte und bebte auf dem Bett. Er stieß seine Hüften vor und zurück, so heftig er nur konnte, bis Knight ihn stoppte. Zu Days Bestürzung ließen seine Lippen von ihm ab, und dann wurden die dicken Finger aus seinem Körper gezogen. „Ich kümmere mich schon um dich."

Knight trat zurück und Day starrte ihn an. Knight war umwerfend, als die Nachmittagssonne durch die Balkontür hereinschien und auf Knights bereits schweißnasser Haut funkelte. Das Wort atemberaubend kam ihm in den Sinn. Knight streifte eines ihrer letzten Kondome über und näherte sich ihm. Er packte Days Beine mit festem Griff, hielt ihn an den Knöcheln fest und drang langsam in ihn ein. Die Dehnung war unglaublich und Day hielt ihn fest, während Knight ihn ausfüllte.

„Verdammt", zischte Day. „Ich werde schon nicht zerbrechen."

Knight schob sich tiefer und sein großer Schwanz dehnte Day und machte ihn verrückt. Sobald er Knights Hüften an seinem Po spürte, seufzte Day, hielt still und ließ seinen Kopf zurück auf die Matratze sinken.

„Um Himmels willen", flüsterte Day und Knight fing an, sich zu bewegen. Das hier war kein langsamer, langer, zögerlicher Fick. Knight stieß zu und Day erschauerte, denn die dahinter sitzende Kraft hallte in seinem ganzen Körper wider. Das fühlte sich verdammt unglaublich an, und als Knight ganz leicht seinen Winkel änderte, strich er mit seinem Schwanz über diese Stelle in ihm und Day sah Sterne – verdammte, leuchtende Sterne. „Oh mein Gott", hauchte Day. Er musste daran denken, seinen verletzten Arm an seinem Körper zu halten, denn er wollte beide Hände ausstrecken, Knight an sich reißen und ihn atemlos küssen. „Wage es ja nicht, aufzuhören", knurrte er stattdessen.

„Herrisch", konterte Knight und mit einem Stoß, der die Knochen knacken ließ, schossen seine Hüften vorwärts.

„Das glaubst du wohl, verflucht noch mal. Ich habe gehört, es nennt sich von unten toppen oder so was Ähnliches."

„Ich." Knight zog sich zurück und stieß erneut in ihn. „Nenne das." Er wiederholte den Vorgang. „Mir auf den Sack gehen." Knight wurde schneller und brachte Day um den Verstand. Wie Knight versprochen hatte, gab es Momente, in denen er tatsächlich vergaß, wer er war. Alles, was er wollte, war, dass die Lust ewig andauerte.

Natürlich konnte sie das nicht, und schon bald wurden Knights Bewegungen unkontrolliert. Er war schweißgebadet, die Haare klebten ihm am Kopf und seine Augen leuchteten, als sein Blick Days begegnete und ihn festhielt. Knight atmete stoßweise und Day legte sich zurück und ergab sich der Leidenschaft, die Knight ihm anbot.

„Himmel!", schrie Knight. Er stieß rasch zu und erstarrte dann. Er pochte tief in Days Körper und seine scharf gemeißelten Gesichtszüge erstrahlten in wonniger Glückseligkeit, als Day direkt nach ihm in die Ekstase taumelte. Keiner von ihnen bewegte sich. Day wollte den Zauber nicht brechen, der sie miteinander verband. Langsam dämmerte es ihm, wie kostbar die Verbindung zwischen ihnen sein konnte.

Knight zog sich aus seinem Körper zurück und Day ließ langsam seine Beine sinken. Er war ausgelaugt und Knight klang, als wäre er einen Marathon gelaufen. Schließlich ließ er sich neben Day auf das Bett sinken.

„Verdammt, du bist wirklich was Besonderes", sagte Knight. Er atmete auch weiterhin tief. Day rückte näher an ihn heran und drehte sich schließlich auf die Seite, um ihm in die Augen sehen zu können. Er wusste nicht, was er sagen sollte. Das war wahrscheinlich das, was bei Knight dem Ausdruck von Gefühlen am Nächsten kam. Er nahm Knights Hand, hielt sie einfach nur fest und schloss die Augen.

Das musste die seltsamste Kreuzfahrt der Geschichte sein. Knight und er waren sich nähergekommen, aber Day war sich nicht sicher, ob das auch so bleiben würde. Sie hatten erledigt, weswegen sie hergekommen waren und jetzt war es Zeit, in ihren Alltag zurückzukehren. Day war nicht sicher, ob er dazu bereit war, aber was änderte das schon. Das wirkliche Leben würde zurückkehren und er hatte keine Ahnung, was passieren würde, wenn sie wieder nach Hause kamen. Er hatte in der vergangenen Woche einen weiten Weg zurückgelegt, hatte herausgefunden, wer er wirklich war und er war fest entschlossen, sich selbst gegenüber ehrlich zu sein. Er hatte die Woche in der Gegenwart von schwulen Männern verbracht, wobei er ursprünglich angenommen hatte, dass es die Hölle sein würde, aber in Wahrheit hatte diese Erfahrung ihm die Augen geöffnet. Das Versteck würde ihn nicht länger gefangen halten. „Was werden wir machen nach … dem hier?", fragte Day schließlich. Er konnte angeschossen werden und trotzdem noch einen kühlen Kopf bewahren, um Knight zu retten, aber um ihm diese Frage zu stellen, musste er seinen ganzen Mut zusammennehmen.

„Na ja, wir müssen unsere Koffer packen, damit sie sie heute Abend abholen können. Wir haben uns das Abendessen auf die Kabine bestellt, und morgen verlassen wir das Schiff und gehen nach Hause. Wir werden nicht vor Dienstag im Büro erwartet und danach, nach den Berichten und den Nachbesprechungen, kehren wir in unsere Leben zurück." Knight ließ seine Hand nicht los, aber Day hörte in der Erklärung kein Wort über sie beide und die Fortführung von dem, was zur Hölle auch immer das hier war. Na wenigstens hatte er am Ende doch noch seine Antwort bekommen und wusste, wo er stand.

Er setzte sich langsam auf und ging ins Badezimmer. Er konnte Knight gerade nicht gegenübertreten. Der Gedanke, einfach nur nach Hause zu gehen, tat weh, aber er wollte verdammt sein, wenn er sich das vor Knight anmerken ließ. Wenn er leiden sollte, dann würde er das allein tun, wo niemand ihn sehen konnte. Day drehte den Wasserhahn auf und ließ das Waschbecken volllaufen. Er benutzte einen Waschlappen, um sich sauber zu machen. Duschen war schwierig mit den Verbänden, also wusch er sich die Haare und den Rest am Waschbecken. Als er fertig war, fühlte er sich besser. Nachdem er sich ein Handtuch um die Hüften gewickelt hatte, verließ er das Badezimmer, damit Knight es benutzen konnte, und begann, sich anzuziehen.

Es fiel ihm schwer, Knight anzusehen, aber er konnte nicht anders. Als Knight im Bad verschwand, holte er vorsichtig seine Reisetasche hervor und fing an, seine Kleidung und seine Gerätschaften zusammenzupacken. Mit einer Hand brauchte er dafür eine Weile, aber er war fertig, als Knight aus dem Badezimmer kam und zu Ende packte. Knight stellte ihr Gepäck in den Flur. Sie hatten immer noch ihr Handgepäck, aber das war auch alles.

Der Zimmerservice klopfte etwas später an ihre Tür und brachte ihnen das Abendessen. Knight unterschrieb dafür und sie nahmen Platz und aßen in fast völligem Schweigen. Knight schien total gelassen zu sein. Auch wenn Day ganz kurz davor war, ihm eine Million Fragen zu stellen, so hielt er sich dennoch zurück. Er wollte nicht notgeil oder verzweifelt wirken. Wenn Knight gewollt hätte, dass nach dem Verlassen des Schiffs noch etwas zwischen ihnen lief, dann hätte er das sicherlich angedeutet. So würde er nach Hause gehen und zu seinem eigenen Leben zurückkehren, vielleicht ein wenig weiser und vorsichtiger im Umgang mit seinem Herzen. Er wünschte nur, er wüsste, warum.

Von Knight waren keine Antworten zu erwarten, er war das Musterbeispiel eines stoischen Marine. Sein Gesichtsausdruck sagte: „Komm mir nicht zu nahe, es sei denn, du willst, dass ich dir den Kopf abreiße." Als sie fertig waren, stellte Day seinen Teller aufs Tablett. Seine Schulter schmerzte von der vielen Bewegung, also nahm er ein paar Schmerztabletten, in der Hoffnung, sie würden helfen. Dann öffnete er die Balkontür und trat nach draußen. Er schloss sie hinter sich und ließ sich in einem der Liegestühle nieder. Von dort aus betrachtete er die Sterne und lauschte dem Geräusch des Schiffes, das durch das Wasser pflügte. „Hör auf damit", flüsterte er sich selbst zu.

„Wie geht es dir?", fragte Knight, nachdem er die Balkontür aufgeschoben hatte.

„Mir geht's gut. Ich schnappe nur etwas frische Luft", antwortete er.

„Ich werde noch mal eine Runde drehen", erklärte Knight. Day grunzte, nickte und wandte sich wieder den Sternen zu.

„Warum solltest du die letzte Nacht nicht genießen?", sagte Day kühl. Er beabsichtigte, so viel wie irgend möglich davon hier draußen zu verbringen. Zum Teufel, er fragte sich, ob er nicht die ganze Nacht hier draußen bleiben könnte. Dieses Bett erschien ihm mit einem Mal so verflucht klein und ziemlich kalt. Er weigerte sich, hinzusehen, aber die Balkontür schloss sich eine ganze Weile lang nicht und glitt schließlich leise zurück in ihre Ursprungsposition. Die Lichter in der Kabine gingen aus und Day saß in der Dunkelheit.

Er lächelte und erinnerte sich daran, als er ungefähr acht gewesen war und im Garten hinterm Haus gelegen hatte. Er hatte einen neuen Schlafsack für die Pfadfinder bekommen und darum gebettelt, damit draußen schlafen zu dürfen. Seine Mutter wollte ihn das nicht alleine tun lassen, also hatte sie eine Plane über die Wäscheleine gespannt, um als Zelt zu dienen, und sie hatten dagesessen und die Sterne beobachtet. „Wenn du dir beim ersten Stern, den du siehst, etwas wünschst, dann wird dein Wunsch in Erfüllung gehen", hatte sie ihm gesagt. Nachdem seine Mutter krank geworden war, stand er Nacht für Nacht draußen und wünschte sich etwas im Angesicht der Sterne – Wünsche, die nicht erhört wurden. Sein Lächeln verschwand und er machte seine Augen zu und blendete die Sterne und ihre unerfüllten Wünsche aus. Schließlich zeigten die Medikamente Wirkung und er hatte nicht mal gemerkt, dass er eingedöst war, bis das Licht in der Kabine anging. Day stand auf, öffnete die Balkontür und ging hinein. Anschließend schloss er sie hinter sich. Er hatte Knight nicht wirklich etwas zu sagen, also machte er sich einfach bettfertig und kletterte ins Bett. Dann drehte er sich auf die Seite, mit dem Rücken zu Knight, und schloss die Augen. Schließlich kam Knight ebenfalls ins Bett, aber Day zeigte überhaupt keine Reaktion. Irgendwann in der Nacht hörten die Bewegungen des Schiffes auf und er nahm an, dass sie in den Hafen einliefen. Er rutschte hin und her, um eine bequeme Position zu finden und in einem Moment völliger Klarheit fiel es ihm wie Schuppen von den Augen: die Antwort auf die Frage, die er zuvor gesucht hatte. Knights angeblicher Betrug an seiner Familie? Das war er. Er war der Betrug. Day sah zum schlafenden Knight hinüber. Wenigstens hatte er jetzt seinen Grund.

DAY WAR, nachdem sie am Nachmittag des folgenden Tages das Schiff verlassen hatten und wieder zum Flughafen zurückgekehrt waren, noch niemals so froh über etwas gewesen, wie über die Tatsache, dass ihre Tarnung so weit gegangen war, dass ihre Rückflugtickets gebucht worden waren, obwohl sie nicht erwartet hatten, diese auch zu benutzen. Sie bestiegen das Flugzeug und Knight war beinahe sofort eingeschlafen. Er wachte erst auf, als sie landeten. Nachdem sie ihr Gepäck eingesammelt hatten, ging Day ins Parkhaus mit

Knight im Schlepptau. „Ich sehe dich dann am Dienstag auf der Arbeit." Er klopfte sich selbst auf den sprichwörtlichen Rücken, weil es ihm gelang, seine Stimme gleichmäßig klingen zu lassen, und machte sich auf den Weg zu seinem Auto. Er packte sein Gepäck mit einer Hand in den Kofferraum, klappte ihn zu und fuhr nach Hause. Er schaute nicht mal in den Rückspiegel. Day schloss seine Wohnungstür auf und ging hinein. Es fühlte sich gut an, wieder zu Hause zu sein. All dieses Hin und Her wegen seiner Gefühle und der ganze Scheiß wurden unwichtiger. Er trug sein Gepäck nach drinnen, packte aus und fing an, die Wäsche zu waschen. Dann machte er sich Gedanken über das Abendessen. Er entschied sich für den Pizzalieferdienst, und als seine Bestellung geliefert wurde, ließ er sich aufs Sofa fallen und aß beim Fernsehen. Als er fertig war, machte er sich bei laufendem Fernseher auf dem Sofa lang und schlief ein.

Er schaffte es nie bis ins Bett. Stunden später wachte Day mit schmerzendem Rücken auf, der Fernseher plärrte und jemand hämmerte an seine Tür. „Ich komm ja schon", rief er. Er drehte die verdammte Flimmerkiste ab und warf den Rest der Pizza weg, ehe er zur Tür eilte. Bevor er die Wohnungstür öffnete, unterdrückte er ein Gähnen. „Was ...", begann er, als er Knight vor seiner Tür stehen sah. „Ist was passiert?"

Knight musterte ihn von oben bis unten. „Sind das nicht dieselben Klamotten, die du gestern anhattest?"

Day sah an sich hinunter. „Ich würde sagen, das sind sie. Ich bin auf dem Sofa eingepennt und ..." Er verstummte. „Bist du hergekommen, um mich wegen meiner Klamotten zu schikanieren?"

Knight antwortete nicht, ging um ihn herum und kam herein. „Ich wollte nur sichergehen, dass es dir gut geht. Wirst du heute zum Arzt gehen?"

„Ja", antwortete er gereizt. „Ich werde dort anrufen, wenn sie da sind." Er ging hinüber zum Sofa und setzte sich. „Ist das alles, was du willst?" Day deutete auf einen der Sessel und Knight nahm ebenfalls Platz. Day beobachtete ihn und wartete auf eine Antwort. Was auch immer hier vor sich ging, Knight würde in seinem eigenen Tempo auf den Punkt kommen und nicht eine Minute früher.

„Nein, ich ..." Knight fummelte an dem Sessel herum. „Ich weiß nie, wie ich solche Sachen sagen soll. Ich kann einen Mann mit meinen bloßen Händen töten, und das habe ich auch schon getan, aber ..." Knight stockte und Day saß still und fragte sich, worauf er hinauswollte. „Ich habe Männer erschossen, genau wie du. Du hast mir das Leben gerettet und ich weiß einfach nicht, was ich sagen soll."

„Knight, was du da sagst, macht keinen großen Sinn. Hol tief Luft und sortiere deine Gedanken." Unter normalen Umständen wäre es vielleicht eine gute Sache gewesen, wenn Knight derart sprachlos war, aber seine

Nervosität war beunruhigend. „Sei ein Marine und sag mir, was zu sagen du hergekommen bist."

„Ich bin nicht gut darin, meine Gefühle in Worte zu fassen. Sieh mal, alles ist ein ziemliches Schlamassel. Ich glaube immer noch, dass ich Cheryl und Zachary betrüge, aber das tue ich nicht. Sie sind fort, und Cheryl wäre fürchterlich sauer auf mich, wenn sie wüsste, dass ich die ganze Zeit zu Hause sitze, trinke und mich nach ihr verzehre. Ich bezweifele, dass sie glücklich darüber wäre, dass die Person, die ich mag, ein anderer Mann ist, aber andererseits …"

„Du sagst also, du magst mich. Das ist schön, zu wissen."

„Scheiße, du wirst mich deswegen durch den Wolf drehen, oder?" Knight stand auf und ging in Richtung Tür. „Ich bin ein Marine – wir sind Männer der Tat, nicht der Worte. Wir geben keinen Haufen blumigen Mist von uns, um Leute zu beeindrucken. Ich habe immer gedacht, dass es das Beste ist, still zu sein und meine Taten für sich selbst sprechen zu lassen. Ich habe niemals jemanden betrogen und ich habe niemals jemanden im Stich gelassen, der meine Rückendeckung gebraucht hat. Niemals!"

Day machte bei dem Aufschrei einen Satz. „Okay. Ich glaube dir."

„Ich kann für jemanden eine Kugel abfangen, lange bevor ich ihm sagen kann, dass er mir etwas bedeutet. Cheryl hat mir manchmal einen Schlag auf den Hinterkopf verpasst. Das war ihre Art, zu sagen, dass ich mich wie ein Arsch aufführe und dass ich damit aufhören soll."

„Kann ich dir auch einen verpassen?", fragte Day und Knight knurrte wie ein Bär auf der Jagd. „Ich nehme das mal als ein Nein."

„Verdammt richtig", sagte Knight bestimmt.

„Also, was versuchst du zu sagen? Dass ich dir etwas bedeute?", hakte Day nach.

„Ja. All diese Zeit, die wir auf dem Schiff zusammen waren, sogar der beschissene Teil, als du verletzt warst und ich krank war vor Sorge – sie war gut. Es gefiel mir. Ich bin gerne mit dir zusammen." Knight kam zurück zu dem Platz, auf dem Day saß. „Ich bin nicht der rührselige Typ, und ich bezweifele, dass ich das jemals sein werde, aber du wirst dir niemals Sorgen machen müssen, solange ich dir den Rücken decke."

„Und ich deinen", sagte Day. „Darauf kannst du dich verlassen."

Knight nickte. „Ich muss immer noch herausfinden, wer …" Er schluckte hart. Day wusste, dass es ihm immer noch schwerfiel, über seine Frau und seinen Sohn zu sprechen.

„Ich stehe hinter dir, weißt du noch? Wir werden es zusammen herausfinden." Day erwartete halbwegs, dass Knight dagegen protestieren würde, und als er das nicht tat, hielt Day es für ein hervorragendes Zeichen.

Er erhob sich und trat näher an Knight heran. Knight rührte sich nicht vom Fleck und Day zog ihn an sich, küsste ihn fest und voll auf die Lippen und ihre Zungen kämpften miteinander um die Oberhand. Keiner von ihnen gewann dieses Duell, aber der Kuss war ganz sicher ein Gewinner, der Schnelle seines Herzens nach zu urteilen und der Tatsache, dass andere Teile seines Körpers Haltung angenommen hatten. Day ließ von ihm ab und lächelte. „So fühlst du also wirklich?"

„Ich versuche nicht, irgendetwas zu verbergen", sagte Knight. „Ich scheine nur nie in der Lage zu sein, die richtigen Worte zu finden. Aber ich glaube, ich habe da ein paar, die dir helfen werden, mich zu verstehen."

Day zog die Augenbrauen hoch und fragte sich, welche Worte so besonders sein könnten.

„Mein Vorname ist Orville."

Day verstand die Botschaft in diesem Schnipsel an Information und zog Knight in einen weiteren, zärtlichen Kuss.

DIRK GREYSON ist ein Mann, der ziemlich gerne draußen unterwegs ist. Er liebt es, zu reisen und neue Dinge zu entdecken. Dirk hat viel zu lange für das Amerika der Konzerne gearbeitet und verbringt nun seine Tage mit Schreiben, Gärtnern und kümmert sich um das Heim, das er seit über zwei Jahrzehnten mit seinem Partner teilt. Er hat einen Masterabschluss und all das andere Beiwerk, das zur Arbeit für ein Unternehmen dazugehört. Aber am stolzesten ist er auf die Geschichten, die er erzählt und auf das Leben, das er sich aufgebaut hat. Dirk lebt in Pennsylvania in einem jahrhundertealten Haus und ist mit einem erstaunlichen Freundeskreis gesegnet.

Facebook: www.facebook.com/dirkgreyson
Email: dirkgreyson@comcast.net

Von DIRK GREYSON

Day und Knight

Veröffentlicht von DREAMSPINNER PRESS
www.dreamspinner-de.com

www.ingramcontent.com/pod-product-compliance
Lightning Source LLC
Chambersburg PA
CBHW022153240626

47153CB00007B/2639